鲜为人知

叶 青——著

浙江人民出版社

图书在版编目（CIP）数据

鲜为人知 / 叶青著. — 杭州 ：浙江人民出版社，
2024.1（2024.4重印）
ISBN 978-7-213-11233-1

Ⅰ．①鲜… Ⅱ．①叶… Ⅲ．①散文集－中国－当代
Ⅳ．①I267

中国国家版本馆CIP数据核字（2023）第207983号

鲜为人知

叶青　著

出版发行：浙江人民出版社（杭州市体育场路347号　邮编　310006）
　　　　　市场部电话：（0571）85061682　85176516
责任编辑：钱　丛　　　　　　　营销编辑：陈雯怡　陈芊如　张紫懿
责任校对：陈　春　　　　　　　责任印务：程　琳
封面设计：人马设计
电脑制版：浙江新华图文制作有限公司
印　　刷：浙江新华数码印务有限公司
开　　本：889毫米×1194毫米　1/32　　印　　张：13.5
字　　数：191千字　　　　　　　　　　插　　页：4
印　　数：30001—35000
版　　次：2024年1月第1版　　　　　印　　次：2024年4月第4次印刷
书　　号：ISBN 978-7-213-11233-1
定　　价：88.00元

如发现印装质量问题，影响阅读，请与市场部联系调换。

君幸食

陆春祥

好的散文，会令人过目不忘。读完这本《鲜为人知》，再重温其目录，发现印象深刻的文章不在少数。科学家认为，大脑有左右脑之分，左脑主管语言、数学、逻辑，重理性，右脑主管印象、直觉，偏感性。读一般文章，只用左脑，而阅读眼前这本美食散文，则须左右脑并用。一个"鲜"字，语义双关，不仅调动着思维，也同步挑逗着味蕾，给人别样的体验。

一

作者叶青是浙江台州人，家乡美食多海味。我自小在富春江边长大，对于吃食，印象深的是各种河鲜江鲜、菜蔬，海鲜种类并不熟悉，这些年虽然海岛渔村去得也多，但那种生长在骨子里的基因，却依然与大海有距离感，因此生出许多艳羡。阅读的过程，几个特别的字眼常从纸面跃出，我便想到以此串起这一路风情与风味。

"咱们老厝边又有油炸鼓卖呀？""我家老厝门口有一口水井。""外婆一边捏粉团一边教我念童谣：'咱厝人，冬至时，碾米绞粞搓红丸……'"

厝，福建话中是"居住地"的意思，原义为用石头类的
器具对某物进行处理。闽南语、福州话、莆田话、电白黎话
等闽语分支语言中也常用到"厝"字。外人或许不知，作者
的故乡台州玉环岛，是浙江第二大岛屿。正如她在自序中所
说"入闽之民北迁，最后定居于玉环岛"。

"我干妈住的地方叫岙仔，特别偏僻。""海潮岁岁月月奔
涌拍击，冲刷出一个岙口，叫岙仔底。""岙仔底的主妇会做
花色红馍糍。""渔民摇橹到岙口时，往往夜已深。有时风来
得快，就近岙口停泊。"

岙，多指浙江、福建等沿海一带的山间平地。我去舟山
衢山岛，那里有罗家岙，驻扎着保卫国家边境安全的边防连，
我写过长文《罗家岙的幸福方程式》。"岙"不同于"坳"，
岙是两座山峰之间凹下去的地方，像是驼凹；坳是周围高中
间凹下去的地方，相当于小盆地。岙，常常是风口，因为有
两边高山的阻挡，另外两边是通透的，风就从其中畅通无阻
地刮过来。很多地名中带"岙"的地方，都经历了从海中孤
岛到沿海重镇的变迁。

依山傍海、面积不足四百平方公里的玉环，方言有台州
话、温州话、闽南话、潮汕话等。自然生态、文化生态的多

样化，多元文化的交融、碰撞，为美食文化的交流提供了富饶的土壤，也为作家构建了新鲜、复杂的文学场域。从这一角度来说，作者可谓占尽天机。如今，美食散文司空见惯，但本书中的胭脂鱼生、白鱼饵与白鱼肚、鱼皮馄饨等美食对于大多数读者而言，都是陌生新鲜的，仿佛打开一个新世界。如此说来，"鲜为人知"这一书名，极贴切。

联想到美食家汪曾祺，回忆故乡高邮的吃食，写端午的咸鸭蛋："鸭蛋的吃法，如袁子才所说，带壳切开，是一种，那是席间待客的办法。平常食用，一般都是敲破'空头'用筷子挖着吃。筷子头一扎下去，吱——红油就冒出来了。"文笔极好。但咸鸭蛋毕竟普通，如若作为美食家的汪老自幼生活在玉环这样的海岛，不知又会是怎样的妙笔生花。

还有一个"鲞"字。

"墨鱼鲞出了白霜才是佳品。""把鳗鲞去骨切丁，是海边人家冬至圆特有的料理。""千万年的传承，鱼鲞是大海给海岛居民永不泯灭的馈赠。"

同为沿海地区，我问过胶东半岛的一些作家，他们却不知鲞为何物。鲞，浙东特有名词，作者将晒鱼鲞比作渔家女的"女红"，美食家袁枚称赞黄鱼鲞"肉软而鲜肥"。明末文学家张岱甚至特意写了篇《松门白鲞》，以夸赞黄鱼鲞。鱼鲞的吃法，早在宋朝就有几种：先用火烤得表面微焦，撕成小条，就着麦子酿的甜酒下肚，这是自汉朝起就流行的经典搭配"酌醴焚枯"。也可泡软后用油煎，人们能在便宜的小饭馆里吃到这道"煎鲞"。此外，《山家清供》中，南宋的林洪在浙江天台山游玩期间，见识到一种少见的吃法：煮粥。鱼干浸软，切小块，与粳米同熬粥，加酱料、胡椒调味。哈，口水就快要流下来了。

很多人认为，鲞，就是鱼干，其实不然。拿黄鱼鲞和黄鱼干来说，用鲜黄鱼剖肚盐渍晒干后，称为黄鱼鲞。而黄鱼干，则是以鲜大黄鱼腌制晒干而成的。区别在于一个是盐渍、无须腌制，但工艺复杂、剖制方法有讲究，一个是腌制后才晒干的。淡口的鲞，才够高档。它必须少用盐或尽量不用盐处理，直接晒干。黄鱼鲞，应该是浙菜独有。北方的沿海居民晒制鱼干比较粗放，多是先用大粒盐腌制，然后再晾晒风干，制成咸鱼干便于保存，档次与鱼鲞不可同日而语。

二

作者饱含深情所介绍的家乡美味，不仅是美食的盛宴，更是一次地域文化的传播与普及。

文中反复出现的人物，外婆、外公、干妈、婆婆，还有那个外号叫"大水蟹"的男人，像是小说中塑造的人物形象，多能、勤勉、淳朴好客。书中出现次数最多的外婆，掌握着多种手艺，秉持着独特的生存理念和民间智慧，无师自通地实践《本草纲目》……这些不经意的描述，都给人感觉外婆的神秘与传奇，似乎，只要有了外婆，随便什么时候就会变出好吃的东西来。

拣印象深刻的说几篇。

《胭脂鱼生》，外婆制作胭脂鱼生，先要把鱼洗得很干净，洗不干净，卤水不清，味道不佳。若加盐不足或用力过大，幼鱼会在水里溶化，要有足够的操作经验加配方把握才能避免功亏一篑。每次洗净鱼生，外婆的手指上都会布满大大小小的伤口。在密封坛藏的环节，"父亲从山上挖来红赤土，外婆将它和粗米糠搅揉成块，做成土墩，压在缸口，包上棕榈叶，用麻绳绕圈系上，严丝合缝，最后沿缸口圆周洒上白酒。这是她独创的程序，说是能避免虫子偷袭"。

《稻草灰汤粽》，外婆制作稻草灰汤粽，过程也相当烦琐。先是把早稻秸秆浸泡在水里，去掉外层的杂叶，剪去头尾，洗净灰尘，在家门口大竹匾上晾开，晾晒干后，收入麻袋。燃烧之后，用多层纱布过滤，橙黄色的稻草灰滤水汤，也叫碱水，这才制成了煮粽子的汤。

《婆婆的螺蛳》，婆婆一般不买河塘螺蛳，说有泥腥气，她要买生在山上溪坑和水库里的螺蛳。买回来后，打上清水，把螺蛳倒入刷洗干净的木桶里，滴几滴菜籽油养着。螺蛳会探出脑袋，吐净身上的杂质。

日子虽平淡，却处处有普通百姓的生活智慧显现。作者的身份，不单是美食家，负责辨别食材、品评味道，而且还是整个制作过程的深度参与者。作为一个有文学素养的"看客"，用文字塑造了一个个有温度的人物。更重要的是，为后人留下了诸多具有文献价值的美食制作细节。

外公、外婆、婆婆……即便生活艰难的年代，他们对生活的虔诚，依然燃起了平凡人家的烟火。他们的身上，总有一种岁月的沉淀与静好。如今，跟随这些人物一起消逝的，不仅有传统手艺、人格品质，还有"山静日长"的光阴诗意。这一切，终究会成为现代人的追忆与渴求。当我们想回头重温的时候，只能向着叶青的文字中去找寻了。

三

此外，书中多次引用历代笔记，唐代的《投荒杂录》《杜阳杂编》，宋代的《太平广记》《梦溪笔谈》《东京梦华录》《岭外代答》，清代的《随园食单》《食宪鸿秘》等皆有涉及，将眼前的普通食物，与深厚的历史打通，从而大大拓宽了文章的纵深度。比如南宋周密的《武林旧事》，写到宋高宗也喜欢吃螺蛳，我在想，要是宋室不南渡，或许，处在东京深宫中的皇帝们，根本不可能品尝到这种南方百姓的普通日常。唐朝段成式的《酉阳杂俎》说，安禄山生日，唐玄宗赐给余甘煎，即用余甘子（油甘果）煎熬成的饮品，玄宗与众大臣一起品饮庆贺，叶青的引用中饱含着对故土的念想。诗人陆游爱喝粥，他在《老学庵笔记》中感慨："平旦粥后就枕，粥在腹中，暖而宜睡，天下第一乐也。"叶青引的这一段极著名，我在《天地放翁——陆游传》中对陆游的闲居生活有大篇幅描写，大诗人的晚年，常处山阴田野，脑子里依然萦绕着抗金复国的强烈念头，日子虽过得紧巴巴，却能将喝粥喝出如此的哲学味道，由此可见，只要对生活充满热爱，普通的食物，亦会吃出生活的智慧。

想起苏轼在《与侄书》中陈述所推崇的美学态度："平淡乃绚烂之极也。"作者所描述的玉环美食，浇头面、月子面、碗糕、八角松糕、卷饼筒等，也并非名贵珍馐，但它们却支撑起了平常百姓生活的精致吃食。所以，《鲜为人知》不只是一本为读者推介浙东美食的书，它的绚烂之处，正在于作者以饱满的深情、细腻的笔触，将平淡生活中的美意娓娓道来，且大多带着自身深刻的体验，这就使本书充满了可亲可近的烟火味。

写到这里，想起一个小插曲。周密在《武林记事》中回忆，盛世年间，他在某富豪的家宴上，见识过一道令人印象深刻的江瑶柱（晒干后就是干贝）刺身。每粒大江瑶，由度身定制的精美小碟装盛——乌银造，呈半扇乌银贝壳状，逼真地仿造出贝壳的天然纹路。看来，佳肴得佳盘盛装才匹配呀。

汉代文物中有狸龟纹漆盘，盘内云纹间隙处朱书"君幸食"。隆重的盛食之盘，餐具承载了主人的诚意与盛情。请客吃饭，于是成为中国人的一种重要仪式。"君幸食"即劝君进食之意，用现在的话来说便是，"希望您吃得开心！"

叶青以文学为大盘，经年炮制《鲜为人知》，摆了满满的一大桌，不，几大桌，见者有福，来，来，来，君幸食。

是为序。

癸卯十月十九于问为斋

（作者为中国散文学会副会长、浙江省作协副主席、鲁迅文学奖得主）

自序

炽热的爱

一

我 17 岁考上大学，19 岁开始写诗歌，大多以大海、钓船、小舢板、桅杆、帆、橹、风、浪等为物象，抒发对家乡玉环的情感。那时，应该就有两颗种子埋在我心底，一颗是热爱文学的种子，另一颗是深爱家乡的种子，它们需要我用生活的历练和积淀来浇灌。

大学毕业后，我回到家乡工作。后来又离开家乡，生活和工作在另外的城市，但内心深处无比眷恋我的家乡。

夜深人静的时候，我特别想念家乡的大海、沙滩、海湾和密布的岛礁，思念家乡淳朴和浓郁的人情氛围，驰念具有远古语韵的闽南乡音，心心念念殊滋异味的小海鲜。我在梦的涛声中一次次精神返乡，"悠悠天宇旷，切切故乡情。"家乡的人情风物和凡间炊烟没有因为地理距离而被割裂，恰恰相反，它们在我心中愈加清晰和富有美感，甚至家乡的海腥味都让我深深地痴迷。

新石器时代，玉环先民就在此耕海牧鱼，随着历史的推进和变迁，各地农民和渔民不断迁徙而来。海洋文化、农耕文化和移民文化在这块神奇的土地上碰撞出玉环人海纳百川和开拓创新的人文精神，玉环历经千年呈现出独特的海韵渔情和山海魅力。这一切，与蛰伏在我心灵深处的感念水乳交融，就成为"蓬莱清浅在人间，海上千春住玉环"的共情篇章。

二

中国历史上，有过三次大规模的人口迁移。西晋末年第一次南迁，中原士族大量涌入福建，其中不乏名门望族，所谓"衣冠南渡，八姓入闽"。中原文明与当地文化相结合，形成多元的民族文化，给东南偏僻之地带来别样的气象。

闽地，山地、丘陵约占总面积的90%，大量的人口涌入，加之其后社会动荡，为了寻找更好的生存空间，入闽之民又一次次北迁，有一部分最后定居于玉环岛。南渡移民的后代带来北方粮食作物的种植方法和祖传厨艺，在玉环繁衍生息，落地生根。语言、服饰、文化、习俗等方面，也带给当地一系列不同的风格。来到玉环就会知道，一个方圆只有四百多平方公里的地方，却有多种方言并存：闽南话、闽东话、温州话、太平话、潮汕话……语言的多样化也表现为对餐食的不同偏好，方寸之间各有乾坤。这一切使得玉环的饮食丰富多样，彰显了古早味和融合力。

旧时，渔民常年与风浪拼搏，多有几至濒危而化险为夷的经历，造就了他们粗犷豪放、豁达乐观的性格，又有疏财大度和纵恣不羁的特性，形成一种开放和谐的家庭关系。家完全放手给女人，女子当家做主是普遍现象。海岛女子，美丽贤惠，善于持家，有惠安女的吃苦耐劳精神，男人出海后，她们把家收拾得非常干净，极尽勤劳之事；又擅长厨艺，男人回家时，会用心做出各种美味熨帖男人的胃，一日三餐变出花样食谱。

小时候我参加亲戚的红白喜事宴席，厨官师傅多为女性，操刀掌勺十分利索。唐代文学家房千里记载："岭南无问贫富之家，教女不以针缕绩纺为功，但躬庖厨，勤刀机而已。"岭南人家风行把女儿培养成厨师，只要善于剁肉腌鱼做一手好菜，就是好女子。《风雅宋》以翔实的史料和出土实物证明：唐宋时期，流行女厨师，大富大贵的人家以聘请女厨师烧菜为时尚。

宋韵文化一脉相通，玉环有众多这样的好女子。我外婆就精于厨艺，又懂食物对人体的滋养作用，家人有小恙，她总是小心谨慎又循序渐进地使用食疗方法。她烹制的耐心、饮馔制作的精心，让我终身怀念美味里的亲情。

外婆的种种食疗帖，是对《本草纲目》的无师自通，日常蒸、煎、煲、炆、焖与潮州菜、闽菜的烹制很相似。

我很小就辅助外婆操持全家八口人的一日三餐。我读初中时，因为特殊情况，整整一个学期没去上学，也因此有了更多的时间，跟外婆学习各种闽南传统小吃的制作和料理日常膳食的技巧。耳濡目染加言传身教，让我在不知不觉中爱上了烹饪。

三

玉环岛烟波浩渺，负山枕海，被誉为"石韫玉而山辉，水怀珠而川媚"的"东海蓬莱"。玉环的披山洋海域与大陆沿岸水系交汇，海洋资源相当丰富，有"一仓两乡"之美誉。披山洋为中国东海鱼仓，玉环是"中国东海带鱼之乡""中国东海鳗鱼之乡"。披山洋面上的海鲜呼啸而来，被人们赞叹为"东海第一鲜"。这是因为披山海域海水咸度、深度、温度和水流速度以及多礁岩形成的良好海洋生态，使得在其中生长的海产品，除了特别鲜，还有一种特殊的甜味。

人类对鲜味的追求，一直与时间在赛跑。我在家乡生活了三十几年，家乡的海鲜是我美食实战中的强大食材支撑，家乡的海鲜也让我觉得厨房充满趣味。

不管出差到哪里，三五天，我就会想念家乡的美食，但香港和台湾除外，因为在那里能吃到家里的味道。台湾除土著外，居民大多是从泉州一带迁过去的；香港与广州比邻，广州与福建相连，饮食相互渗透。我在香港吃的薯粉包，在台湾吃的八角松糕和各种药材煲的汤，与家乡如出一辙。我的先祖在下南洋时，也必定一路传播了玉环闽南语飞地的美食文化。

深远的传承和自然的馈赠使玉环的饮食文化成为一种特别的存在。这种特别的存在，过去因地域上的山重水复，长期以来如佳人在水一方；如今快速的生活节奏，又使它们中的一部分渐行渐远。

我曾在公众号"之江轩"看到一篇文章——《传统手工艺不能走在"消逝"中》，文章说有 55.56％ 的传统工艺面临技艺失传的危险。我想，中华厨祖伊尹生活时期距今近四千年，中华厨艺有着深厚的底蕴，民以食为天，饮食伴随着我们生活和生命的全过程。烹饪是与每个人最直接关联的文化现象，我们不但不能让烹饪技艺消逝，更应该将饮食文化发扬光大，全方位体现中华民族餐食上的文化自信和文化自豪感。

我饱含深情地写了这些文字，想让人们了解我家乡"鲜为人知"的美味佳肴和风土人情，了解我家乡人勤劳、坚韧、豁达的精神禀性。外婆经常讲："一样米吃出百样人。"正如在我的家乡，一种鱼，可以做出百种花样；一片海，可以呈现万种风情。

这次整理书稿，写成序言，是我情感火山的一次迸发，这是对家乡、对亲人如岩浆般炽热的爱。

谨以此书感恩我的外公外婆。致敬我的故乡玉环。

目 录
Contents

第四辑 ｜ 人间有风味

后记 ｜ 回望故土

耕海

第一辑

亲情的烟火味

干妈的浇头面

我是父母的第一个孩子，幼时三天两头发高烧，不到两周岁，就做了骨髓穿刺。虽然病理结果排除了怀疑的疾患，但外婆着急了。她一生生养过多胎，只有我妈一个活了下来，看我身体虚弱，外婆决定给我认干亲。

旧时，我的家乡有这样的习俗，小孩出生后不容易带，被认为命理八字身弱，风行认干亲，说是有护荫生扶，可以改运，能变得健康易养。通常找人丁兴旺的家庭，通过生辰八字合对认亲。我认了我妈的堂姐为干妈，师范生的妈妈说这是"白菜叶子炒大葱"，亲上加亲（青上加青），觉得很安妥。

拜干亲改命理要从改名字开始。干妈有六个儿子，名字里都带有"辉"字，不识字的干妈便给我起了个响亮的名字叫李辉静，跟干爹的姓，顺哥们的"辉"，一个"静"字大致希望我往后日子风平浪静，无灾无难。外婆让道士把我的新名字写在一张黄纸上，附上我的八字，画了几个叫符的图形，交给我的干妈。自此，每年正月初二，我都要去干妈家拜年，三岁开始，历时四十载。

四十碗浇头面，从时光的隧道穿梭而过，向光而来。蓝白相间的青瓷碗上有黄冠高耸，有鹤立亭亭，有抱犊山巅，有江河款款，它们在我面前环绕着，一圈又一圈，时近时远，似镜花水月，又触手可及。我努力伸出双手去捧碗，手却软塌塌的，怎么用力都提不起来，醒来时手按在胸口，这样的梦境时不时袭击我。

浇头面是台州民间特色面点，家里有亲戚远道而来，会煮一碗热腾腾的浇头面款待。提着藤编篮子，抓着鸡鸭去送月子，定能吃到一碗香喷喷的菜油姜浇头面。面点可以是米粉、干挂面或带咸味需要过水煮捞的索面。浇头可谓五花八门，山海不同，南北各异。随着时代的变迁，贮存条件的变化，浇头面的浇头也与时俱进。走亲的浇头比旧时丰富，街肆的浇头面价格不一，有十几元一碗的香菇肉丝面，也有几十元到百元一碗的特色浇头面，而上千元一碗的黄鱼海参鲍鱼面，吃的那是噱头。

干妈的浇头面四十年不变。从六个儿子嗷待抚养到各自成家立业，日子从艰辛到宽裕，都是一样的浇头。老家坎门有很多带"岙"字的地名，玉岙、渔岙、钓艚岙、鹰捕岙、墨贼岙等名字都有来历，我干妈住的地方叫岙仔，特别偏僻。三间破旧小石屋，与宗亲合住，各一间半，坐落在海拔一百多米的凹形小山丘上，往东就是濒临东海的悬崖峭壁。这里有一条两米宽的石阶通向山岭头，石阶非常平缓，两侧是依地势而建的石头屋，层层叠叠，居住着本地居民。

长大后独自去干妈家拜年是一件十分开心的事。我一踏上石阶，蹲在井边洗洗涮涮的左邻右舍就和我打招呼——素兰的契姿囝儿（干女儿的闽南语）来拜年了，并站起来大着嗓门对着后一排石屋井边的主妇喊一遍。素兰是我干妈的名字，可见她人缘特别好。这一句招呼像是今天朋友圈的文本，台阶两侧邻里纷纷往上转发，在没有现代通讯设备的年代，干妈在我走在石阶上时就已经收到朋友们的信息。她小步跑着，微胖的身体紧跟双手的节奏，双颊的苹果肌像沾染了两抹高原红，随着小跑节奏上下颤动着。每次我登上岭头，她也片刻不差就到了，接过我手中的"手巾包头"，双眼笑成两弯月，那慈祥可亲的样子像极了电视连续剧《人世间》里萨日娜扮演的秉义妈。从岭头到干妈家不到一百米，可一路不知回复了多少个"是啊是啊，我家辉静来拜年了"，她的语气乐呵呵的，浓郁了春节的喜庆。

干爹是渔民，也是红旗渔业大队舞鱼龙灯的高手，每年大年初二上午都坐在屋檐下整理鱼龙灯，似乎在等我，轻轻咕哝一声"来了"，就停下手中活，起身往灶沟间（厨房的闽南语）帮忙。几个未成家的哥哥在一丛鸡冠花边轮流劈甘蔗，这是一种吃甘蔗游戏，他们只对我嘿嘿地笑笑。

干妈的浇头面是用山东粉，也就是现在有名的龙口粉做的，那时的龙口粉是稀罕物，都是托人买来的。浇头可不是用"琳琅满目"一词就形容得了的，有鱼胶、鱼皮馄饨、鱼饼、猪肝、猪肚、猪肺、九节虾、蛏子肉、蛤蜊、黄花菜、香菇，等等。这么多浇头，一个点心碗怎么盛得下呢？家乡

浇头面

有一种大汤碗叫"水碗",家乡人喜欢汤汤水水,坎门菜曾被不明就里的人说成稀汤寡水一大碗。我家通常配一个大水碗盛汤,可供一家八口人下饭。干妈每年在大水碗上垒塔,再在塔尖上盖一层金黄的煎蛋,任宠爱在碗里泛滥。

鱼胶是干爹从黄鱼肚取出来的,一条条贴在门板上晾干收拾好,存到年底用菜籽油炸至金黄,待我拜年时吃。后来黄鱼少见了,又攒起鮸鱼胶,用作浇头后,剩下的让我带走,现在市面上好几千元也难买到一斤。再说猪下水——猪肺,因为我小时候常发烧还伴有咳嗽,家人认为我肺气薄弱,吃动物内脏可对应补人体的脏器,以至于我好上这一口,喜欢它酥软味腴和咀嚼软骨时脆生生的嘎嘎响。带六个儿子生活粗糙的干妈,却会用最精细的猪肺清洗法,提一木桶一木桶井水往猪肺里灌,反复冲洗浸泡至猪肺至清至白,再在油锅里加姜蒜爆炒后备用。蛏子剥了壳去了体侧线,九节虾挑了泥筋。

那时,我的胃口容不下心里垂涎着的这碗面,干妈也心知肚明,但还是一劝再劝:"多吃点,多吃点才能长肉,不喜欢吃的夹到这个碗里。"她早准备好一个粗瓷碗放在我面前，又从灶沟间端出一碗浓汤，是用山珍海味加入鸡汤熬制的。大年三十杀一只鸡炖汤是他们家一年难得的奢侈，汤先盛出一大碗留给初二煮浇头面。"汤不够再加。"干妈知道我喜欢喝汤，收拾好后坐在我身边油漆剥落的条凳上，上下仔细端详我，和我唠嗑，"怎么没胖一点啊，是不是读书太辛苦？""还是没长肉，是不是工作太累？"我年轻时食量小，若是今日已练就了饕餮胃口并对美食趋之若鹜的李辉静，定会拿出金庸笔下穆念慈的豪气："你给煮一碗面条，切四两熟牛肉。"以如此气势把干妈做的比佛跳墙还丰富、还香甜的浇头面吃完，干妈肯定会笑靥如花。

后来我结婚生子，远离家乡，每年初二仍去干妈家拜年。干妈不再是获知信息后匆匆跑来，六个儿子都成家了，劳碌一生的干妈闲了下来，她站在山岭上等我。每年初二翘首以盼，那身姿在我心中如坐定千年。

干爹走后，干妈不再站在山岭上等我，她喜欢上玩纸牌，在当地叫"洞九"，按点数出牌，几个老人一起玩。但当我走上岭头，她就会从某个旧四合院或某家堂房跑出来，搓着手，像个腼腆的孩子，不停地说"亏姆（干妈的闽南语）没事干，就跟她们玩玩"，又是一路招呼乡邻，一路对我问长问短。

2010年的正月初二，我在岭头没见到干妈，到了低矮的门厅时，干妈弯着腰扶着楼梯从小阁楼上下来。她脸色苍白，人也瘦了一圈。她的大儿媳、二儿媳在厨房忙碌，端出了干妈的浇头面。我没心思吃，一再询问干妈是不是病了。她中气十足，声音爽朗地回答我："亏姆没有病。""那怎么瘦了？""千金难买老来瘦，你放心吧，只是胃口不好，人有点乏力，躺几天就会好的。"8月，我出差南美，返程近三十个小时。飞机降落上海浦东机场时，我打开手机准备给家人报平安，妈妈的信息跳出来："速速回来，干妈病危。"我如被雷击，头晕目眩。

干妈往生了，速速赶回来的我是给干妈送终，我涕泪交流。其实她去医院检查早就得知自己已是胃癌晚期，就一直隐瞒病情，包括自己的六个儿子，她不想给六个儿子增加负担和麻烦。

从此世上再无干妈的龙口粉，再无正月初二干妈的浇头面。

月子面

江南的索面汤是舌尖上缱绻不已的温暖与快慰，盘在碗里的索面，绵长又香滑，鲜美的汤汁，直抵胃肠，惬意而通透。若加上菜油姜和黄酒两款利器，更是如虎添翼。

在我的家乡，产妇坐月子就是吃这种索面汤，俗称月子面。食时一股股暖流行走于生命的脉络，汇聚成修复身体的磅礴力量。产妇吃得眼开眉展，风卷残云，把三十天的月子延长到四十二天。条件许可者，留着月嫂，吃它三个月的月子面，午时吃，五更吃，人与面有了"读你千遍不厌倦，读你的感觉像三月"的感情。吃出面如满月，皎洁明净，吃出山肴海错滋养人的精彩，也吃出添丁人家的体面。

　　坐月子是千百年前先人智慧的传承。西汉《礼记·内则》就记载了妇女产后的一些禁忌，南宋医学家陈自明《妇人良方大全》记载："一腊之后，方可少进醇酒并些小盐味。""一腊"为七天，就是说一周之内产妇要清淡饮食，一周后方可少许进酒，这褥期饮食指南颇有科学理念，沿袭成规。

　　但我家乡女子有自己独特的地缘性格，大多豪迈不羁。从医院回到自己家，一般为产后三四天，面对月嫂端上来的盛在大海碗里的月子面，胃底如被收割后腾空装进一头饥饿的小野兽，食欲大振，不拘于"一腊"之说。基于平日烹制鱼鲜，多用酒去腥，黄酒清炖的佳肴也不少食用，就流星赶月般拎起酒壶往面汤里来回"涮涮涮"，大有王维"清川带长薄，车马去闲闲"的自在。琥珀色的黄酒与月子面汤碰撞，激出鲜味的威力；而细腻如丝的索面，在黄酒的淋洒下更加温润，富有筋道，筷子一提，根根灵动飘逸，不会成坨。家乡少妇回忆坐月子的时光，会骄傲地说，当年我可是吃了几坛老酒，而不是用"喝"，因为它们已融入一碗碗月子面和其他月子餐。黄酒加持的月子面，芳香浓

绵长的索面

郁，被熏陶了的女子，更有大海的气质。

　　与月子面一同端上来的那缸菜油姜，有人说是月子面的灵魂食材，我很认同。给产妇吃的菜油姜制作精细，要买新鲜的老生姜，洗净后晾干表皮水分，再剁成姜末，均匀细碎如小米，这道工序一定要手工操作，姜汁才不会流失。

　　用古法压榨的头道菜籽油，色泽橙黄透亮，倒在大铁锅里烧出浓厚香气，再倒入姜末儿继续文火熬。油香、姜香相互激荡，直至姜米由姜黄变成棕黄，离焦黄还差几分，酥脆又饱含香辣的汁液才是上乘。乡人将这一过程称为"段菜油姜"。做好的菜油姜盛在一个个小陶罐里，让它们静置些日子消散火气，沉静香气，待产妇掀开罐盖，香气扑鼻的那一阵欢喜。

菜油姜在面汤上下翻拌均匀时，汤面会迅速漾开一层娇艳的鸡油黄，如"弘治娇黄"釉面明丽动人，使索面汤的意境得以升华。菜油姜的浓香和辛辣，加上已先声夺人的黄酒，月子面如舌尖上的秋千，让你味蕾快乐荡悠。姜米颗粒缀满一条条面根，每一口都充满了大地产出的"鱼子酱"。趁热喝汤、"嗦"面、吃浇头，须臾间一碗索面汤落肚，酣畅淋漓，额头汗津津，婴儿的粮仓仿佛在汩汩流淌，生命将提供给另一个生命生长的温热源泉。

若把海边人家的月子面抽丝剥茧，斑斓可观的

香气扑鼻的菜油姜

浇头难以枚举，有早已备好的香菇、黄花菜、鱼鲞等干货，有时令蔬菜，也有鸡鸭肉蛋，还有得天独厚的滩涂小海鲜，弹涂鱼、望潮、蛤蜊、虾兵蟹将轮番上阵，更有裹挟着浪花的海鱼，江南"非遗"工艺老底子"敲鱼三拼"的鱼面、鱼丸、鱼皮馄饨。一碗碗月子面端的是八仙过海、九衢三市，有水陆毕现的风光，常常呈现七彩之色，极像《武林旧事》中南宋后宫制作的春盘，"翠缕红丝，金鸡玉燕，备极精巧，每盘值万钱"。

美食家蔡澜说自己是面痴，他说有面的陪伴，寡淡的日子也变得温暖。他写了不少南北面食，却不见他写过江南的索面，若没有吃过，实为憾事。

江南索面也叫垂面、线面、纱面、素面、面干，是用精细小麦粉加盐经过和面、揉面、缠面、熟面、拉面、晾面等工序制作而成。在晾晒到九成干时，将其盘成八字形，如少妇挽在脑后的八字髻，温婉优雅。

产妇生产后半个月左右，娘家人和亲朋好友就陆续过来送月子，家乡俗语称"送庚"。以前"送庚"的礼品有鸡鸭、蛋和小儿衣物等，绝对少不了索面。一把把索面或码在笠筐里，或码在月子篮里，上面贴一张醒目红纸，或系上红丝线，代表着长长久久的祝福。

一般说来，到人家家里做客，见主人要准备待客饮食，总是客气地推辞。但"送庚"不一样，"送庚"的女人十分期待吃一碗月子面，还会提前打招呼，直言自己准备哪一天要过来吃索面汤。主要想抓住机会过过瘾，吃寓意吉祥多福的索面，也讨个好彩头。月嫂同时将两口锅齐开火，一锅滚水，滤去盐分，渌熟面，捞起沥水浸入另一锅做好的浇头汤里。如红酒需倒入器皿里醒一下，口感更好，索面也在浓汤里醒味片刻，乡人称"面干卯汤"，再倒入点心碗中。看着致命诱惑的菜油姜和老酒就在眼前，过来人眼睛传递出的是：这心尖上的美味啊！

月子面也是治愈面。生姜驱湿、散寒、暖胃；菜籽油抗氧化、降血脂、保青春；姜与黄酒通经络、温补祛寒；索面富含碳水化合物和蛋白质，容易为产妇吸收和消化；山珍海味补足气血，也是婴儿乳汁的源泉。

老人说月子做得好，小病全没了。月子面功不可没。城里人说海边人酒量好，特能喝。月子面，与有荣焉？

胭脂鱼生

20世纪80年代，温州乐清人南怀瑾先生馈赠"五味和"鱼生给居住在台湾的温州平阳人、一代名师、新闻巨子马星野。马先生爱不释手，心潮澎湃，连夜赋七律

醇美咸香的鱼生

《呈南怀瑾先生谢赠乡味》以酬谢："拜赐莼鲈乡味长，雁山瓯海土生香。眼前点点思亲泪，欲试鱼生未忍尝。"他老泪纵横、浮想联翩，急切想品尝，又舍不得打开。他是想邀请同乡好友一起分享鱼生的美味，共忆家乡山山水水，遥

思故乡父老乡亲。醇美咸香的鱼生，让游子如漂泊的船，找到温暖的岸。

玉环人称鱼生为"带柳丝"，因为它细长如初春的柳条；在温州称呼就比较直接，叫"白带生"。

带鱼是浙江主要的海产鱼类，它们在披山渔场一带南北往返洄游。越冬时往南游，潜于八十米以下的海底层；春暖花开，水温回升的三月，开始游回来产卵。但三月的带鱼幼子太小，经不起腌制，常发酵成一坛卤水；四月时带鱼大规模进入披山海域产卵，被称为"回头带鱼生产季"，产出的小带鱼肉肥骨软，身材细条匀称，实属沧海一粟，却自有妙用，最适合腌制鱼生。

每年农历四月中旬，外婆都会蹲在家门口水井边，把外公从船上挑回来的带鱼幼子盛放在宽大的圆形木箍桶里，仔细分拣，剔去海蜇之类的小杂鱼，拣掉断头断尾的小带鱼。我们想帮忙，她总说这活只能一手"插"到底，一蹲就是好几个时辰。

外婆躬操井臼，弯腰伏背，两眼专注，双手小心清理摆布。挑拣完后即加入"百肴之将"的盐，适量的盐既可使鱼体紧致，又能洗尽鱼身上的黏膜。鱼要洗得很干净，洗不干净，卤水不清，味道不佳。若加盐不足或用力过大，幼鱼会在水里溶化，要有足够的操作经验加配方把握才能避免功亏一篑。每次洗净鱼生，外婆的手指上都会布满大大小小的伤口，若淌血不止，她就从针线蒲篮里找出布条捆扎手指，用线系紧止血。日子如熹光，温柔安详了我们的岁月，外婆腌鱼生时始终面带欢喜，一如她一生的隐忍。

　　清洗后将眉目清秀的小带鱼静置一夜，沥尽水分，加盐拌匀，再敷上家乡的红糟，似给新娘的脸搽上一层胭脂。晚上熬好一锅糊烂糯米粥，经一夜冷却后倒入其中，加入自家晾晒的香喷喷菜头丝，充分搅拌，这个过程叫打磨。打磨得好，鱼生条条赤红，鲜亮水嫩；打磨不好，辛辛苦苦腌的鱼生或很柴，或变成一缸盐卤。外婆腌鱼生，似吃了算盘子——心中有数，从没有失手过。她把鱼生连同剩下的卤水装入口小肚大的陶缸里，在上面放置几支竹签，再压两块洗干净的鹅卵石，避免鱼生浮起，让它完全浸泡在这特制的"高汤"里。

　　密封坛藏这个程序很重要。玉环是丘陵山貌，有一种红土壤分布在海拔两三百米的山坡，俗称"红赤土"，有独特的黏性。父亲从山上挖来红赤土，外婆将它和粗米糠搅揉成块，做成土墩，压在缸口，包上棕榈叶，用麻绳绕圈系上，严丝合缝，最后沿缸口圆周洒上白酒。这是她独创的程序，说是能避免虫子偷袭，看她那虔诚的样子，倒有点祭祀行礼的庄重。

过了二伏，一般在农历六月中下旬，就可以开坛食用。外婆腌出来的"带柳丝"出坛时，色泽奇艳，香气浓郁。鱼体缠绵交织，小带鱼与菜头丝耳鬓厮磨，融为一体，腌糟鱼中数鱼生的形象最为袅娜生动，也被称作"带鱼妹妹"。

家乡有俗语"杨柳青，断鱼腥""好囝不挣六月钱"，说的是三伏天，渔民不出海了，少有新鲜海鱼。这时，开启后的"带柳丝"刚好接上。外婆用大大小小的玻璃瓶罐装好，分赠给左邻右舍，或让他们自带容器来取。有手艺的渔家都会腌上二三十斤"带柳丝"，备一夏之用，如过去北方人冬天腌大白菜，供一冬食用。

鱼生属重口味菜肴，咸酸甜鲜辛兼有，还有一种特殊的气味散发出来，令人兴奋，能把你"嘴门子打开"，一口下去，食欲迸发，让人吃上瘾。若加一撮白糖，倒一勺黄酒或醋，白酒更佳，提味又有劲头，是喝粥下饭的神器。小时候饭桌上弟妹们爱挑菜头丝吃，我更喜欢夹两根胭脂红又浸了白酒的"带柳丝"，拌入碗中猫食，三两下一碗粥就落肚了。有时碟子里"带柳丝"吃完了，剩下鱼卤，外婆闽南语顺口溜就来了："卤沾沾保平安，卤戳戳变财主。"意思是说只要我们用筷子蘸鱼生卤吮吮，把饭吃下去，保准长大以后平安又富有。这是清苦日子的循循善诱，今日回想起来包含着通俗的人生哲理。

外婆除了腌一手好鱼生外，还会充分利用鱼生卤的鲜美调味作用。她用鱼生卤炒萝卜、炒鲜榨菜、炒包心菜、炒蒲瓜或冬瓜、炖老豆腐，比味精更鲜美。用鱼生卤泡花生米，有意想不到的复合滋味。

秋末冬初，坛子里还有剩下的鱼生卤，正逢白萝卜上市，外婆会用一个搓衣板模样的刨丝板刨出一大盆萝卜丝，铺在竹簟上，晾到贴壁光景，收起丢进鱼卤里，用长筷子搅拌均匀，不出三五天，餐桌上便多了美味的萝卜丝泡菜。

现在，常年可以吃到海鲜，鱼生倒成了稀罕物，吃完大鱼大肉后，想吃点鱼生解腻，还得寻寻觅觅。特别是在温台一带的小酒店，宴席结束前叫服务生来一碗米饭，配一小碟鱼生杀饭，心满意足，着实痛快！沿海一带餐席冷菜常有海蜇皮或海蜇头，配的若是麻油醋，家乡人会问："有鱼生卤吗？"老板知道这是遇到温台吃货了。没有，只好讪讪道歉；有的话，宾主气氛活跃。鱼生卤与海蜇头、海蜇皮被奉为圭臬。2005 年 8 月 7 日，台风"麦莎"在玉环干江镇登陆，干江盘菜因味美随着"麦莎"一举成名。干江盘菜怎么做最好吃？切片，隔水蒸，蘸鱼生卤，或虾蚬酱。

鱼生是温台饮食文化中的一朵奇葩，是渔家人匠心匠艺的百年传承。现在，渔民赖以生存的海域发生巨大变化，半个世纪以来，东海一网下去从捕获鱼种无数到东海少鱼，再到东海护鱼。伏季休渔已二十七个年头，渔民也积极保护海洋资源，海鲜摊上难得有幼带鱼，我也多年没吃过"带柳丝"了。

前些日子，朋友从老家回来，赠我两瓶"带柳丝"，在杭州家里打开即食，仿佛就是外婆腌出来的味道。

　　周作人在北京获绍兴老家人送的臭苋菜梗，感慨"近日从乡人处分得腌苋菜梗来吃，对于苋菜仿佛有一种旧雨之感"，他说的旧雨之感是对家乡及友情的联想和感念。我得"带柳丝"何止"旧雨之感"，那是魂牵梦萦，入骨相思无人知。

海味

九层糕

　　我家乡民俗盛行四时八节的糕点有——清明的青团、糯米包子，立夏的松花粉馍糍，端午的各种粽子，中元的九层糕、发糕、桐树叶包，中秋的印花饼，冬至的番粉圆、冬至圆，春节的八角松糕……它们随时都可以从我的记忆中鲜活地蹦出来。拿萧乾的话来说，如"贪嘴的牛犊在母牛身边依恋不舍地磨蹭着，巴望再咂上一口半口的"。

　　离开家乡，越发贪恋那一口半口的。明天是中元节，今早上班时接到快递员电话，我说直接放在邮柜里吧，他说放不下。哎哟，是什么庞然大物？只好叫他想办法放我家门口。

　　回家看到一个大纸箱套着一个大泡沫箱，拆开泡沫箱，里面有隔热膜和写着"就要给你新鲜"的小冰袋，好不容易从二十多个冰袋里找出一块"和氏璧"——原来是一方九层糕。随即接收到表侄儿的信息："一早起床去陈屿的早餐店买九层糕给姑姑，只抢到一点点。我动用了特大号密封箱加了很多冰块，您会发现巨大的箱子里面只有一小块九层糕。"

就这一小块足够化开我沉积了十八年的念想，自从外婆走了，我再也没有看到和吃到这脂玉般的九层糕了。

外婆在世的时候和我说，九层糕是温州、台州人祖传的小吃，至少有四百年的历史。她说，明朝时温州有王氏兄弟，被皇帝赐封为抗倭英雄，他们的后代从永嘉迁到温州城关，喜欢吃九层糕，便把九层糕的制作工艺带到温州城关。我家乡坎门与温州只一水之隔，历来联系密切，九层糕就传过来了。外婆出身中医世家，识一点字，知道许多典故，很会讲故事。我想它的起源可能类似临海的糟羹，都是为抗倭将士准备的。九层糕的模样更有深意，一层深情一层期盼，层层叠加待凯旋。

小时候我是外婆做九层糕的助手。中元节临近，外婆就开始备米，她会购买早米，也就是第一季新米。中元节前一天晚饭后，外婆便开始泡米。那时候已经有自来水了，但外婆一定要用家门口的那口井里的水来泡米。她说井水含碱，泡出来的米做成糕会有碱香，无须再加稻草灰的汤。外婆后半夜唤我起床，我跟着外婆的节奏，把泡好的米从米盆里一勺一勺倒入石磨孔里。外婆慢慢地推动石磨，慢中带劲，她说米浆要磨得精、磨得细。这大致像厨师的刀工，在很大程度上决定菜品的口感。比如马兰头，不切细，香味就跑不出来，卤牛肉切薄与切厚的味道也会不同。

线切九层糕

往磨好后的米浆里加入细砂糖和水，搅拌均匀，米浆就做成了。接下来就是蒸九层糕环节，我负责灶火。蒸

美味的九层糕

九层糕一般不用煤炭，大多用柴片，松木柴烧出来的九层糕更香。火候很要紧，有武火有慢火的时间段，能让九层糕松弛有度。

外婆往锅里添好水，在上面放上用过多年的竹篾蒸笼，铺上一层用水浸湿的垫布。我开始大火烧水，水开后外婆用勺子舀出米浆均匀地分布在蒸笼里。舀多少米浆很关键，少了成不了形，太薄易脆，又不够香，舀多了会太厚，没有玉片儿的感觉，又不容易熟，所以浇浆要有经验。外婆揭开锅添米浆那会儿，我会退出两根木柴到另一边灶口歇着，一方面热气不会太冲击外婆的脸，另一方面米浆能自然流动，均匀凝固。每浇好一层米浆我就稍稍加大柴火力

度。待糕面凝固，再浇一层米浆，如此反复。

九层糕并不是说就做九层，九在中华传统文化中象征着完美、永恒和无限，是虚指。外婆能做出十几层很 Q 弹韧滑的九层糕。早上八口人都起床了，九层糕也冷却了，呈淡绿色，很香，散发着玉石的光泽。外婆绷直缝衣服的线将糕体切开，先把祭祖的一大块留好，剩下的我们兄弟姐妹各自用一根线，按自己的喜好切割成三角形、正方形或长方形。

为什么不用刀切呢？因为用刀切，剖面会留下摩擦过的痕迹，甚至粘连，用线切不留任何痕迹，切下的九层糕的任何一个切面都光洁透亮。若加上一点红豆或绿豆铺于九层糕的表面，那就更加诱人了。整块九层糕似未雕琢的透辉石。你可千万不要拿筷子吃，也不能大口大口咬。这就像上海的烤麸要用手掰，才能够体会它极致的味道。九层糕从手里提入口中，要一片一片揭开，在空中抖一下，很像要变什么魔术。糕片放入口中，滑溜溜、甜滋滋、糯叽叽，又有嚼劲。

在中国香港、台湾地区，和一些欧美国家，有寒天啫喱、抹茶布丁、牛油面包、鸡蛋芝士……它们或香滑可口，或入口即化，但论吃出大地的味道、泥土的芳香，必定是我家乡的九层糕。

我们是吃米长大的，没有一种食物能比米香更能诱引我们的胃口，没有一种食物能比家乡的糕点更能一解乡愁。钟楚红托朋友送给蔡澜东北五常大米，蔡澜念念不忘，说那米做成的米饭是死去都会怀念的食物。

表侄儿从七百里外寄来的九层糕，既有古早味，又是充满活力与生机的"多巴胺风"美食。

我满怀愉悦，要一层一层慢慢吃……

恋恋八角松糕

　　我家乡人沿袭闽南风俗，重视祭祖，这是中原文化传承与当地先民文化多元融合的呈现。家乡创制的糕点风味各异，不胜枚举。如果说有一种糕点承载着中华民族最丰富的传统文化元素，体现了对自然的敬畏、对生存的感恩，传递着对祖先的敬意、对故土的眷恋、对生命所有美好的祝福，非八角松糕莫属。

　　谢年，是民间比较普遍和隆重的传统习俗，谢天地神明护佑一年来风调雨顺，国泰民安，也祈求来年平安喜乐。谢年一般从腊月二十开始，较多集中于小年日。旧时，谢年前要捅烟囱，让排烟通畅。还要用锄头铲锅灰，铲锅灰还有忌讳，因为铲锅底灰发出的声音很刺耳，周围若有谁家媳妇怀孕，就要把锅拎得远远的，比如河边田埂，否则容易让胎儿受惊。家里掸灰去尘，一切准备停当，开始炊八角松糕。

八角松糕，是要在谢年前一天炊好的。用当季糯米掺和少量粳米碾粉。在我上学的年代，机器磨粉普遍代替了手工石磨，磨粉机不同的刀片，磨出来的粉粗细不同。炊松糕还是挺讲究的，粉不能一律细致，掺入一些粗点的粉，留有空隙，蒸汽穿透糕体，容易蒸熟，松糕也更有嚼劲。外婆会请磨粉师傅在磨好三分之二左右时换个刀片，磨出一些粗一点的粉粒。拿回家后倒在圆篾筐里与红糖水充分搅拌均匀，松糕粉经过掌心和十指搓散，过筛后再把大的颗粒捻碎，反复翻拌摩挲，直至糕粉既有湿润感，又显得松松散散，这真是个精细活，饧发两三个小时后才铺在八角松糕蒸笼上。

八角松糕蒸笼最早是木质的，桶状，就叫松糕桶，农村几乎每家都有。上半部分用来铺粉，中间架上一层细孔蒸板，后来蒸板换成更易受热的薄铁板，下半部分是底座。给铺粉的桶壁和蒸板抹一层油，在蒸板上铺一层纱布，再疏疏地撒粉，见桶顶堆得比较高时，用双手提起长筷子往松糕桶上轻轻一扫，扫出一马平川的样子，松糕便可置于锅中。水位要恰到好处，既不能让沸腾的水扬起的水花溅到松糕粉，又要保证有足量的水蒸气穿粉而过，顺利炊出一笼又一笼松糕。

"要早点睡觉哦，明天起早谢天恩。"因为是长外孙女，外婆每年谢年都要叫上我。

"嗯嗯，外婆叫我就是了。"

早起的天空，星星在闪烁。白先勇先生说，孩子的眼睛就像照相机一样，能把看到的图像拍下来。这些图像在心里存了档，年代越久远越清晰。

凌晨两点，外婆把我从被窝里唤起。我迷迷糊糊地走到八仙桌前，见红烛在盏中摇曳，香火在空中缭绕，立马清醒过来。

"来，跪在蒲墩上拜天公，拜三拜，保佑我外孙女顺顺利利、平平安安。"在外婆看来，家人一年无病无灾就是最大的福。仰望苍穹星辰，我认真地拜了三拜。接着，外婆敬茶敬酒，磕头作揖，口里念念有词。在一个旧铁锅里烧完祭祀用品后，点燃一串百子炮，噼里啪啦一阵响，谢年仪式圆满结束。

八仙桌上的五果五斋五牲，每年都会有所变化，不变的是那一笼放在描龙画凤红色底漆木盘里的八角松糕，松糕上面贴着一张鲜艳的长方形红纸。

八角松糕是家乡长辈眼里的吉祥物，炊松糕，炊的是他们对生活像芝麻开花节节高的希望。米棕色松糕出笼时反扣在器皿上，趁热撒上一层桂花，用切成花瓣状的红枣在糕面上铺出几朵花。轻烟袅袅，香气弥漫，喜气洋洋，似唱和长辈对美好生活的向往。我们小孩闻着松糕香气，拍着手念儿歌："松糕，松糕，高又高，我请大家吃松糕。松糕松，送舅公，松糕好，有棱角，松糕实，拜大佛……"

八角松糕还是祭祀天公的主角，正月

香喷喷的八角松糕

煞是好看的八角松糕

初九是民间传说中玉皇大帝的诞辰日，要有五味福礼。五味福礼包含面点、猪肉、鱼鲞、各种干果、鲜果和甜点，但处于 C 位的一直是松糕。这一天，百姓满怀虔诚求天公赐福，寄托祛邪、避灾和祈福的美好心愿。懂潮水流向的海边人会选择涨潮时举行仪式。若这年谁家要办喜事，直接挑担子到寺庙里，担子里贴着红纸的松糕，可不是一个，至少有三个，在桌面上一层层叠起来，祭拜回来在梁上挂起一篮一篮松糕，挂满生活的甘美。

直至今日，松糕一直是庆贺乔迁之喜的礼物。我买了人生第一套房子时，外婆已是耄耋老人，但一定要自己炊松糕送我，在入宅前送到的松糕布满蜜饯红丝绿丝，煞是好看。松糕的内容也发生了变化，加了五花肉、核桃肉、葡萄干，吃起来除了软糯、香甜外，还有咸香、爽滑。随着我工作地点的变化，每搬入新宅，无论是租的，还是买的，家人都要给我送两个松糕；后来路途遥远，就叮嘱我自己买，钱由他们出，说是意义不一样，松糕是长辈送给儿女的幸福寄语。

旧时，几乎所有喜庆的日子，都少不了八角松糕——农村盖新房、孩子读书升学、老人贺寿……日常我们也喜欢这种容易储存的糕点，喜欢它热时口感的软糯，也爱其凉了的嚼劲。

温州矮人松糕店很有名，第一代传人叫谷进芳，据说他个子很矮，20世纪40年代就在温州五马街口设摊专做松糕，他做的八角松糕特别好吃，矮人松糕便口口相传，闻名遐迩。90年代，我经常去温州淘吃，除鱼饼、鱼丸、酱油肉外，每次必定带回一个矮人松糕。矮人松糕的后代一点也不矮，一家子能把松糕店从抗日战争时期坚守到今日，实属不易。矮人松糕店现在除了卖八角红糖松糕外，还有纯糯米白糖猪油松糕和各种咸味松糕，形状还是以八角形为主，兼有梅花形、圆形。有传统的传承，也有现代的创新。

2018年我去了台北，听说台北有一家七十多年历史的糕饼老店，宋美龄特别喜欢吃这家店的松糕，导演李安回台北也经常光顾。这家糕饼店的创始人任仁昌是新中国成立前滞留在台北的上海人，他对松糕情有独钟，一直手敲松糕（蒸好了用手敲出松糕），敲着回归故土的心愿。他把手艺传给儿子。后来孙女任桂伦从英国学成归来，继承家业。她要转型，要把松糕做小，融入西式甜点的元素，为此，父女俩争执了很长时间。最后双方折中求全，在保留爷爷的八角松糕的前提下创新，台北的上海阿婆就要吃八角松糕，台湾人逢喜事也喜欢用这种松糕表情达意。任桂伦推陈出新，把松糕做出二十多种新口味和各种形状。这家店因质朴传统，又时尚多变，最后成了一家文创园。既然来了台湾，怎么也得去探访。我在点评网站上搜索这家叫"合兴糕团店"的糕饼店，其中南门市场店在罗斯福路一段 8 号，离我住的地方还算近。我赶过去，看见店铺人气很旺，有流沙包、小馒头、寿桃糕点，还有各种小松糕，当然点亮我双眼的还是八角桂花松糕。他们一家三代传承手敲松糕七十多年，忘不了家乡味，剪不断故乡情。海峡那边的亲人，大致都是如此，他们惦记的不仅仅是故乡的松糕，还有那如潮水般涌动的对故土的思念。

松糕也承载着我对故乡的念想，秉承着外婆对平安日子心怀感恩的表达。据说八角形图纹是对太阳崇拜的遗留，在红山文化、良渚文化、马家窑文化等的考古发掘中发现，八角形纹样体现的都是太阳，太阳在东西方古文化中都有最神圣的意思。我想我们先辈把松糕制成八角形，代表的是最深切的敬意，对日月星辰，对苍穹下的山川湖海、风霜雨露的无比敬畏。

它总在美好发生时抵达。

咂嘴舐舌薯粉包

薯粉包和鱼皮馄饨是玉环民间美食双璧。

薯粉包在我家乡被称作"山粉包子""番薯粉圆",或直呼"薯粉包""地瓜包"。

每年冬至到来年的清明,是做薯粉包的最好时节。冬至前后,番薯收成已有个把月,糖分足够,农妇手工洗出来的薯粉也晒干了。在"初九二九,相逢不出手"的日子里,我们兄弟姐妹围着灶头,待外婆揭开锅盖,薯粉包子刚露出脸面,就迫不及待地伸手到蒸笼里抓。小孩手皮薄,太烫手,又缩回来,手指沾点凉水,再去抓,抓到薯粉圆后左手兑右手,一边直呼烫烫烫,一边已吞下一个,又塞入一个。外婆一笼屉接着一笼屉蒸,我们就一笼接着一笼吃，含哺鼓腹，咂嘴舔舌，意犹未尽。不过，此等美味，小时候也就是在冬至、过大年时才有口福。

我从小耳濡目染，得外婆真传，十来岁就学会了做薯粉包。凡是看到网上说薯粉包是这么做的——淀粉几克，糯米粉几克，白糖几克……或是几克猪肉去皮切碎，加入番薯淀粉几克，还要发酵……心里就堵得慌，真想写个"薯粉包告白"，以正视听。

选好红皮红心番薯，将番薯削皮，滚刀斩块入锅，加水煮烂，过筛网容器沥去水分，稍等片刻，六七十摄氏度左右就可以将番薯压碎成泥，加入薯粉。一般在大铁锅里操作最放得开手脚，虽然有点烫手，但温度高才有黏性，粉皮不容易裂开。薯粉也要选红心番薯洗出来的优质薯粉，双手一搓就成细腻粉末那种。加入薯粉后，薯泥温度逐渐降低，加多少粉，无须称斤把两，边揉边加粉，全凭感觉，使薯泥薯粉充分融合，揉成绵软光滑的粉团就成了，揉好了的粉坯是热乎乎的。

现在有了各种小家电，人们图省力，就把蒸熟的番薯放在果菜料理机中搅成泥后和粉，这样做，番薯湿度不够，加的薯粉太少，做出来的薯粉包子皮就不够蓬松。有些人学艺不精就掺入糯米粉，有黏性容易和粉，但做出来的薯粉包一看不透亮，一吃不弹牙。圆圆扁扁的薯粉团看似简单，实则十分讲究，它是薯粉包的基础。

薯粉包的馅料，全是真材实料。玉环干江镇盘菜乃是浙江之最，软嫩糯香，微带甜味，是薯粉包的打底食材，用白萝卜代替味道可不一样；必不可少的鳗鲞是薯粉圆的灵魂，具有强劲的辅助实力，风干的鳗鲞比晒干的味道鲜美。春秋末期的吴王夫差也是个吃货，他攻陷堇邑（今宁波），第一次吃到鳗鲞，大赞其香鲜味浓，乃鲤鱼鲫鱼不可及，称之为美鱼，据说鲞这个字原来是由美和鱼两个字组成的。这个赞誉力度还不够大，鳗鲞之鲜何止胜于鲤鲫！薯粉圆没有鳗鲞，如同画龙缺了点睛之笔。五花肉、冬笋、香菇、洋葱、豆腐干、茭白、蛏肉干等，都是常规搭配，若想豪华点，可以加干贝、虾仁、海参、黑松露……根据自己的口味选择七八种料头，荤素搭配得当，切成细丁，油滚后翻炒至七分熟备用。

开始做薯粉包，先从揉好的粉团中抓一小块在手心捏几下，再搓圆，用大拇指和食指绕圆心按捏成沙窝形，这样可包入足量的馅料。装满馅料后用虎口收成小尖头，生薯粉包就做好了。把它们放在柚子树叶上，锅中武火蒸十分钟，出笼时的薯粉圆个个圆鼓鼓、齐簇簇，萌萌地卧在蒸笼里，透过金黄细腻的粉皮，隐约可见溢香流油的馅料。

薯粉圆料头

你若有茱莉亚·罗伯茨那样的大嘴，可以一口衔一个。软实、Q弹、松脆，鼓起腮帮子咀嚼，浓厚鲜甜的馅料从舌面铺开，鲞鲜、肉香、笋脆、菜嫩，口感丰富软糯，赶紧咽下肚，再来一个，边上有八珍玉食亦不羡慕。

玉环有一个诗群，名叫"薯粉圆诗群"，他们称薯粉包子为薯粉圆，是一个爱好诗歌又好吃薯粉圆的团队，他们一遍遍地讴歌薯粉圆：

请告诉我薯粉圆的味道

一个叫玉环的街头巷尾

蒸笼关不住香味

只要咬一口细心咀嚼

《欢乐颂》在齿间演奏

……

群主无论从哪旮旯回老家玉环，必定先到薯粉圆店报到："来四笼番薯包子，加一碗豆面碎。"四笼是几个？十六个！这可不是汤圆或饺子，它的分量与一个中等大小的肉包子差不多。

　　梁实秋先生在美国游学多年，回国时顾不上回家，把行李寄存在车站，步行赶到北京煤市街致美斋，一口气叫了三个爆肚儿，还说这是"生平快意之餐，隔五十余年犹不能忘"。他不仅是找寻美味，也是让心底扎了根的爱突出重围，找到歇息的地方。

　　"薯粉圆诗群"的群主还告诉我，他的好友，翻译家汪剑钊从北京来玉环，受自己多年蛊惑，一来玉环就说要去吃薯粉圆，但就是不带他吃。因为他是夏天来的，番薯已过季了，一般都是用薯粉和糯米粉掺和起来做粉皮，菜市场的食材也不对路，不能让汪老师吃不正宗的玉环薯粉圆啊。汪老师回北京后抱怨群主吊着他的胃口，他哪知群主的良苦用心，一方面维护家乡美食的形象，另一方面要让汪老师吃到地道薯粉圆，待他过年回湖州老家时再邀约，正是时令。

　　我有个闺蜜是吃货，她想起薯粉包时常会流口水，就乘兴去买来解馋。记忆最深刻的一次是2010年12月15日，玉环突降大雪，坎门镇积雪厚度破新中国成立以来的历史纪录。就在这天寒地冻之夜，她一想到薯粉包立马从床上

萌萌的薯粉圆（玉环市旅游事业发展中心供图）

跃起，冒雪与老公小心翼翼地开车找到坎门小巷子卖薯粉圆的小店，两口子驱车十几里捧回一盒热乎乎的薯粉包。事后说与我听，绘声绘色，贪吃虫爬满全身的样子，为之捧腹。我想象他们雪花落满双肩，彼此拂雪入室，温酒话家常的情景，真可入画。

我来杭州以后，父母知道天冷了我就会想吃薯粉包，便订购后快递给我。收到的速冻薯粉包一个个整整齐齐码在塑料盒子里，如蚕蛹伏于养房。我十分珍视，专门购置了一个小冰柜，朋友过来随时可分享。蒸出来的薯粉包还是蓬松的，粉皮仍有筋道，馅料依然自带菜气，咬一口，香、鲜、咸、甜、脆全跑出来，家乡的种种美食记忆如一场春雨后纷纷冒出的青草……

我曾在香港新界考察医疗机构，下午一点多钟才结束工作，肚子饿得咕咕叫，发现小巷子里有一个移动点心摊，竟然有卖薯粉包，是用棕榈叶垫的。吃货立马双眼发光，十港币三个，买了三十港币就囫囵吞枣起来，口感与老家的很相似，粉皮更透亮一点，馅料也很丰富，还有花生米，吃得喷香，我十分惊喜，请教了当地人，说这在香港叫粉粿，这不就是玉环的薯粉包嘛！

番薯是明朝万历年间从吕宋（今菲律宾）最先引入我国福建的，玉环有很多闽南移民，闽商以前大多在南洋经商，这之间一定有千丝万缕的联系。也许粉粿就是我闽南祖先下南洋一路辗转，途中滞留香港"授人以渔"，让我今天得以唇齿留香？

四百多年前，红薯之父——陈振龙先生冒险把番薯引入中国，我们大可行反哺之义。世界正日益成为一个"地球村",直播带货成为饮食文化新的传播渠道,通过互联网为当地特色美食代言有大好机遇,我们何不让薯粉包走出玉环,遍布四方食肆,何不让它在海峡两岸的餐桌上风靡,让更多的人体会到"蒸笼关不住"的香气?

汹涌思念油炸鼓

初中同桌发来两张照片，一张是金黄色油炸鼓的全貌，另外一张是掰开后油炸鼓的馅料。我按捺不住内心的激动，迅速点击语音通话键。

"咱们老厝边又有油炸鼓卖呀？"用闽南方言交流更亲近，这是浙江台州和温州部分区域老百姓的日常交流用语。

"有，就在乌沙头，现在叫渝汇广场，一个渔民高举黄鱼的铸像旁。"

"还是那么好吃吗？用菜籽油？只取葱白段？有小鲜虾？用的是上五花肉？"我一口气盘根问底。上五花肥肉多而厚，肉质特别嫩，适合剁碎做馅儿。小鲜虾指的是毛虾，可干制虾皮。

"你这只馋猫，自己回趟老家尝一尝就知道。"

油炸鼓是家乡玉环特色小吃，吃起来的声音就像汪曾祺先生自创的塞肉回锅油条，"嚼之酥碎，真可声动十里人"。但油炸鼓馅料丰富，一定比塞肉回锅油条好吃许多。

距上一次吃油炸鼓至少有二十年了吧，胃是人体第二大脑，布满记忆的编码，它能存储儿时的味道，是最深切的乡愁。"粥后复就枕，梦中还在家"，北宋词人李之仪人在千里之外，但一碗暖暖的粥落胃，便觉得自己未曾离开，还在家里。食物，饱含温暖、体贴、宠溺，馋性千娇的人儿，谁没被它触动过！

美食在屏，所思泉涌……

那年，我上初中一年级，广播播报海上有五到六级，阵风七级的大风。一辈子在小钓船和小舢板上为生活打拼的外公，裹挟着海的气息，拎着刚出水的鱼回来了。我与外公感情很深，本应该非常安心和开心，偏偏那天语文考试成绩不理想，晚饭后被身为语文老师的妈妈狠狠批了一通，爸爸也在一边附和，插了一句："饭白白给你吃了。"别看那时我只有十来岁，倔脾气却已初露端倪，第二天怄气

油炸鼓

没吃饭，一大早就背着书包上学去了。

小时候的冬天似乎特别冷。那天清晨，风冷霜冻，我站在操场上跺了好一会儿脚，实在受不住寒风如刀割般的疼痛，才推开教室的门，硬着头皮走进空无一人的教室，坐在自己的座位上。

我们初一（1）班的教室是被校园围墙连接起来的一间旧祠堂，应该是学校向大队借用的，这也是那个年代校舍不够时通常使用的解决办法。教室地面的泥土已被踩得油光发亮，梅雨季节会返潮起水，走路不小心很容易滑溜。石头砌成的土墙斑驳陆离，往上是人字形黑压压的瓦顶，瓦顶下面是纵横的粗大梁木，梁木上架着一口已经上色的空棺材。不知为什么学校没把它移走，几个男生常编鬼故事吓唬我们女生，说某个早上看见从棺材里冒出一双眼睛或是伸出一只手，胆小的我之前从不敢第一个进教室。

我凝神屏气朝头顶上的那口大红漆棺木瞥了一眼，这时若飞出一只蝙蝠或爬出一只蟑螂，我大概会吓昏过去，幸亏没看见什么异物，但风穿过窗缝的呜呜声像是怪兽在教室盘旋，我赶紧把脸朝向与教室门同一侧的窗口。

紧贴窗口墙壁的是一条干涸的水沟，大约有半米深，窗外的操场高出教室的窗沿，我内心无比期盼看到同学们的黑丝绒布鞋或是草绿色橡胶鞋，无论什么鞋都可以，只要能快点在窗口出现就好。要是早读的铜钟敲响，同学们就全都来了。我望眼欲穿，看到的是破碎的纸片和枯黄的树叶在地面和空中翻腾。似乎越急切，时间越不会流动，我饥寒交切，又胆战心惊，开始瑟瑟发抖，想逃离教室。就在这一刻，我看见了窗外的黑色"龙裤"！那是渔民常穿的裤裆宽大如灯笼，方便下蹲上起的无障碍裤。这条宽大的龙裤我太熟悉了！腰间有一段半尺长的棕白色粗布，腰两侧有两条宽大的黑色布绳，布绳用于系扎，据说还是婴儿的我经常被系扎在这龙裤腰上。是外公来了！他站在水沟里弯下腰正看到教室里的我，我飞奔出去，打着寒战的身体呼地热起来，外公也快步向我走来。他从龙裤腰里掏出用毛巾包裹得严严实实的一团东西，香气飘来，几层牛油纸包着两个油炸鼓，一股热气冒了出来。外公迅速抽出一张油纸，裹起一个热腾腾的油炸鼓递给我。

"趁热吃，手捂着热热。"外公弯下身把油炸鼓放到我手里，他青筋凸起的双手护着我手中的油炸鼓，怕被风吹冷，或是怕太烫我拿不稳。我"嘣"地咬了一大口金黄色的油炸鼓，有点烫，于是噘起双唇，转动舌头在嘴里盘几个来回，旋即狼吞虎咽起来。

"慢点吃，阿公看你没吃饭就赶紧跑过来，在摊上排队等了一个时辰，把你饿坏了吧。你不要理会你爸妈，我从来没说过他们一句重话，他们怎么能骂你。"我鼻子发酸，身体靠紧外公，专心咀嚼肉、虾、菜满满的油炸鼓。鲜美的油汁浸润我的舌面，记录在我饥肠辘辘的胃肠里。直至今日我仍然清晰地记得外公蹲在教室门口的屋檐下陪我吃完两个油炸鼓的情景，我看到他被海风日日吹打的抬头纹刀刻般深厚，粗长的手指长满黄色的老茧，像被半个蚕茧按上指腹。吃完后，他用毛巾擦去我嘴角上的油渍，这时有同学朝教室走来，外公塞给我两元钱就赶紧离开了。操场上，他的龙裤被风鼓起，似劲风扬帆，他渐行渐远的笔直背影，至今是我汹涌的思念……

我经常用外公给我的零花钱买家乡的各种小吃，比如肚脐饼、油墩子、碗糕、火烧饼、千层糕、妈粽等，但在我心中最好吃的还是油炸鼓，它如鼓的饱满装着亲人的百般疼爱。

我读大二时，外公走了。我没有买过什么东西来孝敬他，他最爱喝的黄酒，一斤也没买过，只想着大学毕业后用工作赚来的钱买他平时从来舍不得给自己买的东西，哪怕是一块六角酥。他没能等到这一天，多少遗憾化为魂牵梦萦，我至今时常梦见他在海里捕鱼，风来了，外公还没回来。梦中我还是一个小孩，拉着一个个返航的渔民问："你们看见我的外公了吗？看到过吗？"我一直问一直喊，梦醒时张着嘴，口干舌燥。我还常梦见我好久没给外公钱了，外公在哪里？起风了，怎么还在海上漂泊？梦里已泪眼婆娑。

回家乡工作后，每次买油炸鼓，我的脑海中总会浮现外公那天在寒风中等待的身影：他一定是急切地盼着掌勺人把面粉糊浇在圆形的勺子上，他肯定恨不得自己动手把切成丝的包心菜、切成段的葱白、剁成半糊状的上五花肉和鲜亮粉嫩的毛虾一拢成簇，放在面糊的粉坯上。当微黄的油炸鼓高高鼓起，翻面成金黄色，捞出沥去油渍的那一刻，他定是迫不及待地摊开毛巾去接。

离开家乡后，这些年我也去过一些地方，尝过不少街头小吃，类似油炸鼓的有香港炸虾、台湾虾卷、美国炸蛤蜊球、巴西香炸鳕鱼等，尽管它们都是脍炙人口的街头美味，但无法输入我记忆深处的美食库，几十年来，家乡的油炸鼓深植我心。

往事并不如烟，寒冬即将来临，同桌发来的图片勾起我的怀想。

"约个时间，我要回去吃油炸鼓。"与同桌一番乡言乡语后，我十分确定地说。

白鱼饵与白鱼肚

延绳钓捕捞技艺，是海洋捕捞中一种古老的作业方式，被列为省级非物质文化遗产。带鱼是我家乡延绳钓产量最高的鱼类。带鱼浑身银白色，老家人称带鱼为白鱼，带鱼饵和鱼肚也叫白鱼饵和白鱼肚。

白鱼饵，是挂在钓钩上引诱带鱼头尾相衔鱼贯而入的饵料，也是我美食记忆库里的珍肴。如同以前相机的胶卷，现在的孩子没有这个概念。"以鱼钓鱼巧作饵，鱼傍舟行不知避"，家乡的渔歌记录了带鱼汛旺发时的情景。

外公是延绳钓的行家里手。每年溽暑过了，就"洗脚落船"，从秋钓到冬钓，一直延续到次年立春前后，都是以钓带鱼为主。切饵、搭饵、投钓、拉绳、取鱼……几个环节在洋面上操作，循环往复。其中切饵料是要把带鱼头切下来，再把带鱼中段斜切成片，用作钓饵，留下较长的尾巴。

外公从海上带来的鱼饵有两种，一种雪白莹亮，脊背管处还有血带，看上去水灵灵的鲜，这是返航前刚切的。旧时，延绳钓的渔船都是木帆船，经不起风浪，遇到海面起风，刚切好的鱼饵还没下水，渔船就回港避风，鱼饵还羼着鱼头和鱼尾，我们渔家孩子，就可以吃到被分解后的一条完整的鱼，还带着海水的温度和水色。

白鱼头与鱼尾清蒸，加点酱油，不用其他调料，没有一点腥气。蒸好后鱼眼珠子滚出眼眶，我们的眼睛瞪得像铜铃，捷足先登者从鱼眼睛和眼睛下的那片月牙肉下手，鬼怪精灵得很。鱼尾巴也很好吃，特别紧实、鲜香、入味。

切成片的白鱼饵用少许油煎一下，加点盐和料酒，家长叫炯鱼饵，出锅时铺一层大蒜叶，香气四溢。鱼饵一入嘴，鱼肉与骨刺很容易分离，经常还没开饭就被我们孩子吃掉大半盆。

有时出海一趟时间比较长，当日剩下的鱼饵直接在船上盐腌；若量比较大，盐腌后将卤汁沥出，就在船上晾干。盐腌过的白鱼饵，无论干湿，加点姜葱放在饭头上蒸，油性咸香，是我们喝粥的利器，下饭的榔头。

如果一次分来的鲜鱼饵比较多，一时半刻吃不完，外婆就红糟鱼饵。红糟是做黄酒发酵蒸发之后剩下的渣子。在我的家乡，用丹曲和糯米酿造黄酒，丹曲是一种红色霉菌，酿酒后残渣的颜色是紫红色。外婆煮一锅糯米粥，待冷却后，加红糟、盐，与白鱼饵拌均匀，再放在陶缸中密封好，存放时间很长，粗陶缸成了旧时的冰箱，想吃时抓一把。红糟鱼饵又香又好看，蒸起来香气旁逸斜出，隔壁邻舍端着饭碗过来，家人招呼夹一条下饭，红色的鱼饵搁在白米饭的碗沿，一条鱼饵可以下一碗饭，邻里其乐融融，场景难以忘却。现在人们也用红糟作为天然食品添加剂，比如红烧肉、烧鸡、酱鸭、泡菜等，上色后的菜肴生动美丽。

好戏还在后头，如果说鱼饵是日常的口福，那引爆味蕾的鱼肚便是生活的精彩。渔家人吃遍大海捎来的海货，知道什么季节吃什么鱼——三鲳四鳓六月鲥，八月白蟹板，冬至带鱼艹；还很清楚鱼的哪个部位最好吃，家乡有俚语："鲳鱼鼻，马鲛弯，黄鱼唇，白鱼肚……"就是说鲳鱼要吃头部隆起的部位，马鲛鱼吃尾巴，黄鱼嘴唇最好吃，白鱼最好吃的是鱼肚。

白鱼肚

白鱼肚是从鱼鳃的下端，连接上颌的鳃耙切下去，呈锥形切到脂肪最厚的两片鱼腹肉，连同内脏的鱼肠和鱼子一起割下来。洗去鱼肚内脏杂物，在船上晾干，形状像海鸥——银灰色的鱼腹肉似海鸥的身躯，鱼肚肠和成串的鱼子像海鸥的翅膀，随海风舞动起来。

白鱼肚称得上渔民的"鱼创品"，不知道是哪个聪慧的渔民发明的。现在文创品满足人们多样化的文化需求，给生活带来许多美好。白鱼肚是一种物质加精神的创作，朴实辛劳的渔民，在惊涛骇浪中具有如此冷静沉着的创造力，他的灵感来自哪里？是海面上掠过的一只鸟，还是遥望中家乡的一片云？能在切鱼饵时留下鱼的精髓，进行再加工，这是艺术灵感和美味创造力的体现，着实令人感激涕零。

渔民把鱼肚带上岸，给家人享用。鱼肚包含鱼鳃下面的一小块肉，肉薄而嫩，有饭铲形的小片骨，闽南语称"尖匙"。这把"尖匙"藏在带鱼的呼吸系统里，虽然"尖匙"两边肉并不多，但我们四个兄弟姐妹抢着占为己有。因为带鱼用鳃呼吸，鳃边那点肌肉活动量大，比月牙儿肉还好吃，吮干净肉后就是一把透明的迷你饭铲。鱼子经过海风的洗礼

延绳钓（其味 摄）

很香，风干就可吃的样子；鱼肠长短不一，似饱含对大海无尽的牵挂。对，带鱼肚就是一副牵肠挂肚的模样。

外公离世三十多年，他一定切过不少这样的鱼肚，我记得他出海回来，无数次带回一大把、一大把半干半湿的白鱼肚，外婆把它们晒干后放在竹篓里，做咸饭时取出来，把长长的鱼肠和鱼子切成半寸长，与咸饭一起煨熟后，鲜甜有嚼头。鱼肚肉也是不一般的滋味，这部分脂肪多，还有一股蛋白的香气，确实是浓缩的精华。

二十年前，同学送我一包白鱼肚，是她哥哥把围网上来的流网带在船上加工，切出鱼肚，晾起来制成，大约一斤。我很珍惜着吃，最亲密的朋友来了，蒸三五条鱼肚，开一瓶黄酒，手提着鱼肚，一点点品味，一瓶酒喝完了，鱼肚还没吃完，就再开一瓶。一斤白鱼肚，不知多少瓶酒陪伴了它，这鱼肚分明是民间至味。

近些年，一直没见过白鱼饵、白鱼肚。前几天，我问"70后"的吃货，会想念家乡白鱼饵和白鱼肚的美味吗？平日与我在美食上无限共情的闺蜜一脸茫然。我想，若建海错博物馆，或家乡美食展示厅，应该让它们化石般展现。

东沙织网

稻草灰汤粽

　　我的乡人包煮出来的粽子颜色比黄金更金黄，光泽比黄金更璀璨，密实紧致如同人体上最健美的比目鱼肌，充满奔跑的力量。它在我的故乡玉环大地上伴随着我成长，芬芳了我的青春岁月，如今已十分罕见，只有上了年纪的人才知道它的美味。

　　金黄色的粽子是用稻草灰汤煮出来的。外婆说我们祖上生活在福建泉州，男人出去讨海，女人在家里琢磨做点好吃的迎接风浪里回来的男人，糯米米粑就是其中一种，但做好后没待男人回家就发霉变质。后来发现稻草灰水有一种特殊的清香，用它和粉做米粑可以存放很久，在包粽子时也就用了起来。随着迁徙定居，这种古法被带到海岛玉环。

家乡的早稻有一部分种植在丘陵地带。7月，农民开始收割早稻时，我外婆就认准了丘陵稻田的稻秸秆，农户十分热情，总是招呼多拿几捆去呀。我亲爱的外婆个子偏矮，她抱着不多不少的三捆稻秸秆回家，穗头如纷繁的花瓣在外婆的头顶摇曳。

外婆把早稻秸秆浸泡在水里，去掉外层的杂叶，剪去头尾，洗净灰尘，在家门口大竹匾上晾开，齐簇簇的稻秆在阳光下闪耀着金灿灿的光芒。晾晒干后，收入麻袋保存。

蓝色的天空下，房前的田野是那么开阔宁静，屋檐下的圆形松木桶是那么古朴而有质感，它如同魔术的道具，上面放着一个大筛子，外婆把浸湿的白纱布一层一层铺在筛子上，把去年洗晾干净的稻秆的一部分铺在白纱布上，做成密密匝匝的过滤器。另用一个旧铁锅燃起大部分稻秸秆，稻草灰一段一段落在旧铁锅上。当收了最后一抹灰烬，外婆立即把稻草灰倒在圆木桶稻秆过滤器上，干柴烈火呼之欲出时，迅速拿出大水舀，将身后的一大锅开水不停地往稻草灰上淋，浇灭了它燃烧的热情。稻草灰如同干渴的沙漠，一下子"吱吱吱"地吸干水分。随着外婆不停加水，从木桶里传出叮咚声，随后哗啦哗啦响，一种特殊的液体——稻草灰水从桶里流溢起来。

外婆一边用木铲子松开凝结的稻草灰，一边慢慢加水直至稻草灰水满到筛子。静置良久，提起筛子，木桶里便是橙黄色的稻草灰滤水汤，也叫碱水。由于多层纱布和稻秸秆的过滤，碱水晶莹澄澈，煮粽子的汤，大功告成。邻里有各种做稻草灰汤粽的方法，有的直接把稻草灰放在水里和粽子一起煮，外婆有自己的方式。

端午时节，家乡的棕榈亭亭直立，节节鲜嫩，叶柄坚硬挺拔，叶片长直茂密，如同《西游记》太上老君降服青牛怪时用的芭蕉扇，十分威武。外婆在端午前几天就盘算今年买几柄棕榈枝、几把箬竹叶片，为包粽子精心准备。

据清代《特开玉环志》记载，端午以箬竹叶裹糯米为角黍节糕，邻里相馈送。可见端午用箬竹叶包粽子是家乡一种很有仪式感的乡俗。

外婆认真对待每个环节，糯米浸泡两三个小时就够了；棕榈叶片撕成一条一条，用开水烫一下，让它们变得柔韧；

箬竹叶用冷水浸泡一天，让它们在水中柔顺，再用软刷刷干净。

外婆包粽子的手艺上乘。她用两片箬竹叶折叠成一个暗藏防漏内角的圆锥筒，用左手固定，右手舀入糯米，双手捂着锥形筒，手掌在桌面上震两下，让米粒紧实，再用手抹平，用力一压，立马将两边的箬竹叶顺折下去，折出尖角，快收盖帽，紧锁帽舌，麻利地扯过棕榈条，绕三两圈将粽子系紧，再打一个漂亮的活结。茎脉明显、竿环隆起的箬竹叶在她手中服服帖帖，顺从其美，整个过程一气呵成。

外婆的种种厨事我耳濡目染，心领神会，自认为继其衣钵。唯四角粽子，不得要领，包不出她那样结实的粽子。

一般来说，一柄棕榈枝可以包二三十个粽子。待每条叶线都系上了粽子，外婆踮起脚尖拎起沉甸甸的棕榈叶柄，把挂满粽子的棕榈枝提到盛满稻草灰汤的大铁锅。

煮粽子的大铁锅叫"桃箍"，俗称大鼎（闽南方言），是在铁锅外围包一个高约七十厘米的木箍，与铁锅连在一起。煮粽子的过程甚为神秘，其一是在煮粽子时，哪怕满

粽子

屋的芳香让你口水直流，绝不能问一句熟了吗，这是我乡人的禁忌。其二是开煮前用一支筷子，搁在高高耸起的大锅盖上，方向与锅盖提手平行，这又是一种礼仪。我们兄弟姐妹噤若寒蝉，否则粽子出现吊角（即某个角的米还是生的），严重的好几个半生不熟，大人会说这是灶神星君生

你们气了。我私下思忖，那是乡人对粮食的天然崇拜和敬畏，是对灶神迎祥纳福的寄托。粽子没熟透，与问不问有什么关系呢。

煮一大锅粽子一般需要三个小时，其间外婆一直守着灶台，隔时沿锅边加几次稻草灰汤，让汤水自始至终没过粽子，靠的也是经验。熄火后再焖半个小时，焖一焖定乾坤，时间总是成就美味的推手。出锅的粽子颜色比入锅前深而鲜艳，棱角也更为分明，如苹果绿的衣服上紧束葱绿色的腰带。我们孩子围着锅灶，这才敢蹦蹦跳跳，边打开粽叶边念顺口溜：四角翘翘，一条拢带扎腰，落下千古井，下底往起烧，山里的壳，田里的肉，脱下衣服来吃肉……

各人早早准备好一双筷子、一个小碗，急切地在碱水、棕榈、箬竹叶、稻米散发出来的芳香中等待第一个粽子。

打开活结，提起粽子叶的顶端，一个龙神马壮的糯米粽子滚落到碗里，金声玉色。我们用筷子戳上去，原本颗颗独立的糯米已是如胶似漆，惹人喜爱。蘸一些小碟子里的白糖，从一个角咬上一口，糖汁融化在米粽里，回味在舌尖上，甜蜜在心底里。美味的粽子，黏而不腻，植物的气味与粮食的香气水乳交融，口感奇妙。这种原生态碱粽，也叫白米粽。

外婆先让我们品尝了热乎乎的粽子，再将一部分粽子收在一个小竹篮里，剩下的按份分给左邻右舍。左邻右舍也会端来他们做的粽子，相互品尝。第二、第三锅粽子煮好冷却后，挂在楼板檩条的大铁钩上，一束束"棕榈果"悬挂在我们头顶上，宛如置身伊甸园，日日诱惑我们偷食。那时没有冰箱，挂在梁上通风，糯米粽入了碱，保存半个月没问题，想吃就用剪刀剪下一个。

冷粽子与热粽子相比，别有风味，流动的空气日夜抚摸它们，吃起来更加 Q 弹，也更筋道。我很喜欢吃冷粽子，同样蘸白糖，嚼出沙沙声响，很是惬意。一个个粽子就在端午节前后富足了我们的生活，成为快乐的记忆。

家乡的稻草灰汤粽沿袭传统，色味俱佳，还蕴含着民间医理。端午节是五毒日之首，各种毒虫和病菌滋生，稻草灰有清热解毒收敛之功效，吃稻草灰汤粽与切菖蒲、悬艾叶、喷雄黄等祛邪之事相呼应。

《本草纲目》说稻草灰有散寒消肿、消症破积的作用，解糯米之黏性，助胃消食。我乡人还用它做九层糕、冰凉粉、腌咸鸭蛋等时令之食。棕榈叶和箬竹叶叠加了稻草灰汤的香气，它们本身就是一味中药材，有降血压、愈劳伤虚弱和抗氧化、清热利尿的功效。

端午临近，各式粽子琳琅满目，不胜枚举，家乡的海鲜粽是渔家人的特色粽，名气很大。但我还是十分怀想稻草灰汤粽，它天然、清新，经自然之物的洇染，像温婉如玉、端丽冠绝的女子，无须言语，望一眼便在心中地老天荒。

婆婆的螺蛳

　　小时候我家边上有一条小溪，从山上蜿蜒而来，常见邻居摸些螺蛳上来，觉得是平常之物。

　　《武林旧事》第九卷记载了宋高宗到杭州清河郡王张俊家吃饭的排场，在正式酒筵六十八道菜肴中，有香螺炸肚和姜醋生螺两道螺蛳御膳，坊间因此说赵构对螺蛳情有独钟，到张俊家来吮螺蛳了。这当然是调侃之言，但螺蛳出现在宴席高潮"厨劝酒"环节，可见张俊是做过功课的，宋高宗是真喜欢螺蛳。

　　有诗云"炒螺奇香隔巷闻，羡煞神仙下凡尘。田园风味一小菜，远胜珍馐满席陈"。道出螺蛳虽平常食材，却能做出人间至味。20世纪80年代末，我在杭州保俶路的排档吃到"西湖螺蛳"。那时，桌子摆在店铺门口人行道上，人间天堂很有烟火气，对我们难得来省城的乡下人来说，单"西湖螺蛳"这个名头，就特别有吸引力。一行人围着桌子"嗦"螺蛳，"嗦"完一盆再叫一盆，老板说没有了，每天卖的螺蛳都是限量的。几年后再来此处，已无排档踪影。

20世纪90年代出差杭州，那时，台州到杭州的高速公路还没建成，经104国道的拔茅山脚时，许多车辆会绕到新昌城里吃饭，奔着猪蹄和螺蛳去的。我也吃到新昌酱爆螺蛳，味道浓厚，咸香微辣，适宜下酒下饭。后来又在缙云吃过溪坑的螺蛳。缙云山涧溪水清澈，螺蛳外壳如翡翠般深绿透亮，个头精致小巧，用辣椒和紫苏叶做的上汤螺蛳，味道鲜美，被缙云人称为"盘中明珠"，如刘禹锡所言"白银盘中一青螺"，秀色可餐。

最痛快的还是嗦吸婆婆做的螺蛳。婆婆是温岭箬横小学的老师，她一生平凡朴实。常言道："做人七好八好就很好，十好不到老。"平常不讲究吃穿用度的她在做螺蛳上却极其认真，对食材的品质有执着的追求，一般不买河塘螺蛳，说有泥腥气，如果水质受到污染还有柴油味，她要买生在山上溪坑和水库里的螺蛳。

婆婆和公公住在温岭太平街道肖泉村，离当地的文化桥菜市场很近，但婆婆很少到文化桥菜市场的摊位上买螺蛳。文化桥市场里面的摊位是租赁的，多批量进货，少有水库螺蛳。

但婆婆知道有这么一个群体，他们会把自家种的果蔬，或钓来的鲫鱼、抓来的螃蟹、水库溪坑里摸来的螺蛳等匀出来，卖几个钱零用。他们没有摊位，赶早匆匆往菜市场去，有时在路上就被内行人买去，更多时候会赶到市场边上兜售。市场管得严时要在城管上班前卖掉，否则可能要东逃西窜。

只有遇上传统集市日，似乎约定俗成不受管束，摊位会从菜市场门口延伸到万泉西路我公婆家门口，再一直往东到东门南路。遇到这样的日子，特别在春夏，是螺蛳最多的时候。婆婆寻过去，寻过来，直至寻找到从藤岭周边水库摸上来的螺蛳。时间久了，婆婆与卖螺蛳的人彼此熟悉，有时经过家门口会招呼一声，今天要买螺蛳吗？婆婆也经常起早去街边转转，适逢周末，若买到品质好的螺蛳，就打电话通知子女们回家吃饭。

婆婆平时十分节俭，买螺蛳却从不讨价还价。对摆小摊的人很客气，有时我们回家被摊位堵在家门口，只能从空隙处左插一脚右插一脚回到家中，发现家里的凳子都被婆婆拿出去给摆摊人坐了。婆婆在择货方面算得上外貌协会，喜欢中等个头的，中等偏小更佳，尽量均匀一些，不要一个大拇指一个小指头般参差不齐，她说螺蛳个大没有个小的鲜嫩，但太小了肉少又不经吃。

即便买了水库螺蛳，婆婆也不敢疏忽，打上清水，把螺蛳倒入刷洗干净的木桶里，滴几滴菜籽油养着。螺蛳会探出脑袋，将洁白的身体慢慢伸出来，吐净身上的杂质，并爬上木桶的壁沿。

第二天清晨，朝阳穿过前厅的四开门，晒到白嫩嫩紧贴木壁的螺蛳身上，它们蠢蠢欲动，想在七彩光芒中寻

炒螺蛳的食材

回自己的江湖。婆婆套上尼龙袖套，轻手轻脚，俯身沿木桶壁用右手先顺时针撸一大把，再逆时针撸一把，贴壁的螺蛳尽入左手中的塑料盆里。剩余的螺蛳惊慌失措，赶紧把螺肉缩回螺壳中。婆婆为剩下的螺蛳换一次清水，继续养着。

将那些没能爬到壁沿的螺蛳倒在水槽搓洗时，婆婆会仔细观察紧贴螺蛳足底叫作"厣"的圆盖子，若螺蛳厣深凹下去，马上挑出来扔了，大有宁可错杀一千，不可放过一个的果断，完全不像平常连一只蚂蚁都不舍落脚的菩萨心肠。有一次我站在边上，她边挑边自言自语："若是吃到死螺蛳，就像一颗老鼠屎搅了整锅粥。"

做螺蛳也讲究刀功，这刀功就是把握去螺蛳屁股的尺度。尺度太小可能用尽吃奶的力气也吮吸不出螺蛳肉，尺度太大可能把吐得干干净净的螺蛳膏腴丰满的内脏剪掉，懂吃螺蛳的人会觉得少了精华的滋味。剪得恰到好处便是婆婆的螺蛳刀功。

听我先生说，早年他们住在箬横镇，河塘星罗棋布，河水干净。先生上小学时学会了游泳，常在河塘游泳后摸些螺蛳回家。螺蛳喜欢生长在阴凉的地方，水草茂盛的区域和水埠头石板底下特别多，把手伸进水底下两块阶梯石板空隙，能摸出一把又一把。他摸上一大堆放在木桶里带回家，婆婆就在水槽边的青石板上一只手按着螺蛳，另一只手提着刀，刀背朝下，认准切入点，全神贯注，一只一只敲螺蛳。再小心也有失手的时候，婆婆被刀背敲到自己的手指头，那是哑巴上馆子，痛不可言。痛过后继续敲，后来用上大剪刀和老虎钳等工具剪螺蛳，当然得心应手多了。

婆婆做螺蛳不慌不忙，从容不迫，既无排档热油爆炒的气氛，也无酒店高汤烹制的烦琐。她把螺蛳倒入散发姜葱蒜香味的热油里炒几炒，放入辣椒盐少许，加酒时听到"吱啦"一声，那应该是她做螺蛳时发出的最大动静，加酱油后再炒几下，倒入温水，让螺蛳浸泡在汤汁里慢炆，让香料和调味品渗透螺蛳肉体，再用武火收汁。

整个过程虽然像弹钢琴，有轻重缓急，但最大的特点还是慢，除了慢，真看不出来有什么特别之处，做出来的螺蛳却成了我先生心目中最好吃的"妈妈牌"螺蛳。

排档的爆炒螺蛳，看那厨师拉勺颠锅勾火，一气呵成，颇有架势。食客味蕾等着绽放，吸入口中的螺肉却常常寡淡无味，甚至满口螺籽。酒店上汤螺蛳若食材好确实鲜甜，但缺了香气。婆婆做的螺蛳香气扑鼻，一吮外壳咸香浓郁，卷动舌头把外壳香浓汁液舔尽，真有滋味。再吸出螺旋形的鲜肉，上半部分肉质滑嫩有嚼头，味如鲍鱼，下一段软膏五味俱全，独有清香。我们嚼肉品黄膏，螺肉和汤汁在舌尖盘桓片刻，就像中了魔怔，上了瘾，噘起嘴巴一个劲地吮吸，贪婪地蛇食鲸吞。一家人坐在一起，"嘬嘬嘬""嗦嗦嗦""唧唧唧"的声音此起彼伏，完全忘了"吃相"一词。忙碌一阵后，各自吮吸沾在手指头上的汁液，吮干净后又禁不住伸手去取。若小姑两家的孩子都在，似鸡雏争食，雀跃喧哗，婆婆会笑眯了双眼。

大家吃了还不过瘾，婆婆就把螺蛳装在玻璃瓶子里让我们带回家。婆婆做的螺蛳不会滴汤嗒卤，个个清清爽爽，又滋味饱满，很适合当零食吃。有时我实在熬不住馋虫作怪，在回家的车上就打开瓶子吮起来。开车的人会不时瞥一眼玻璃瓶里剩下的分量，为让他专心开车，我旋上玻璃瓶盖。一到小家，便是放任自在，像嗑瓜子停不下手。尤其是在夏夜，坐在月的清辉下"嗦"螺蛳，耳边响起苏州人的吴侬软语："风凉笃笃，咸蛋嗑嗑，螺蛳嘬嘬。"怎不羡煞神仙下凡尘？

王稼句《姑苏食话》中有寥寥几笔写吃螺蛳：摊主给你一根发簪，用以剔除螺蛳肉之用。这方法看似有点范儿，但舌尖的快乐直接被扼杀了。用最金贵的发簪与用竹签、牙签剔出的螺蛳肉一样味道，若只剔出一块白肉，那更是鸭子吃蜗牛，食而不知其味。吃螺蛳就是要声情并茂，跟吃瓜子一样，别人剥好了吃，那没有意思，"扑哧"一声嗑开，才充满乐趣。

一样螺蛳千般滋味，千般滋味中饱含我们回家打开车门时一阵奇香袭来的温暖和快乐。婆婆离开我们七年了，那独绝的香味，再也无处寻得。

欢乐食饼筒

我第一次在北京吃春卷，有点纳闷，这么伟岸的京城，卷饼做得这么秀气，料头就只有粉丝、豆芽、韭菜三样，名气却这么大。后来在厦门一个酒店吃春饼，也是小模小样，海苔打底，多了猪肉、牡蛎肉两样荤菜，面皮与我家乡的食饼筒一样半透明，规模却有云泥之别。而杭州的春卷，因为心中早就认定它是杭帮菜一员，是菜而不是主食，就不去深究了。

食饼又称锡饼、七饼、拭饼，也包含麦饼。台州人吃的食饼筒都带有自己的地方特色，天台人、三门人用炒薯粉面打底，喜欢双面油煎后吃；临海人必定要用炒萝卜丝干做馅料才算地道；温岭因为嵌糕名头大，食饼筒少被关注，也用炒米粉，总体与玉环相仿。

玉环的食饼筒，一大桌子的菜肴，豪情满怀，气势磅礴，食材包罗万象。一张薄薄的面皮，有可纳江河、可归百川的气魄。一餐食饼菜，多种元素碰撞，是时蔬的派对、视觉的盛宴、味蕾的享受、舌尖的风华。

玉环人好客，节假日亲朋好友喜欢在餐桌上聚聚，通俗点说就是喜欢请客。做东的人若是说这周末你到我家吃食饼筒，那是比一般酒店大餐更有吸引力的，被请者"脚放肩胛头走"，意思是应答得爽，恨不得立即出门。

打底的一盆炒米粉，配上肉丝、洋葱、鳗鱼干、虾米、葱花等。这盘炒米粉的段位，关系着整桌食饼菜的格调，似交响乐的主题。接下来翻开的乐章有：煎好的鸡蛋皮切丝，耸起一堆诱人的金黄；浓油赤酱的红烧肉，夹起来颤颤巍巍；猪肝或卤或炒，猪小肠炖得干爽又柔嫩；绿豆芽掐头去尾，中间段用猪油翻炒成一盘"白龙之须"，冰肌玉质；另有猪肉炒洋葱必不可少，土豆丝、豆腐干丝、红萝卜丝、白萝卜丝、茭白丝、黄瓜丝五色俱全，冬笋、剪豆、韭黄、蒜苗、豌豆、茄子等时蔬闪亮登场。总之，食饼筒的食材，如开群英会，各路豪杰荟萃一堂不分畛域。

我老家坎门的料头更有地方特色：鲳鱼切块家烧，马鲛鱼干煎，一般二者取一；炒虾仁、炒鱿鱼丝、炒墨鱼饼、炒蛏子、炒鳝丝等根据菜市场货源取舍；咸菜弹涂鱼、咸菜鳗鱼子、咸菜牡蛎、咸菜"粉鲨"，任选皆上品。咸菜是食饼筒的绝配，可单独用猪油炒一大碗，自成角色。玉环的咸菜是从直径一米以上的大木桶里拎出来，像拧衣服

食饼席

一样拧干卤水。年少时家人买来佐餐，层层剥开清洗，中间一根菜心白嫩如藕，还没下锅我就偷偷掰一块吃，真是畅快。

近几年泡虾、花生米、油条、皮蛋也上桌了，料头与时俱增，更强调脆、香、糯的口感。

玉环食饼筒融汇众食材之香、豆芽蛋丝之松、肉类之油润、时蔬之爽口、鱼虾之鲜甜、洋葱之辛香、咸菜之酸爽。根据自己喜欢各取所需，用一张面皮裹起馅料折卷起来。这还得有点手艺功夫，要裹得紧实，筒如圆柱，滴水不漏，方能体会寻常料理组合成的殊滋异味。

食饼筒的面皮，台州规模大一点的菜市场都有专门的摊位售卖，以一斤十张左右，厚薄适中、韧度好的为佳。也可以自己在家和面、醒面、烙皮。一种学名"鼠曲草"，俗称"地莓"，开黄色花的野菜，与艾蒿一样，都在春天萌发，茂盛于清明节前后，分布在田野、河边和山坡，采摘嫩叶洗净蒸熟，捣碎和在面粉里，揉圆擀皮，在鏊盘上烙熟，呈翠绿色，十分软糯，有一股特别的清香，家乡人称它为麦饼。用这种饼皮卷馅料，满眼是春色。

麦饼筒（玉环长城宾馆提供）

食饼筒和麦饼筒（玉环长城宾馆提供）

　　做食饼筒前期置办的工作很重要。主人一般在前一天就要列出购物清单，有些根茎类可以提前一天采购，以免上街时忘了重要食材，或因菜袋子太重把双手勒得通红。

切馅料更要花功夫，讲究刀功，蔬菜需切得精细，食饼筒整体口感会更好。我有一儿科医生朋友，切料时手持厨刀银光闪，运斤成风，切成的馅料均匀如机器做出来的，这样的刀功毕竟少见。若去亲友家吃食饼筒，最好在饭点前两三个小时到，一起参与劳动，你切萝卜丝，我切笋丝，你剥虾仁，我掐豆芽，煎炒炖煮，丁零当啷，热火朝天。这样不会让一个人一直默默地在厨房辛劳。菜齐了大家一起吃，才有好气氛，是很有中国传统特色的餐食。

我家老厝门口有一口水井，每天会有人在井边洗刷，每次做食饼筒吃，总是往多里打算。正午时分，菜都上桌了，我外婆就招呼还在井边劳作的人过来一起吃，她总是这么说："都是粗货，大家不要客气。"邻居也不推辞，开心地走进来。我们小孩包好了就让出位置，各自找个板凳坐着啃食。只要皮和料足够，路过家门口的都可以包一筒带走，真有"千年亲戚，万年厝边"的亲热。不像现在，住了多年的公寓，还不知道对门姓啥。

食饼筒打破"美食所费不赀"的说法，丰俭由人，多寡随意，无须食谱就能烹出云舒霞卷。人们惊叹平常料理浑然一体产生的神奇芳香。

　　玉环人清明节前后开始做食饼筒，立夏、端午、中元吃食饼筒蔚然成风。有俗语称"痄夏呒麦饼，白落做世人"，意思是说到了夏天你还没吃到食饼筒，做人就没什么意思了。每次吃食饼筒之前，我总是暗下决心，这次一定要吃两大筒，而每次一大筒落肚就已经有点撑了。但肚饱眼馋，意犹未尽，这时若有人说包一筒咱俩分，甚合我意。

　　食饼筒还是光盘行动的典范，彰显了惜物的美德。把剩下的菜裹入面皮打包，一点都不浪费。带回家可蒸可煎，又是美餐一顿。

　　食饼筒最好的消食汤料是薄粥，每人舀一碗配餐，吃完食饼筒后口味清爽。

　　女友从家乡玉环来杭州创业，住进茶村的一个院子，一家人在这里生活了十几年。一年四季，春天桃李夭夭，夏天蔷薇灼灼，秋天桂雨纷飞，冬天梅兰竹菊争艳。我问："是这些花草吸引和牵绊你一直住在这里，宁愿每天开一个小时的车上班？"她的幸福感溢于言表："这个庭院可以停好多辆车，还有一层附属房做厨房，周末玉环亲友想吃食饼筒解解馋，大家尽可以在里面煎、炸、炒、烙、烤，我自己也特别爱吃食饼筒，一起热闹，这样的居住环境刚刚好。"她还建了一个群，名叫"欢乐食饼筒"，群主时常发布消息：从玉环捎来了鲳鱼、蛏子（或是马鲛、红绿头、咸菜、鳗鱼子），定于本周日中午吃食饼筒。群友立马响应，那天中午实在有事脱不开身者，会留言多炒点面晚上去吃剩下的。

杭州一朋友，是桐乡人，听说杭州有一家玉环人开的连锁餐厅颇有名气，年年上必吃榜，向我打听菜品如何。我如此那般描述一番，最后，她兴致勃勃问我一句："有食饼筒吗？"

油甘的滋味

如果让我把生活的百般滋味具象为一种水果，我想就是油甘。

油甘又称余甘子、牛甘果、圣果等，是一种珠子般的热带、亚热带树果。它可缀于一米的树上，也可爬上十米高的树枝。果实娇小玲珑，果皮为黄绿色，果肉硬实，滚落于地，像淘气的山里孩子在地上玩耍。但在经过盐水或糖水、蜂蜜的软磨硬泡后，便会呈现半透明珍珠般的光泽，晶莹圆润，仿佛经历了岁月的历练而变得通透和圆融。

在水果中，油甘像是汉代后宫三千嫔妃十四个等级中的末位"无涓"，颜值不高，少被人关注。但唐玄宗喜欢这种果子。唐代段成式《酉阳杂俎》记载，天宝十载（751），安禄山生日，在唐玄宗的赐品目录中有余甘煎，即用余甘子煎熬成饮品，玄宗与众大臣一起品饮庆贺。但是，油甘并没有因此"藏在深闺无人识，一朝惊艳天下知"。唐宋文人墨客笔下的荔枝、龙眼、橘子、梅子、香蕉表尽岭南佳果的绿肥红瘦，却少见油甘。

苏东坡被贬惠州后，油甘在《游白水书付过》中开云见日："到家，二鼓矣。复与过饮酒，食余甘，煮菜……"父子对饮嚼油甘。后油甘也见于苏轼的门生秦观、黄庭坚的文字，秦观盛赞油甘"作汤美无有"，黄庭坚称其如明珠颗颗席上珍。

油甘到底是什么滋味？

南宋地理学家、温州人周去非这个人很有趣，他到广西桂林任职多年，回归故里，亲朋好友想向他了解岭南新鲜事、新鲜物。周先生不想重复回答让自己口干舌燥，就一次性来个翔实的，抛出一本地理名著《岭外代答》。全书共十卷二百九十四条，让书来回答吧。在《岭外代答》卷六《食用门》中专门介绍了岭南的油甘：余甘子风味胜于橄榄，果子成熟时，零落于地，如槐子和榆荚，晒干脯用于煲汤，味道极佳。周去非以大家颇为熟悉的橄榄为参照物，说油甘风格和味道都胜过橄榄，果脯煲汤味道极佳，你们自己去体会吧。苏轼《橄榄》诗云："纷纷青子落红盐，正味森森苦且严。待得微甘回齿颊，已输崖蜜十分甜。"那么，可以想象油甘复合的口感比橄榄丰富，峰回路转般的先苦后甜，比橄榄更为梦幻。

在我开始对世事有懵懂感知时，就认识了油甘。它是我生病吃药打针后外婆塞入我口中的一份慰藉，也是我经过小学校门口零食摊前会让我流口水的零嘴。在交通和物流都不发达的年代，盛产于福建、潮汕一带的油甘是通过海路来到我的家乡玉环的。

这就要讲到宋元时期东方第一大港口、"海上丝绸之路"的起点——福建泉州。20世纪70年代及更久远的年代，以讨海为生的乡人每年夏天把各种渔船泊在泉州湾，再拉上岸，在那里修补破损的船体。耳熟能详的是泉州崇武港，有富有经验的修船工和充足的材料，一种用麻丝、桐油、石灰调制成的板麻，补上船体渗漏和薄弱的部位，效果很好。而夏天正是福建油甘果成熟的季节，船修好了，也把

油甘

耐贮存的油甘带回家乡。当年我的祖先举家从泉州迁居到玉环，这果子也许寄托着对故土的一种念想；也许是藏在基因里的秘密，让乡人一见如故。外公每年也去泉州修船，都把油甘带回家。心灵手巧的外婆把它们洗净去蒂在盐水和糖水中浸泡，有的晒成果脯。

用糖水或蜂蜜泡好的油甘入口甜丝丝，柔软的唇舌能形成压榨机般的力量，吸干甜汁，将口中干瘪了的油甘咬碎，有淡淡的酸味，嚼完后口中还有余音袅袅般的清香。

你若尝试吃一颗鲜油甘果子，那又酸又涩又苦的味道，可
令双臂毛孔张开，面部肌肉皱起，双眉紧蹙，唾液应急流
出。正想掩口弃之时却有一股甘甜急中生智般地涌上舌面，
这种甘甜沁人心脾，令津液畅快地流淌，油甘也越嚼越甜，
把油甘渣咽下去了，甘甜仍回荡在喉舌间。那是"三秒酸
涩、五秒回甘"的转化，实实在在诠释了苦尽甘来的滋味。
这时若有一杯清水，喝下去都是甘洌的味道。

也不知什么缘由，以后的几十年，油甘在我的家乡消
失了。我们在回忆小时候的味道时，很少有人提及油甘，
曾经的油甘成了我流年岁月的念想。

再会油甘是在泉州西街。我独自踯躅在西街的角角落
落，想寻找祖先烙在我基因里的痕迹，寻找生命归去来兮
的根脉。

一个扎着丸子头的姑娘一声闽南乡音的"姐姐"把我
的目光唤到她的摊位。我走到档口的正中央，一眼看见一
大脸盆带有枝叶的果子上插着写有"甜油甘"三个字的纸
牌，另一行标注十元一斤，边上并列竖着更高的一个塑料
牌子，写着"打碗甜油甘"，一个大玻璃瓶浸泡着嫩黄色油

甘果，相逢突如其来。

快半个世纪了，我在泉州街头寻得年少时的味道。我打碗油甘急于品尝，再买一袋油甘鲜果带回家。不知道当年外公从崇武港带着油甘回家要航行多久，现在高铁只要几个小时就可以到家，把它们盐渍、蜜泡、制成果脯。姑娘看出我眼中的热切，告诉我，油甘现在是网红水果，能消食、降脂、黑发、延年益寿，可以泡酒、泡茶、榨果汁，电视里还看到某著名演员家的冰箱装满一瓶瓶油甘。

是的，现在人注重养生，知道小油甘果对身体大有裨益。很会做菜的潮汕人把成熟的油甘果拍裂，煮制时能更好地释放其本身味道。做成猪肺油甘养身汤、鲍鱼油甘营养汤、生津健胃的油甘粉肠汤，油甘变得走俏。

我们用闽南语交流着，语言也是文化的源代码之一，代码对上，距离就近了，我从姑娘处了解到不少关于油甘的前世今生。我含在嘴里的油甘，伴奏般跳跃着它的音符，各种滋味卷土重来。

鱼皮馄饨

鱼肉敲打成鱼皮，包猪肉等馅料，裙边翻出喇叭花，也翻出了"非遗"文化的篇章。

一

我和常人一样，口腔中分布着近万个味蕾，鼻腔中分布着一千万个嗅觉感受器。外公扁担两端挂着黑褐色扁尾鳗鱼和利剑般闪着银光的带鱼，鱼尾巴随着外公步履的节奏一甩一甩，我的嗅觉细胞蠢蠢欲动，涌入我三叉神经的是海浪粗犷的呼吸，是外公油布衫里散发出来的大海气息。

我的外公一直是小钓船或大钓船的"头前"，负责在下水舢板上钓鱼拉绳，那是延绳钓渔业生产方式时代最辛苦的活。尽管玉环渔民在 1958 年就创造性发明了"起绳机"，并刊于同年的《中国水产》期刊，但在 20 世纪 70 年代还未广泛使用。外公在汪洋大海中手拉绳线，鱼儿挂在大绳线下的一百多根小绳线上，咬着带鱼饵的三寸铁钩，要用力拉。遇到鱼汛，放饵拉绳的速度与产量成正比。

因为出手敏捷又兢兢业业，外公这个"头前"凭技术水平和业绩，应该可以评上高级职称。每年一到出海季，"大公"（船老大）纷纷上门邀请，给的工分也是很可观的。外公分到卖剩下来的鱼也多一些，他还会自掏腰包，按大宗鱼类的出售价，买几条最鲜活的带回家。我家那一根长竹竿晾着的鱼，常再现于我的梦境。从冬至到年关，外公挑回家的鱼越来越多，鱼越发鲜，该是排兵布阵敲鱼皮馄饨的时候了。

二

鳗鱼身圆肉肥，带鱼体扁身长，两者皆是制作鱼皮馄饨的最佳鱼类。以鱼的脊椎为中轴，刀刃从鳃下伸进鱼体内，往前推刀，刀贴着鱼骨走，两面片下两片鱼肉，渔家女手法如庖丁解牛般利落，鱼肉的剖面像花瓣一样粉嫩光亮。带鱼剖面无刺，很容易刮鱼蓉；鳗鱼除大骨刺外，背脊上还有一些小刺，只要顺着鱼刺的人字形方向刮，就不会把鱼刺带进鱼蓉。鱼蓉刮到一堆，晶莹如玉屑堆砌。

也有人家用马鲛鱼敲打馄饨皮，民间虽有"山上鹧鸪獐，海里马鲛鱼"的赞誉，但我实践多年，应该有发言权。鳗鱼肉有黏性，又特别鲜，是敲鱼皮馄饨的首选；带鱼鱼肉做的鱼皮馄饨既鲜又甜，但鱼肉黏性在鳗鱼之下，需要点技术才能与薯粉卿卿我我；马鲛鱼的肉依从性好，敲起来随心所欲，但论肉质鲜味，还是排在第二方阵。

敲鱼皮馄饨，家乡有特制的木棍，木棍与擀面棍很相似，但比擀面棍短，比擀饺子皮杆要长。还有一种敲鱼皮馄饨木棍跟小学体育课扔的"手榴弹"很像，分手柄和触面两段，手握着的这端较细，敲鱼肉的那段很粗，直径相差两三倍，特别适合敲圆周小的鱼皮。

家乡好多美食离不开红薯粉，我家平常用的红薯粉是向邻居买来的，是用我家门口水井里的水洗出来，它能锁住鲜味，增加滑嫩口感。在厚实的木砧板上碾压红薯粉，双手压着木棍在带颗粒的红薯粉上来回滚几下，薯粉变得细腻，如新娘的扑粉。鱼蓉圆坯双面稍蘸些薯粉，在木砧板上轻轻一按，边敲边转动，敲打成圆形小薄片。技术好的打出来的鱼皮就像圆规画出来的，用的薯粉又少，能掐出汁来。动作灵巧的三两下就让鱼皮像吸足了阳光的萍蓬草，片片叶子瞬间挺出水面，铺排于砧板边的箅箪上，似列队等候执行任务。

邻居听到谁家在敲鱼皮，有空就会过来帮忙，屋子里充满欢声笑语。那时住的房子，屋与屋之间有的只隔一条井沟，很多居住在一个合院里，若赶上东家西家北家都在敲鱼皮馄饨和鱼面，就像在演奏激扬的打击乐，热烈而奔放，渔村的天空吹响过大年的集结号，那是吉祥和欢乐在传递。

我最喜欢包鱼皮馄饨这个环节，因为包好了就可以蒸起来尝个鲜。把敲好的鱼皮放在手心，用筷子夹一撮调好味的葱花五香粉拌五花肉馅，放在鱼皮中心，双手食指和拇指将馄饨皮一折一按，再滑到半圆的两个边，轻轻一卷一拨，一顶挺括的修女帽就立在箅箪上了，若把馅包得鼓鼓的，翻出来的一圈"领子"刚好扣在凸起的馅包边沿，小而雅致，极像一颗棋子；也可以少包点馅料多留点裙边，那就可以翻出一朵盛开的喇叭花，煞是标致。

敲着包着，等着珠红色的火柴头划一下，点燃一把灶火，等着箅炊（竹编篾器的闽南语）上铺得整整齐齐的鱼皮馄饨入锅，等着锅灶团团镬气升腾，等着出锅的第一口鲜美。

鱼皮馄饨蒸出来，晶莹剔透，鲜润爽滑。鱼肉混合的鲜汁完全没有流失，在我们舌中盘旋，越嚼越鲜，甜糯、浓稠的鲜香从舌中漫延到舌尖。我们迫不及待地用手抓来一个个鱼皮馄饨塞进嘴里，眉开眼笑。

鱼皮馄饨

近万个味蕾尽情享受鲜甜的味道，传递给兴奋的小脑袋，我们乐乐陶陶。外公点上一支新安江牌的香烟，看着我们，似卸下一身疲惫，露出慈爱的笑容。

吃完一箸炊鱼皮馄饨，还需接着干。敲鱼皮馄饨，敲出口福，敲出年味，还敲出人情世故……

三

福州有一道名菜叫肉燕，是福州人喜庆宴请时餐桌上的主菜。

做肉燕，先要用荔枝木木槌捶打猪后腿肉而成燕皮——敲肉不用刀把肉剁碎，是担心肉汁流失，需反复用荔枝木木槌捶打二三十分钟，捶打出来的燕皮薄如粉色桑蚕丝面料，风能让它飞扬，又似夕阳下熠熠生辉的湖面，光艳亮丽。福州人用五花肉、干贝、鸡蛋丝、虾仁做馅，包成一个个形似燕子的馄饨。"无燕不成宴，无燕不成年"，是福州人的风俗，显示了肉燕在宴席中的地位。也许正是因为闽南移民具有创新精神，肉燕传到我的家乡玉环坎门海边，乡人就地取材，把猪腿肉改为鱼肉，用鳗鱼、带鱼、马鲛鱼敲出玉环岛独具特色的鱼皮馄饨。

玉环坊间传说，鱼皮馄饨的起源要追溯到明朝中期戚继光抗倭时期。五百多年前，戚继光命令士兵用木棍相击，向沿海居民传递信息，合力抗倭。后来倭寇跑了，戚继光回北方戍边，百姓怀念戚继光，将留下的木棍从战斗武器变为敲鱼皮的美食器具，才有了鱼皮馄饨。

关于鱼皮馄饨的由来，移民传承和抗倭之说是相吻合的。因为明朝中叶，倭寇猖獗，正是大量闽南渔民迁居到玉环沿海的时候。肉燕相传也是出现在嘉靖年间，从福建浦城一个告老还乡又喜好美食的御史大人家做出来传出去的。戚继光抗倭是奉嘉靖皇帝的御旨，时间和空间不谋而合，肉燕与鱼皮馄饨的渊源不得而知。

20世纪80年代，坎门车站西侧有一家"阿琴酒家"，做的鱼皮馄饨十分鲜美，鱼皮做得特别嫩，应了"馄饨千般好，不如鱼皮做得好"的经验之说。我曾多次在领到工资的当晚，打包一碗鱼皮馄饨回宿舍过把瘾。

闽南移民厨艺代代相传，一支木棍可以秀出多种美味，除鱼皮馄饨外，还用它敲鱼面、打鱼饺、捶蝴蝶虾、搅薯粉芡、滚面仔条等。张大千先生爱艺术，也爱美食，常以吃论画，以画论吃，他曾说："一个人如果连美食都不懂得欣赏，又哪能学好艺术？"家乡人手中的木棍，像艺术家手中的画笔，美好了我们的生活。

每到年关，母亲基本上以五十个鱼皮馄饨作为一份礼物，送给亲朋好友。那时，鱼皮馄饨是年夜饭中处于 C 位的佳肴。因为我是家里兄弟姐妹中的老大，又乐意被差使，总是充当跑腿。

趁热先给城里的姑姑送去一份。姑姑原是随军家属，姑父是桐庐人，一直在福州当兵，从部队转业后在玉环工作，姑母在烟糖公司上班。她常说我家做的鱼皮馄饨比福州的肉燕好吃，也从"无燕不成年"改口为"吃到鱼皮馄饨才算过年"。每次她都让我拎回自制的冬米糖、花生糖、芝麻糖。

趁热给颜老师送去。颜老师是我妈妈的同事，是玉环出产文旦的楚门人，在坎门西台小学教书，按现在的说法，她是我妈的闺蜜。颜老师每年送我们一个老树文旦，至今我还没吃过比颜老师送的更好吃的文旦。妈妈把颜老师馈赠的文旦珍藏在床柜里，吃完年夜饭后打开柜子，我们全家八口一人一片分着吃，真是"尝鲜甜汁语，甘露唤归春"。

高中毕业前，我每年都把热乎乎的鱼皮馄饨从西台乡家里送到颜老师位于坎门新大街石油公司的宿舍。颜老师笑容妩媚、气质优雅。那时，我想长大后也成为她那样的女子。

妈妈还惦记寡居的表姨，同样每年送去一份。她开了一间小杂货店，塞给我满满一兜的糖果。

一碗鱼皮馄饨，在那个年代，串起亲情、友情和岁月的长河落日，也是家乡人情文化的体现。

四

过年回老家，我总要到东沙渔村走一走，想看看被岁月风蚀了近百年的东山头普安灯塔，是它在黑夜里指引着我外公的渔船和千百艘渔船回家的方向。每当我沿着海岸边走到东沙岭脚，抬头欣赏两边石屋墙壁上悬挂的木雕鱼像时，总被石头屋里传出的"咚咚咚""嗒嗒嗒"的敲打声绊住上行的脚步。我走进一间熟悉的小屋，表姐夏香、秋香见我进来，热情招呼，放下手中活，把敲鱼木棒递给我。我接过其中一支，和他们一起敲起来。表姐秋香说："现在都不用拿到菜市场卖了，游客直接下订单，有订购鱼皮馄饨的，也有订购鱼面的，省了不少工夫。"现在表姐们见识广了，话题也多了起来。夏香告诉我，玉环鲜迭、栈头的旅游景点，举办"闯海节"的鸡山岛等地，有很多人也在敲鱼皮馄饨出售。坎门后沙街有一家"红渔女"鱼皮馄饨生产企业，是一个女能人办起来的。"红渔女"的鱼皮馄饨在上海、杭州展销会上很受欢迎，进了很多超市的冷柜，产值一年年增加。

我知道制作售卖鱼皮馄饨已是家乡渔村人的致富门路之一，现在保鲜冷冻条件好，与旅游观光一起形成产业链。鱼皮馄饨原来是渔家人低调奢华的美味，正以树的姿态，开枝散叶。昔日表姐们织渔网补渔网，在岸边，在家门口，在昏暗的灯光下，梭子不停地穿梭。有时为了赶一张渔网连觉都没得睡，只为赚一点钱贴补家用。我曾在暑假步行一个多小时，到她们家住了几天，领了尼龙线和梭子，晚上缠好十几把梭子线，白天与表姐们一起织网，在劳动中结下了深厚的情谊。

鱼皮馄饨曾被列入玉环"渔家十八碗"，现在是"百县千碗·玉环东海之宴"的一道名菜。这些名头有点小。据

坎门东沙民居

《中国食品》杂志记载，新中国成立三十五周年大庆时，鱼皮馄饨作为我国二十八种名菜之一，供海内外美食家品鉴，深受欢迎。

玉环鱼皮馄饨已是"非遗"工艺制作食品，更多的人会成为这项"非遗"文化的传承者和受益者。故乡可爱，美食可亲。

第二辑

渐远的古早味

花色红馍糍

家乡三月播种的高粱百日可收割，七月的高粱红艳艳的穗头如火炬，在风中熊熊燃烧，似夏日夕阳下的一片汪洋。"高粱晒红米"说的是高粱红了，正是熟期。

海潮岁岁月月奔涌拍击，冲刷出一个岙口，叫岙仔底。岙仔底三面环山，南面朝海。山坡上的土地尽管贫瘠，但高粱埋头成长，生机勃勃。高粱穗子脱出来的高粱粒颜色不是单纯的朱红、赤红、嫣红，而是花色红。

一方水土养一方人，一方人自有一方人的谋生之道。岙仔底的主妇会做花色红馍糍，是艰苦时日的小营生。总有一家石头屋最早飘出香气，随风钻入傍山而建的一家家石屋的窗缝，像是闹钟唤醒沉睡的人们：你们也可以起来做番黍馍糍了。

闽南方言有深厚的文化特性，闽南语中有古汉语的遗存，又善于吸收外来语。祖辈下过南洋，把九州之外称"番邦"，把从外国传来的物品都冠以"番"名，如红薯称番薯、西红柿称番茄、玉米称番珠、高粱称番黍。所以，用高粱粉做的圆子就叫番黍馍糍。

往高粱粉里要加入 80 摄氏度以上的热水，先用筷子搅拌，再用手揉捏——高温才能将高粱的黏性完全激活，搓出一个个小球，包入红糖芝麻或纯红糖馅心，再在手心中搓圆，放在蒸笼里蒸熟，或直接放入滚水中翻腾至全部浮在水面。无论是蒸出来的还是煮出来的，揭开锅盖，个个膨胀得像乒乓球一样。放置风凉的窗口，让一团一团热气散尽。常温的圆子柔软了许多，颜色也变深了，似在滚水里或蒸汽中浸染了一层更深的花色红。

馍糍还要裹上一层粉。早稻米在铁锅里炒熟，米白色被柴火烘焙成炒米棕，磨成粉，香气扑鼻，倒入擂钵里，让冷却后的高粱圆子在擂钵里翻个筋斗，扑一脸炒米粉，新鲜可人的番黍馍糍就可以抛头露面了。

现代版番黍馍糍

主妇小心地把它们装入一个壁沿上嵌着倒"L"形手柄的打水桶里，打水桶是用轻质的杉木加工，箍桶师傅通过钻孔钉入木梢或竹梢拼接而成的。打磨外圆后，壁薄而轻巧，不容易变形。旧时女子的嫁妆中有木制面桶、脚桶、腰桶，体面的还有碗柜、置物桶，周全的就有松糕桶、打水桶。打水桶系上粗绳，可落井打水，节日可拎点心走亲访友。在乔仔底人家，暑期可以让孩子们用它走街串巷叫卖番黍馍糍。

桶底铺一层垫布装上馍糍，盖上垫布再装第二层，一层又一层，小心轻放，层层码得整整齐齐，错落有致。这样细心码好，一个个番薯馍糍在木桶里，虽然挨着身子，却互不龃龉。盖上有颗木珠子的木桶盖，让孩子穿上干净的衣服，在衣兜里放一条手帕，塞一两块糕点。孩子用右手臂挽起木桶的柄，紧紧贴着腰身，出门时，母亲弯下身子吩咐着："不要与人打架，卖几个算几个。"孩子点了点头。在母亲们的嘱咐声中，岙仔底的男孩鱼贯而出，下坡后沿着蜿蜒小道消失于母亲的视野，各往东西南北。

走出岙仔底，沿着海堤，有一条水泥路通向小镇最热闹的街区。暑期的午后，镇里的老人饭后在午休，青壮年都去上班了。这一带的住户大多是城镇户口，生活条件比农村好一些。

烈日下蝉鸣一阵又一阵，放暑假的孩子叽叽喳喳得起劲。男孩弹玻璃珠子、斗柿子核，把唾沫往柿核底面一抹，不停地在石头上磨；有的像猴子一样在老槐树上爬上爬下。女孩们翻花绳，彩色的绳子从一双手转到另一双手就变了一个花样，像在转万花筒；有的在唱童谣、跳橡皮筋……

一阵风送来"番黍馍糍哎,一角银三个哎,哎吃到糖不用给钱哎……"的叫卖语,这是峇仔底卖番黍馍糍男孩们约定俗成的文案。声音从远到近,声波起伏荡漾,很有节奏,每句"哎"的发音都是平声,像一直向前延伸的希望。

小镇的孩子停下手中的游戏围了上去,有掏出一角钱买三个的"大款";也有摸出几个硬币一起凑起来买三个,你一口我一口;没有钱的孩子眼巴巴看着别人嘴角的糖汁,闻着粉的香气咽口水。总有几个孩子往家里跑,摇醒似睡非睡的爷爷奶奶,讨一角钱,讨到了就像小马驹一样奔出来。

如果都这么顺利,卖番黍馍糍的孩子会在晚饭前回到家,把裤兜里的一分两分五分硬币数出来,把一角两角的纸币铺开摊平,压在自己的枕头底下,睡一夜就完全平整了。这些硬币纸币积攒起来,是他们新学期的学费。

但每个卖番黍馍糍的男孩都遇到过贪吃撒野的孩子,买三个馍糍,先不给钱,说吃到糖后再给钱。他们用舌尖快速破开馍糍的粉面,舌头伸进芝麻红糖馅,舌尖一卷,双唇一嗫，滋溜一吸，就把芝麻红糖吸了个精光。如饮酒高手把一小酒樽白酒"吱"的一声吸入口中，没有喝的动作，撒野的男孩也没有吃的模样，但甜馅没了。嗫了一个又一个，三个嗫完后，对着卖番黍馍糍的男孩说："说话算数，你看你看，我没吃到糖，不用给钱吧。"

"不可能，我妈每个都是包入芝麻红糖馅后再搓圆的。"

"明明没糖，大家都看到了吧，这几个肯定是你妈忘了，你还要争？"

"你欺负人！"男孩知道碰上了顽皮刁蛮的孩子，说出这四个字已带有鼻音了，"给钱，给钱！"快哭出来了。

"再向我要钱把你整个木桶打翻。"

热汗、眼泪和鼻涕一起往下淌。男孩赶紧掏出裤兜里的手帕往脸上抹一把，继续论理，希望有人替他说话。

家长听到吵闹声会出来，知道自家小孩的德行，狠狠瞪一眼，骂一句"贪吃鬼"，把一角钱付了。有时，争吵半天不见大人，卖番黍馍糍的男孩要赶时间，只能无助地离开。过一会儿，"番黍馍糍哎，一角银三个哎，呒吃到糖不用给钱哎"，叫卖声逆风传来，声音比夏夜的星星朗亮。

过了小镇车站，若还没卖完，就往居住着农民、渔民，小部分是城镇居民的城乡接合部走去。"路头灯芯，路尾秤砣"，走走卖卖三四个小时后，木桶似乎越来越重，但男孩憋着劲继续向前。

到城乡接合部叫卖总会经过一条巷子，穿堂风吹开男孩紧贴胸背的衣服。一个差不多岁数的女孩在弄堂里摆了两张骨牌木凳，上面二三十本小人书排得整整齐齐，有《草原英雄小姐妹》《林海雪原》《铁道游击队》……她也想攒点钱，一分钱可以看三本，看完放回。卖番黍馍糍的男孩经过时总瞟一眼小人书，女孩常买三个番黍馍糍。

这种馍糍又香又糯，又甜又有嚼劲，个头小，含在嘴里盘来盘去，舍不得咽下。女孩长大后吃过各种叫馍糍或类似馍糍的点心，但都没有番黍馍糍那么好吃。那时她还不识"唇齿留香"这个成语，只知道轻轻咬一口，粉儿、汁儿全融进嘴里，好醇、好香、好甜蜜，为了能再吃上几个番黍馍糍，假期努力将摆小人书摊进行到底。

麦家说，人生海海，潮落潮起。摆小人书摊的女孩和几个卖番黍馍糍的男孩已是几十年的朋友。当年卖馍糍的男孩们正值壮年，他们大多走出呑仔底，好几个大学毕业后，在省城安家落户，他们中有高校博导、企业总裁、科研人员、行政机关干部……遍布各行各业。

当年摆小书摊的女孩也在杭州工作。杭州太子湾公园郁金香、樱花盛开时，她在花海里徜徉，景区餐饮处有个男人高高举起石杵，对准石臼里的糯米粉团用力捶捣下去，摊点上是香喷喷、黄灿灿、热腾腾的擂圆，那是蘸满炒豆粉的糯米圆子。当年摆小书摊的女孩买了三个放在一次性纸盒里，"番黍馍糍哎，一角银三个哎，呒吃到糖不用给钱哎"的叫卖声穿越时空，少年时的美好回忆，与花香一同迎面而来，眼前的黄豆粉擂圆幻化成花色红番黍馍糍清晰的模样。

她问春风："呑仔底山坡上还有高粱展开旗叶，抽穗开花吗？"

糯米擂圆

开口笑碗糕

西晋开国元勋何曾是个美食家，著有《食疏》，对吃极其讲究，"蒸饼上不拆作十字不食"。意思是说馒头没蒸出个十字裂纹，他是不会吃的。何曾是追求馒头蒸出裂纹后的口感，还是开口笑的欢喜？不得而知。

《东京梦华录》用九十多个字，记录了北宋东京各式花样的饼店。东京的饼店以加工面食为主，使用笼屉蒸制，蒸饼蒸出十字裂纹已经是比较成熟的技艺了。

南宋杨万里写食蒸饼诗："何家笼饼须十字，萧家炊饼须四破。老夫饥来不可那，只要鹘仑吞一个。"杨万里一生清贫，对吃不讲究，他幽默诙谐地描绘了自己饥不择食的模样。但何家须十字、萧家须四破，道出了糕饼作坊对十字裂纹的执着。馒头蒸出十字裂纹，像花苞绽开，叫开花馒头。

开口笑碗糕，是开花馒头手艺的沿袭和发展，用早稻米碾粉经发酵后蒸出来的碗形米糕似笑开了的花。

"车水头"是玉环一个少有人知的地名，同样是"头"字落尾，坎门岭头众所周知，因为坎门岭头是通向钓槽、东沙、鹰东等依山傍海村落的必经之路，那些地方有沙滩、港湾和如今被誉为"海上布达拉宫"的东沙渔村建筑群。"车水头"山路是断头路，从岭脚沿狭窄陡坡石子路走三四百米，才出现坡度缓一点的泥土路，再上去才是衔接层层叠叠木屋、泥坯屋、石头屋斗折蛇行的石板路。石板路的尽头是平缓的山地，一大片自留地按季节种植农作物。海雾缭绕时，这片山地形态很像江西武功山的草甸，离天很近。武功山草甸可观赏日出云海的仙境，"车水头"山顶可见太阳蹦出海面的生动。

我读小学之前，住在车水头。书上说，人的最早记忆不会早于三周岁，因为身体储存长期记忆的海马体要到四五岁才发育完善。我六岁离开车水头，在极少上山叫卖

车水头三层木结构合院（作者出生地）

的货担中，依稀记得鸡毛烂铜废铁换糖塌饼的担子。一把
扁口铁插在糖饼上，用小锤子向前敲打一下，一块小条形
的麦芽糖便踢出来，家里人说不卫生，不让吃。但是，相
隔半个世纪，碗糕担子停下来揭开一层厚厚的保温布，惊
现碗糕开口笑着的样子，深扎在我的海马体里，在我会走
路能说话的时候，它便以最柔美的形态诱惑我幼小的心灵，
在我们笑盈盈的对视中，于时光中留了影。

　　一听到碗糕的叫卖声，我就踉踉跄跄地往前走，"要

碗糕，要碗糕"地嘟囔。"跌一跤，吃碗糕。"外婆站在木门槛前，张开双臂鼓励我向前迈步，又随时准备在我跌倒前接着我。外公只要在家，立马奔出门外，等着停在远处的担子重新挑起来，看着挑往三层木结构合院才放心。若过了平时估摸着的时间没听到叫卖声，他会把我抱在龙裤腰头上跑出去，招呼卖碗糕的挑担人。我一见雪白的碗糕，黑眼珠就滴溜溜地转。

这是外婆告诉我的。

三岁看大，七岁看老，时至今日我仍是我们民族丰盛美食的爱好者。我读《武林旧事》，印象最深的是南宋临安市场上的十九种糕品。平日爱四季更迭的春日桃花米糕、夏日绿豆糕、中秋时节桂花糕、霜寒天滚烫的油炸鼓，品尝过乾隆赐名的江南绿豆糕、起源于唐朝的马蹄糕、走出宫廷流传于民间的老北京豌豆黄、家门口知味观老底子印字定胜糕，还有与碗糕口感十分相似的龙游发糕，等等，不胜枚举。

再多的糕都绕不开儿时记忆中的碗糕，它是心中的一帧画，温婉可人，纯粹迷人，思念在舌尖上发了芽。

江南难见雪，担子上码得清清爽爽的碗糕，像堆起的小雪山，每个碗糕顶部都绽开了花瓣，如浴雪一生的白雪莲。碗糕圆月般饱满的脸，憨憨不知所以然地咧嘴大笑，是出笼时拨云见日般的萌态。

碗糕担子上了车水头常停在我家的天井中，师傅肩上搭条毛巾，说是歇一歇，好不容易挑上来，心里可期待着有十几户人家的三层合院多跑出几个孩子，多走出些家长。陆陆续续总会有家长领着小孩买几个碗糕。记忆中有个住在我家楼下的小男孩，每次听到碗糕叫卖声就叫爷爷出去逛逛。他拽着爷爷的手来到碗糕担子前，两脚像钉子一样钉在地上，爷爷拉他往大门外走，"你不是说出去逛逛吗？"师傅来我们车水头做买卖久了，人头面熟，能叫得出张三李四，就说："他爷爷，你孙子口水都像泉水似的涌出来了，就给他买一个吃吧。"爷爷慢吞吞地掏出钱来，小男孩一把抓起碗糕塞进嘴里。那时我可能有四五岁了，清晰地记得外公把卖碗糕的人送到合院外，轻声对他说："经常挑上来，我外孙女喜欢吃。"

但是，卖碗糕师傅还是会根据自己的售卖情况而定，

碗糕开口笑

偶尔挑担上来，一段时间里又销声匿迹，我很是期盼。

有一天，外婆去了一趟城南后蛟村走亲戚，回来时从蓝色印花手巾包里掏出一包东西，对我说："以后咱们可以自己做碗糕了。"

原来是走亲戚时取了经，学了艺。外婆把早米泡软加入白糖磨浆，米浆反复碾磨后，再用筛笼一遍遍地细筛。筛网是用丝线编织而成的，密不容针。筛至米浆如绸，再让它充分发酵，不用酵母粉，外婆用的是一年又一年发酵后再晒干的陈米浆，就是蓝布印花包袱里掏出来的那包东西，这是最古老的酵头，最天然的酵素。将发好的米浆倒入一个个小巧精致的陶碗里，蒸至一阵阵清香扑鼻而来，揭开锅盖，碗糕膨胀开来，雪白蓬松的糕体，顶出一朵朵夺目的碗糕花。外婆手艺越成熟，碗糕笑得越好看。笑得好看，糕面爆口要恰到好处，外婆说："输人不输阵，开花碗糕面。"意思是说把碗糕花做得好看，不能输了面子。揭开锅盖时那一股股蒸汽，能熨平她脸上岁月劳碌的痕迹。

《红楼梦》中荣国府除夕夜合欢宴，品了按孙思邈《千金方》配制的屠苏酒，喝了合欢汤，尝了吉祥果，最后吃了如意糕，贾母才起身进屋。据烹饪理论家陶文台解读，这如意糕是用米粉加糖蒸制，呈如意形的米糕。同样的料理，在我眼里，哪有碗形的碗糕接地气，哪有碗糕笑脸迎人喜气。最日常，便是最如意。

我读中学时，班里有个吃货，常念一些关于吃的顺口溜。记得有"阿飞碗糕，民生炒豆，番黍馍糍，红膏赤蟹"，说的是坎门镇上阿飞家做的碗糕、民生的

碗糕撒上桂花、芝麻

蚕豆、畚仔底的馍糍，都是家乡老百姓特别推崇的美味；红膏赤蟹说的是上面三种美食像红膏蟹一样广受人们喜爱。该同学后来上了烹饪学校，成为名厨。

现在家乡很多旧时点心重新出现在点心铺，打造乡愁小吃旗舰店、地方美食展示窗。多年不见的碗糕在店铺上一大屉一大屉从蒸笼里倒出来，热气腾腾。虽然粉是机器碾的，发酵用的是酵母，筛网也没那么细密，加工制作比以前方便多了，开口笑的裂纹一如既往，口感也是小时候的软糯、清甜，就是少了一点细腻。

不知从什么时候开始，也不知是哪个糕点师的主意，家乡街头有些碗糕店给碗糕点红，用朱红粉在开口笑上染上一抹红，像朱唇微启，又像雪地落红梅。

杭州一家馒头连锁店有一款糕点与碗糕相似，叫水塔糕，圆饼形，上面零星撒着金黄的桂花，也松软弹牙，但没有那爆口的生动，就没有开口笑碗糕的精神气。

寻找雪见草

有一种绿是仲夏的深绿，饱满、厚重，苍劲遒健。

它是一种草药，也是一种野菜，一丛丛生长，医学典籍中称它为癞蛤蟆

雪见草

草或荔枝草，民间叫它蚧肚草、黑紫苏、膨胀草、猪婆草、野茄子、芝麻草、山茴香，等等。它最好听的名字是雪见草，如诗如画，清雅冷冽，这缘于它经霜雪而不枯的顽强生命力。传说古代炼丹人觉得这种深绿的草阳气十足，就在开炉生火时扔几把进去。电视剧《仙剑奇侠传》中，与

丈夫"景天"浪迹江湖的女主人公名叫"雪见"，江湖剑客喜欢以植物为名，江湖处处有"雪见"。

小时候，雪见草可见于我家乡的山坡、沟边、田野、荒原等潮湿之地，它叶面凹凸不平，叶片呈椭圆状披针形，有好多褶皱，最高不过十来厘米，贴服地面而丛生，远远望去，古拙的色调，积聚了光阴岁月的痕迹。每年夏秋生出细长的花茎，开出一支嫩黄色的花。黄花盛开时，如头戴黄帽的亚马孙鹦鹉，蛰伏于林间，随时准备飞翔。

那么独特的绿和富有立体感的叶片，不落众草之窠臼，却被古人认为叶子粗糙，像癞蛤蟆皮，以癞蛤蟆草名之，猪婆草呼之，而同样药食两用的许多叶菜却深得宠爱，如罗勒叶被唤作金不换、九层塔、香花子，我以为有失公允。

我乡人不以貌取名，在他们口口相传中，有这么多诨名的草只有一个实诚的名字，叫虚草。虚草虚草，体虚进草，直接又真切。

我上小学那年，外公用他多年闯海的积蓄建造两层楼房，我们家暂时租住在一个合院里。合院是宗亲合住的，建在山脚下，山上有一个大水库。淙淙溪水从院子西面蜿蜒而过，我常沿着溪边通往水库的山坡采各种野菜，看到一丛虚草就用尖锐的薄瓷片从边上慢慢刨，刨到根部土松了再连根带土拔出，有的刚发出来，根不深，直接用手抠出，把它们装在一方大手帕中，奔着回家，让外婆用它做一道清香的野菜汤。或洗净晒干，积存起来。

我小时候常患感冒，久咳不愈，面色青黄。母亲总是固执己见让我打针吃药，以至于我至今仍然见不得青霉素皮试针的蓝色针管，想起手腕上微微发红的小皮丘就毛骨悚然。外婆在我频繁出入卫生院仍不见效后，坚决阻止母亲带我去医院。她去寻找虚草，洗净沥水，切得细碎，在热锅里焙过，冷却后放入碗中，磕入向邻居家买来的新鲜鸡蛋，顺时针搅打均匀，静置在灶头，黄绿相间，看上去温暖而清新。

外婆先舀一勺菜籽油入锅，让菜籽油沸了，再在油锅里倒入蛋液，用文火让蛋液渐渐地膨胀，锅里形成一个大蛋饼。当虚草的清香和鸡蛋的鲜香弥散开来时，外婆飞快地用饭铲翻转蛋饼，翻转过来的蛋饼金黄间夹杂翠绿，如梵高《向日葵》般热烈，空气变得馥郁芳香。当锅底的那面又散发出浓香时，外婆便把两调羹红糖铺在鸡蛋虚草饼的中间，铲起半边饼面，覆盖在另一半上，加大火力，绕着锅沿 360 度浇一圈黄酒，随着"吱啦"一声响起，圆月般的虚草鸡蛋饼变成半月形鸡蛋包，如一把弓，更似一叶扁舟，荡在黄酒中，停火了还在锅里叽里咕噜，声音徐徐消逝……

红糖溢出甜汁，黄酒酒气经蒸发，变得温和适口。酥嫩香甜的虚草鸡蛋包，是外婆的一剂良方，专治风寒感冒咳嗽，及久咳体虚而产生的恶性循环病症，既散寒湿又可清热解毒，还补气虚，一举多得。一般吃过一两次就明显见效，我亲爱的外婆总是说再巩固一下。隔一天，当又一

雪见草煎鸡蛋

碗虚草鸡蛋飘出芳香时，我轻松愉悦的心情便和香气一起飞扬。那个年代，这是一碗"特供"的肴馔，心里暗自乐不可支。以虚草煎鸡蛋这等美味治病，我会萌发让我时常感冒咳嗽的念头。

外婆还把晒干收集起来的虚草，当解暑食材和药材用，在炎炎夏日的傍晚，熬汤给我们做清凉的茶饮。偶尔家里买来腰条肉，与虚草冰糖隔水炖，作为全家食补的菜肴。

其实，这种日渐被人遗忘的药草很早就见于医书，全草可以入药，常用于止咳和治疗支气管炎。《本草纲目》记载癫蛤蟆草有清热解毒、消肿痛、疗恶疮和止咯血的作用。清代刘兴撰写的本草类中医著作《草木便方》说它可解毒，治白秃、疥癫、风癣。《采药书》进一步记述它能凉血、止崩漏，散一切痈毒，也可捣碎与酒糟一起或与蛋清搅拌外敷。清代杭州医学家赵学敏把它改叫荔枝草，江南人终究风雅一些。1977年，它以"荔枝草"之名被收入我国药典。科学研究也证明了荔枝草含有丰富的营养成分，功效颇多，治疗附方也涵盖民间药方和科学良方。

以前不少地方清明时有吃蛤蟆饼的风俗，癫蛤蟆草与鸡蛋、面粉和成粉团，擀成薄饼，在煎锅里定形后双面煎，煎至两面金黄熟透，香嫩可口，又可预防感冒，是春天使者的伴手礼。

张爱玲在一篇文章中回忆小时候的蛤蟆酥："我母亲从前有亲戚带蛤蟆酥给她，总是非常高兴。那是一种半空心的脆饼，微甜，差不多有巴掌大，状近肥短的梯形，上面芝麻撒在苔绿底子上，绿阴阴的正是一只青蛙的印象派画像……想必总是沿海省份的土产。"根据张爱玲的描述，揣摩得出酥饼的形状和神色。蛤蟆酥应该不是张爱玲以为的海苔饼，而是虚草做的蛤蟆饼。

现在，知道雪见草的人越来越少了，随着环境改变、道路硬化等农村现代化进程，以前的水库、溪坑不见了，我们回乡也见不到虚草了。但在我心中，它的生命力一定如《百草镜》所描述："冬尽发苗，经霜雪不枯。"

我还是喜欢称它为雪见草，与亲密的朋友约在一个寒冬，山雾缭绕，或是雪花飘飘，我们去寻找雪见草，一定能见到它在风雪中非凡的气度。

"老酒汗"热起来

汪曾祺与林斤澜被誉为"文坛双璧"，他俩同是美食家，人生的追求和为人操守彼此影响，一起出游，一起畅饮，一起参加笔会，成莫逆之交。但由于乡土风情和少年家境的不同，对餐厨的见解见仁见智，有各执一词之时。

在《林斤澜！哈哈哈哈……》一文中，汪曾祺说不理解温州人林斤澜"老酒汗"的喝法，怎么能将黄酒蒸了再喝呢，实在喝不出什么好来。还不屑于温州人黄酒的另一种喝法："在黄酒里加鸡蛋，煮热，这算什么酒！"

汪曾祺出生于江苏高邮殷实之家，从小少不了吃太湖蟹、塘里鱼、扬州鹅、朱砂豆腐、淮扬野鸭……都是精致的淮扬菜。尽管他谈美食天南海北、海阔天空、如数家珍，但最深切、最动情的还是写淮扬菜时流露出的家乡情结，字里行间蕴含着他家两千亩地的养分。

林斤澜出生于温州百里坊八仙楼口，父亲是个普通教员，家里兄弟姐妹十个，他十五岁离家从军。允许我想象他长身体和离家前家人给他喝"老酒汗"、吃鸡蛋酒补身子的情景，一定还有汪老没有见过的糯米酒，所以林斤澜常沿袭"老酒汗"的喝法和鸡蛋酒的吃法，那是妈妈的味道，少年舌尖的快意，成年后的乡愁，怎能忘怀！

各人自有记在心尖上的美味。可爱的汪老先生，美食的活地图，也有不接地气的时候。

温州和台州相邻，文化习俗相近。我的家乡玉环历史上曾经隶属于温州，和温州有千丝万缕的关系，饮食习惯有很多相同之处。记忆中，外公出海回来，外婆时常取出她的嫁妆——一个造型十分漂亮、雕有花卉图案的锡酒壶，往壶里倒入上好的黄酒，加一两勺红糖，盖上锡盖，放在沸水锅里，熄灭灶火。几分钟后，露出水面部分的锡壶上布满"汗珠"，也许这便是老酒汗名字的由来。这时候锡壶里面的酒温度大致 50 摄氏度左右，即刻取出，倒入酒杯，

夕阳下的渔港

趁热给外公喝。汪老"实在喝不出什么好来"的"老酒汗"，对于在惊涛骇浪中闯荡养家，从茫茫大海里搏击归来的人来说，既暖胃暖心，也活血舒筋。

除了"老酒汗"，秋冬季节交替的时候，家里还会蒸糯米酒补冬。

蒸糯米酒并非指把糯米蒸熟发酵成酒，而是把现成的糯米，用清水洗净，放在锡盒或不锈钢器皿里，倒入黄酒。酒要把糯米完全淹没，一般高出米表面两三分，这两三分既不是厘米也不是毫米，是烹制人心中的分寸。然后放在竹编的栅格蒸架上，架子下面是一家人的粥，粥煮烂了，糯米酒也蒸熟了。揭开盖子，香喷喷的热气扑面而来。这时，外婆会在上面撒上一层红糖，再搅拌均匀。我们兄弟姐妹一人一份，大的分多点，小的少吃点，外婆说吃多了太补，还会耐受不了酒气。可是那软软糯糯、香香甜甜的糯米酒一年难得吃一两次，吃后对着镜子看自己双颊的红晕，是十分开心的。

生活条件好一些的时候，糯米酒里添加了新的食材，就是在同样的饭盒里倒入一层米，铺上一层五花肉，再铺一层米、一层肉。五花肉一定要切得厚薄均匀，形状相似，码在米上面才好看。酒的用量、用法也是不变的，这样蒸出来的糯米酒啊，肉与酒香气交融，油脂渗透，滋润米粒，吸饱了酒水和油水的糯米更显晶莹润泽，香气氤氲。吃了不仅补冬，还贴膘。

鸡蛋酒更不能小觑。以前的鸡蛋是由觅虫子、啄青草、吃谷子的放养鸡下的，比现在吃饲料的鸡下的蛋香多了。在粗瓷碗或细瓷碗中打三五个家养鸡的鸡蛋，倒入黄酒，加上红糖，盖上盖子，放在锅里隔水蒸。粗碗多几把火，细瓷薄易受热，可节省些柴火，大约七八分熟时即可停火。火候过了，蛋黄太硬，口感就不好了。要靠余热把蛋焖熟，这样蒸出来的鸡蛋酒，蛋黄凝脂般柔嫩，酒气温和。喝酒吃蛋，外婆吩咐我们要细嚼慢咽。

在我们老家，孩子身体虚了，用鸡蛋酒补补；十五六岁青春发育期要长身体了，用鸡蛋酒补补；大人干活劳累了，也用鸡蛋酒补补。鸡蛋酒曾是平常人家最实在的滋补品。

这些古法，是有据可依、有章可循的。《黄帝内经》记

糯米酒

鸡蛋酒（玉环市旅游事业发展中心供图）

载："五谷为养，五果为助，五畜为益，五菜为充。"谷物居首位，它们富含碳水化合物和蛋白质，是人体营养的根本。糯米酿的米酒富含多种维生素、葡萄糖和氨基酸。唐代医药学家孙思邈说糯米"益气止泻"，《本草纲目》进一步明确了它益脾补虚的作用。鸡蛋被现代科学誉为营养最全面的食物。米酒与肉类和蛋类中的脂肪起酯化反应，使食物更加芬芳，能增强食欲；再加上红糖润心肺，活血暖胃。看似平常的"老酒汗"、糯米酒、鸡蛋酒成为寻常百姓的"千金药方"，也是民间智慧的创举。

我一位朋友的妈妈，六十岁开始吃素，平时不碰荤腥，但每年都要蒸几次糯米酒，说给身体补充营养。她今年九十五岁了，我不敢说她的长寿一定与糯米酒有关联，但可以断定她吃糯米酒能补身子的信念肯定给她添寿了。

几年前搬到安静的西山脚下居住，几位家乡朋友过来暖窝，我做了一桌家常菜后，担心大家吃不饱，最后上了糯米酒，那场景我至今难忘。

都放下筷子说吃饱了的朋友们，把一锅糯米酒全挖空了，不停地感叹太好吃了，急切地让我说出烹制的流程。

其实，我做的糯米酒很简单，跟外婆使用的方法一样，只是换了个器皿，直接在电饭煲里做。一定是糯米酒唤起了他们味蕾上的乡愁，记起儿时看着糯米酒出锅时咽下的口水，想起分享糯米酒时无比快乐的情景，胃口就大开了。

前年冬天，杭州下大雪，从玉环来的闺蜜披着雪花风尘仆仆地闯进我家，口里直嚷："来，温点黄酒，切点姜丝，加勺红糖，我要喝几口。"

家乡亲人，食味相投，"老酒汗"热起来。

炖鸡汁

隔水炖出的鸡汁，是鸡的原汁一滴滴集聚而成的，它曾是玉环民间十分流行的食补佳品，现在知道的人不多。

据《玉环县志》记载，明万历年间，福建泉州沿海一带渔民随鱼汛在玉环作季节性居住或搭寮暂居，后辗转徙居于玉环境内濒海诸岙口。清雍正五年（1727），被视为"无籍游民"的闽南渔户正式入户玉环，从此在这片土地上生齿日繁。

闽南饮食风俗在玉环岛上保留了它的传统味道和文化记忆，许多烹饪技艺代代相传，发扬光大。唐代文学家房千里《投荒杂录·蛮夷卷》载："岭南无问贫富之家，教女不以针缕绩纺为功，但躬庖厨，勤刀机而已。"彼时岭南涵盖福建全省。女子精于厨艺，还擅长食疗，懂药膳，有"永远不忘在汤中加入一味中药材"的习惯。炖鸡汁应该是烹饪技艺在玉环大地上的升华。

我小时候，起灶火，拉风箱，充当外婆厨事的助手，炖鸡汁也就耳濡目染，至今历历在目。

夏季选不打鸣的公鸡炖鸡汁，民间有说法，没有交配过的公鸡更滋补。公鸡性熟前就被阉了，集中精力长肉，肉质更细嫩，长到三斤左右最适中。杀鸡动作要利索，鸡血放干净，鸡汁才纯粹澄净。烧好一大锅开水，倒入木桶，让鸡在热水中反复翻转成落汤鸡，鸡毛容易拔除。切开鸡腹掏出内脏，去除肉眼可见的油脂，沥干水分，用刀背敲几下鸡身，破坏鸡肉的纤维组织，鸡汁更容易渗出来。就像我每年泡青梅酒前，都要把青梅敲打一遍，让汁液有出口，慢慢渗入酒中。

在鸡背上铺一层姜片，再把整只鸡包在纱布里，扎裹严实，以防肉渣碎骨漏出。家里有一个炖鸡汁专用的棕色瓷罐，古拙的色调和样子，密封性很好。在瓷罐里反扣一个瓷碗，瓷碗口径要比瓷罐小，这个步骤很重要，利用瓷碗的坡度，把鸡和鸡汁隔离开，鸡汁可顺滑而下。包着纱布的鸡放在倒扣的瓷碗上，盖好盖子，放置大铁锅封炖。

点燃松毛针，趁火旺架上木柴，柴火熊熊燃烧，锅里水沸了，就把几根燃烧正酣的木柴用铁火钳夹出，埋到另一孔灶的炭灰堆里备用，维持两根柴爿的灶火。瓷罐在铁锅翻滚的水中一颠一颠，"咕咚咕咚"响个不停，像舢板锚在岸边随潮水跌宕。现在我用瓷罐在锅里炖东西，把不锈钢三脚架翻转过来，瓷罐置于上面，就不会有这种声音了。

炖鸡汁时，外婆不看家里上发条的紫铜色机械小座钟，而是点燃一根高香，插在祭灶神的香炉上，一根燃完再接一根，三炷香的工夫就是一只鸡滴尽汁液的时间，这实操经验颇有仪式感。在香港吃火锅时的计时沙漏，日本天妇罗之神早乙女哲哉炸虾二十四秒的精算，重庆跷脚牛肉九秒熟的嘀嗒声，与外婆三支高香的用意相同，时间是主宰食物的神。

家乡有句话叫"千烧不如一焖"（闽南口语），意思是让食物出锅前焖几分钟吸收余热，效果好于持续烧火。这个掌握火候的理论一直指导我的厨房实践，等待是为时机成熟蓄力，可偏偏在炖鸡汁上不可取。香燃尽，火熄灭，锅里余音未了，外婆便揭开两重盖子，先把纱布袋里的鸡提出来，再双手各持一条毛巾，从铁锅里捧出鸡汁罐，动作连贯而敏捷。外婆说炖鸡汁跟熬鸡汤不同，停火后若耽搁几分钟，鸡肉会把鸡汁重新吸回去的。果真如此？

解开纱布时，原来十分丰腴的鸡肉变得松松垮垮。外婆专注于罐底的鸡汁，全神贯注地掀开倒扣的瓷碗，小心翼翼倒出一小碗金黄色的液体，旋即盖上，那是一只鸡浓缩的精华。

"夏日无病三分虚，鸡汁益五脏，健脾胃，强筋骨，肠胃负担小，是大补。"外婆总是这么说，那时听起来似懂非懂。

过了冬至，外婆找体肥脚短、鸡冠鲜红的老母鸡炖鸡汁。老母鸡油脂难以除尽，就在瓷罐底放几朵泡过的蘑菇，加一汤匙黄酒。外婆炖老母鸡汁时，点的香似乎更粗更长一点，也是三炷香即好。冬日灶火间很温暖，我左手换右手拉着风箱，风箱一直在"咕嗒咕嗒"地喘气，声音钻入我的脑海深处。

外婆让我父亲喝鸡汁前，每每都用手将碗壁摸了又摸，掂量着温度适宜，才揭开盖子，说是不让鸡汁滋补之气挥发掉，父亲空腹喝下。

我们小时候没有喝鸡汁的份儿，大概与现在未成年人不宜吃人参同理。但我们兄弟姐妹还是有口福的，老人们的权威说法，喝了鸡汁就不能再吃这只鸡的肉，从纱布中取出来的鸡肉就像中药煎熬剩下的药渣，一般不会使用，但我外婆有办法。干柴的鸡肉冷却后切成细块，鸡心鸡肫鸡肝都是好东西，母鸡还有一串好看又好吃的蛋茬。用菜籽油和大把姜丝爆香后，入盐，倒一大勺酱油和小半瓶黄酒炒成蜜色，再慢火炆，鸡肉被浓油赤酱煨得生动起来。起锅时铺上大蒜叶，金黄与翠绿相间，鸡肉饱满，汤汁鲜香。有时会在汤里塞一把米线，炒成一大盘鸡肉米粉，我们欢欣雀跃。

我十七岁上大学那年，风箱已换成鼓风机。外婆给我炖鸡汁。她从小园子里摘来几朵正在盛开的喇叭花，放入瓷罐底，外婆称之为鸡肉花，现在我知道它的学名是木槿花。外婆说鸡肉花羼在鸡汁里，女孩喝了面若桃花。

当熟悉而又陌生的鸡汁呈现在我眼前时，我满心欢喜，视它为青春华丽的召唤、身心成长的雨露滋润。外婆示意能喝了，我庄重地打开碗盖，同时打开千万个味蕾，将鸡汁一饮而尽，花瓣咀嚼咽下。味觉细胞极速把感知传递给大脑，很厚重的鲜，鲜得杀口；很浓的香，浓得挂嘴；淡淡的甜，那是鲜催发出来的。热乎乎的汁液浸润我的胃，滋味绵长，情深意浓。外婆的双手轻轻抚摸我的脸庞……

玉环人的鸡汁属食补佳品，家里主劳力一年喝两次，下一年要续着喝，父亲喝了二三十年鸡汁，直到我外婆年老无力厨事。家父耄耋之年仍玉树临风、神清气爽，外婆功不可没。

据说清朝御医为了给慈禧太后补气养血、延年益寿，研究出一种烤炼和蒸馏相结合的工艺，用鸡做成"鸡炼丹"，慈禧非常喜欢。李鸿章操劳国事时，"不如意之事机，不入耳之言语，纷至迭乘"，常"愠郁成疾"，他便食用牛肉汁补气健脾，调养身体，终身服用。翁同龢把"早起服牛精汁半匙，鸡汤兑，一匙汁十二匙汤"记入日记，坚持不懈。晚清文学家、教育家吴汝伦也曾说过："进牛肉精一匙，则其养血助力之功，足抵平人服牛肉七八两之用，而吾胃仍安然不劳。"御医们出品的丹、汁和精，与玉环鸡汁如出一辙。但玉环炖鸡汁用的食材、功夫及融入的情感是铁钉铆在铁板上——实打实。民间食疗的智慧堪比宫廷御医的技艺，不容小觑。

炖鸡汁，喝鸡汁，增强免疫力，以传统食疗的养生之道滋养生命，润泽生活。寓调养于美食，何乐而不为？我愿做玉环炖鸡汁古法食疗的推手，愿它早日成为非物质文化遗产，让这种民间智慧赓续绵延。

山海交融话鱼饼

想起家乡的锅贴鱼饼，那种念兹在兹的美味，台州南宋诗人戴复古的"每思乡味必流涎，一物何能到我前"最表我心。

玉环坎门古法煎鱼饼，取材讲究，工艺朴素，煎制出来的鱼饼鲜美之味，凤髓龙肝。

食材是味道的灵魂。坎门贴锅煎鱼饼，是取渔民闯海的收获，以来自东海海域的带鱼、鳗鱼、马鲛鱼为主要食材。

家乡有谚语："冬至过，年关末，带鱼成柴爿。"每年的农历九月到来年二月，是带鱼的秋冬汛期，这个时间段是吃带鱼、做带鱼饼的最佳时节。

选鱼有讲究，要选本地带鱼。本地带鱼"三小一厚"，头小、嘴小、眼睛小，肉质肥厚。你若在市场见到这种带鱼，即使表皮伤痕累累，也不要嫌弃，那是带鱼在渔网中挣扎，鱼鳞脱落，鱼身划破造成的。这种流网带鱼，肉质紧实有弹性，鱼鳞薄而油脂高，做出来的鱼饼鲜甜软糯。南海热带带鱼，大眼睛水汪汪的，品相光鲜亮丽，实际肉质粗糙，味道逊色不少。你若是以貌取鱼，买来烹食或做鱼饼，真是心疼了功夫。

做鱼饼是渔家人的一场盛宴。主妇们利索地剖出两片鱼肉，左手按着鱼片的一端，右手顺着鱼肉的纹路"嚓嚓嚓"刮出一堆肉蓉，小小场景却有大画面。全家人动手刮鱼蓉，真有"喧呼万马争归路，落絮飞花半作泥"的气势。把剩下的带鱼皮切断剁碎，与鱼蓉搅拌均匀，用切成小米碎末样的姜蒜加料酒腌制，加入捏碎的豆腐、盐、番薯粉，顺着一个方向搅拌成团，直至鱼泥粉坯出现黏手的胶汁，再用手拍打。家里老少更替，双手冻得通红仍乐不可支。搓出一个个圆，轻压成普通碗面大的圆坯。

我们家人口多，灶台上架有一口二尺二的大铁锅，用松树叶起火再添柴草，慢火下油，油热到80摄氏度左右，把油匀满锅壁，开始煎饼。

先用文火，一个个双面热油煎，表皮呈金黄色就往锅壁上贴，从上往下

煎鱼饼

贴满为止。大火烧起，顺着锅沿绕两圈快速浇上酒，热烟冒出，即盖上锅盖。鱼饼差不多把酒吸干了，把鱼饼翻个身，交替位置，再倒入适量的水，这时用文火，让鱼饼在锅里"噗噗"作响，鱼肉、豆腐、番薯粉、蒜姜酒交融，似山海交汇，激昂高亢。三五分钟后，锅里的声音变得舒缓，鱼饼在汤汁里释放、膨胀，最后稍加火力，收干汤汁。出锅的鱼饼芳香四溢，饼面色泽耀如琥珀，形似月饼，极其蓬松，身形胖了一大圈。把一个带鱼饼用筷子夹成四瓣，可见鱼皮银色亮泽，纹理交织紧致。只要不烫伤舌头，趁热吃，口口酥松，鲜嫩滑爽，味道醇厚，满口芳香。

这鱼、谷、蔬共融又共荣的佳肴，加工食材花费不少

时间，但这个过程是渔家妇女与大海、山川、大地的交流，是家人平安归来，带来大自然馈赠，心怀感恩的行动。古法带鱼手工鱼饼，是海产品烹饪工艺的提升，也是渔家人的口福。晚清诗人方鼎锐咏诗："玉环巨舶竞分旗，共祝今年海水肥。钓带船归拖白练，词人附会咏杨妃。"诗人眼里的白练就是我家乡闽南语称白鱼的带鱼。

鳗鱼腹白嘴尖，肥厚滚圆，尤其适合刮肉蓉。滚壮的鳗鱼有强精壮肾之功效，且价格实惠。带鱼饼香糯，鳗鱼饼鲜甜，各有千秋。

马鲛鱼长得周庄端正，身形健美，俗语"山食鹧鸪獐，海食马鲛鲳"便是言其味美。马鲛鱼肉质特别结实，做出来的鱼饼有嚼劲。把当日剩下来的马鲛鱼饼存起来，下次食用时滚刀切块，热水入锅，起锅时下一大把芹菜段，加一勺醋、半勺猪油，这鱼饼汤鲜得你会质疑蛤蜊汤是天下第一鲜。

做鱼饼也是渔家人烹饪的创新。见过我外婆用黏稠的剩粥替代豆腐，果然滋味更香糯。林洪《山家清供》里有一道菜叫"玉糁羹"，是东坡先生发明的，食材只有捶烂的萝卜和研碎的白米粒,东坡先生形容它"若非天竺酥酏,人间决无此味",白米粒的美食效应,我深有同感。

如果食材是美食的灵魂,那爱就是美食创意的源泉。

以前,我家乡人大多以捕鱼为生,靠山吃山,靠海吃海。我的祖辈以讨海谋生时没有现代通信设备,也没有冰柜冷藏食物。口语"走船真辛苦,无风要摇橹,吃糜配菜脯",描述了渔民生活的艰苦。渔民一次出海可能几天,也可能北上个把月,甚至更久。出船时一般是估摸着带些大米、地瓜干和菜脯,一旦粮食小菜吃完,无糜(粥)无脯(萝卜干),连淡水都省着用,鱼成为海上渔民的主食。有一次外公出海归来,告诉我们船上连盐巴都没有了,餐餐吃鱼以至于无法下咽,眼巴巴盼着快点靠岸。都说"船隔三寸板,板里是娘房,板外见阎王",翘首以盼的主妇见自家男人上岸,心中一块石头落地,极尽巧手用人间烟火宠溺男人的胃,变着法子把他们带回来的鱼做成各种看不出鱼样子的菜肴,这一定是鱼饼、鱼羹等家乡美食缘起的重要因素。

在惊涛骇浪中闯荡,身心疲惫的渔民上岸几天,脸色明显朗润起来，女人心生欢喜，越发有洗手做羹汤、巧手做美食的劲头。《海韵玉环》记录了玉环渔家十八碗，第一碗是家烧黄鱼，第二碗便是鱼饼。称其味道好，爽口松，煎、炒、烧汤皆可，是下酒佐饭的好菜，有益气健脾补中、祛风除湿解毒表、通阳之功效。鱼饼既可让回家的男人品食美味、喝酒解乏，又可让他们除海洋之湿气、祛海风之邪气、壮身体之阳气。其药食同源的医理，我研习食材，确有依据。

据说均安煎鱼饼名扬珠江三角洲，1997年，杭州举办全国小吃评比赛，均安煎鱼饼被中国烹饪协会认定为"中华名小吃"。均安煎鱼饼取江河湖吃藻类的鲮鱼，我家乡鱼饼用的是搏浪遨游大海、肚子里都是小鱼小虾的海鱼，我为家乡鱼饼没去参评而抱憾。

我曾在广东的海边吃过一种鱼饼，是用马鲛鱼的肉与一种鱼粉揉在一起，捶打出胶汁，加入少许生粉做成的。鱼粉是把大地鱼干烤后磨成的细粉，广东一带大地鱼是肤色偏黑的鲽形比目鱼，与东海的比目鱼相比，鱼身宽大，整体呈椭圆形，很适合用刀片成蝴蝶形晒烤。这种鲜上加

蒸鱼饼（玉环市旅游事业发展中心供图）

鲜的粤式鱼饼，真是鲜掉眉毛，但没有我家乡的鱼饼生动。我还在福建崇武古城的沙滩上，吃过圆柱形的泉州鱼卷，插着一只木签子，像冰棍似的，我高高举起，在蓝天白云下与它合影，心想，它会不会是我家乡鱼饼的祖宗？

我家乡的古法鱼饼世人所知不多，就连家乡的新生代也知之寥寥。现在超市冰柜里的各种品牌的鱼饼，基本上是玉白色的冷冻小包装，蒸熟切片为餐席的冷盘，味道也是鲜美，但无镬气，无蓬勃的朝气，我担心它成了大家对鱼饼的共识，也担心在快节奏的当代生活中，这种功夫美食会湮没失传。

我不能让我心目中的"羊羹""熊腊"走失，所以我想开一小爿煎鱼饼店，在离海很近的地方，用家乡制作鱼饼的古法手艺，用平底锅，现代燃气。我试着在鱼饼里加点五花肉，这样是不是更滋润；若加一些切碎的马蹄，是否更甜脆。我始终只做这一道菜，再煮一桶白粥，黄酒矗立成一堵墙。你来了，就站在灶旁，一碗粥、一碟热腾腾金黄色油煎鱼饼，自己端到桌上，取墙上一瓶黄酒，醉翁之意不在酒，在乎潮味古韵。你自斟自饮，我看着你吃得酣畅淋漓，吃完了，说一声终于吃到古早鱼饼，我便心满意足了。

鲨油饭

我不知吃过多少咸饭，唯鲨油饭让我万分迷恋。

20 世纪 50 年代至 70 年代初期，海洋资源极其丰富。那时，国家还没有把一些鱼类列为保护动物，一种纺锤形的大鲨鱼时常出没在家乡近海温暖水域。这种鲨鱼叫姥鲨，取它的两片鱼肝熬油做的鲨油饭，是那一时期的口福。

春天，流光溢彩，家乡丘陵地带的向阳山坡和山顶平地上，缀满紫色和白色的蝶形花朵，春风拂过，豌豆花似蝶浪翻涌。这时，被称为"海中狼"的鲨鱼家族中特别厚道的族种——姥鲨，便从深海处钻出来，在海面上逡巡，寻找合它胃口的美味。姥鲨口大体壮，却被冠以"姥鲨"之名，有一种说法，是因为性格温和像年老的妇女而得此名。

　　大海有四季渔获，大地有四季食蔬。四月，豌豆花结出肥绿的嫩荚，春风放飞的时节，可从山顶自留地摘下一小篮绿莹莹的豌豆荚。此时，姥鲨在阳光明媚的海面上舒展身体，翻身晒腹，灰背白腹一览无遗。它们逐渐靠近我家乡的海岸，在十分洁净的水域和温暖的潮间带享用虾蚬、海草和小鱼小虾等浮游生物。

　　渔民刺网作业开始盛行，如此逍遥自在的姥鲨怎逃得过我乡渔人的火眼金睛，当姥鲨三角状灰色背鳍列队在浪里优哉游哉时，它们很快就成为渔人的猎物。

　　毫无戒备之心的姥鲨被我家乡人称为憨鲨。憨，闽南语读作 gòng，形容一个人木讷或过于老实、傻不愣登的样子，就叫 gòng 人。梁静茹有首歌叫《憨过头》："啊，我憨啊我憨，憨过头，如今反悔也无效……"表达的是一种追悔莫及的心绪。

　　当憨鲨鱼被我乡人捕获，憨鲨鱼肚子里的大肝脏被带回家，堆放在水井头，颗颗青翠的豌豆便从主妇的手中滚入粗瓷碗里，豌豆新绿，蹦跳着土壤汹涌的生命力，珍珠般饱满，那是准备煮一锅憨鲨油饭。

憨鲨鱼两片鱼肝，米黄中带着些许花斑，玉石般晶莹润泽，豆腐般娇嫩柔滑。大片的肝可铺满整块砧板，切成小块后，捧起砧板，将鱼肝划入铁锅里熬油，先是一股微微刺鼻的炙烤气味散发出来，带着腥气，不那么好闻。随着小火慢炆，锅里的油漫过鱼肝油渣，辛香弥散。乡人把用鲨鱼鱼肝熬出来的油称为鲨油，气味特别强烈，一户人家熬鲨鱼油，香气似会吹吹打打，传出很远。它不同于猪油的温润、菜籽油的青气、山茶油的纯正，而是一种辛香、浓烈得几近跋扈的气味。

把熬好的深棕色鲨鱼油舀出一半，盛在碗中，油渣捞出。另一半则留在热锅里，将猪肉、豌豆和带鱼肚烩起来，豌豆的春色在油锅里被铲得龙飞凤舞，然后倒入浸泡好的粳米，翻炒均匀，让米受味，再加适量的水，盖上锅盖，文火焖熏。鲨油借食物翻涌之力把油脂和气味渗入米粒，米粒借焖熏的时间让自己饱满得可滴出油。饭熟透了，揭开锅盖，把舀出来的一半鲨鱼油倒入锅中翻拌。这时，鲨鱼油饭已是异香汹涌。

鲨鱼油饭

憨鲨油饭是山呼海啸的美味，可以傲视所有平日做的咸饭。美食世界的炖臭、霉鲜、焦香等气味在憨鲨油饭中都有体现，而各种大味的香料如花椒、桂皮、丁香、茴香也有踪影可寻。这种刺激性的荤香似乎来自海底的厚重，又像是囊括了大海所有的鲜气，还有山风涧水晨露夕照的味道。总之，一吃就上瘾。

我乡人过去虽然生活艰苦，但在人情来往上十分慷慨大方，东家蒸煮点什么好吃的便给西家送点去，如俗语所言，"你有初一，我有十五。"鲨油饭烧好后，大有李白的"五花马，千金裘，呼儿将出换美酒"的慷慨。孩子随着憨鲨油饭飘出的香气冲出家门，通知左邻右舍拿上饭碗，过来尝尝鲜。那情景比现在朋友圈分享美食要实在多了，舔的是真材实料，而不是手机屏幕。

五月，浮出海面的滤食性动物繁盛充沛，家乡海域的憨鲨鱼越发苗壮，憨鲨鱼皮也更厚实，它们真正的汛期来了。渔民把一些小的憨鲨鱼带回家，勤快的渔家妇女打几桶水，倒入大锡盆，左手取一条鲨鱼置于砧板，右手操刀，刀刃在鲨鱼身上"嚓嚓嚓"来回几下，这是磨刀霍霍向鲨鱼。鲨鱼皮充当最便利的磨刀石，可怜的憨鲨真是要把它杀了还帮着磨刀。

清代《特开玉环志》记载："鲨，胎生，无鳞有沙皮，可砺器，亦可饰物。"玉环虽地处海隅，岛屿杂错，但环山皆可稼黍。确实如此，海边渔村的男人网鱼煮海，留守的老人、妇女相当勤劳，不说山巅丘土，家里房前屋后方寸之地也种上地鲜瓜果。

立春时节架起长豇豆架子，立夏之时麻花辫子般的豇豆条迎风飘曳，有翠绿色，也有紫红色，我乡人称之为饭豆或菜豆，大至指其既可做菜下饭，又可与饭同煮。五月的长豇豆有一尺多长，折掰成段，发出清脆的声音，肉质肥厚饱满，带着五月的明媚，与来自海洋风潮浪涛间的姥鲨油相遇，长豇豆鲨油饭又是另一种滋味。此时，憨鲨鱼肝片浑厚丰润，油饭香气越发浓郁，长豇豆又特别能吸油，这样的憨鲨油饭入口入魂，独特的口感让人无法忘却，它让渔家人的口腹之欲上升到精神的傲骄。大千世界，万千风味，可我至今无法找到形容它的词，它是五味俱全，又置身于五味之外，在舌尖尽显风华绝伦。

我家乡姥鲨鱼流网产量的峰值顶点是在 1969 年，庆幸我已出生，在以后成长的日子中享尽它的红利。从春汛到夏汛，时间跨度差不多春季的整个学期，我们放学回家，一闻到鲨油饭的气味，就像离弦的箭一般飞入家门。

20 世纪 50 年代，家乡渔民郑达法最早开启捕鲨的实战。他的捕鲨作业在渔业发展史上写下春秋芳华，也因此成为全国劳模。他向家乡渔民传授捕鲨技术，带领家乡渔民闯荡大海，一次捕获的姥鲨达几百担，一般重三公斤到十公斤。

时光踏入 20 世纪 80 年代，无论机帆船如何劈波斩浪，姥鲨仍踪迹难觅。也许是因为家乡近海海域受到污染，导致环境变化，虾蚜鳀鱼也不会浮游在海面上。憨鲨不憨，它们找不到滤食之物，绝尘而去，躲在海洋深处。即使找到滤食之物，也不再招摇旗帜般的背鳍。也许是随着捕捞技术的发展，滥捕掠杀，姥鲨日渐式微。

据说从 1993 年起几乎见不到三头以上的姥鲨种群了，人类开启对姥鲨的保护措施。2000 年，美国将大西洋和东太平洋姥鲨的种群列为易危群种。自 2004 年始，世界多国禁止在公约海区捕捞姥鲨，我国也把姥鲨列为国家二级保护动物。近年，在人类的温柔以待下，姥鲨家族又开始人丁兴旺了。听我乡人说，现代钢铁捕捞船常与姥鲨不期而遇，它们再次回来，慢慢向东海沿岸靠近。但不管姥鲨张开大嘴吞食鱼虾，还是三五成群在海面上袒胸露背蹭阳光，都可以自在地在海洋的怀抱里尽显憨态，世间再无憨鲨鱼油饭。

近日返乡，与朋友忆往昔家乡种种美食，偶尔一次提到憨鲨油饭，出乎我所料，友人说这个可以有。端午节前后，近海可钓到"粉鲨"，头短而宽扁，身材呈圆柱形，看上去也是一副笨拙的样子，学名叫圆头鲨。圆头

酱油水鲨鱼肝

鲨不属于保护动物，捕获上来的圆头鲨一般有一二十斤重，一二十斤重的圆头鲨可掏出两片两斤多重的鱼肝，两片鱼肝一大一小，熬出来的鲨油味道是一样的。

朋友最近还给我发来照片，就是将圆头鲨的肝切成一片片，用家烧的方法做来吃，说味道十分鲜美，油而不腻。

我无比期待着鲨鱼油饭之行，也尝尝鲨鱼肝做的菜。

虾篙

近日与朋友聚餐，酒酣耳热时，一位在玉环工作过十几年的老友发表了一番对玉环美食的感言，他说最好吃的是"乱搞"，大家茫然不解。我想这下可以表示我的权威："你乱说，哪来的乱搞？还有我不知道的玉环美食？"他如此这般生动描绘一番，我明白了："你说的是虾篙吧！""对对，是'瞎搞'。"一桌人大笑。

这人世间有多少美食是行若无事把玩出来的绵长滋味，或是手足无措间不经意在舌尖绽放的一朵味蕾之花，虾篙的问世，应该两者兼而有之。

虾篙的主要食材是毛虾，说毛虾大家不一定知道，若说虾皮，那是妇孺皆知的。虾皮就是毛虾干制而成，类似于台州赫赫有名的晒鱼鲞。只不过毛虾个儿小，不起眼，晒干后就剩一层皮，故称虾皮。它没有摄影家镜头下鱼鲞的恢宏气势，但海里刚捞上来的毛虾色泽水红、丰腴饱满、晶莹剔透，小如秋毫之末，但全须全尾，一对眼睛煞是乌黑清亮。

小毛虾不可小看，占我国虾类捕捞量的三分之一，确实意想不到。它们喜欢成群栖息于浅海、港湾和江河口附近，以滤取和摄取藻类和小型浮游动物为食，循规蹈矩生

毛虾

存的同时，也养护海底世界藻草葱茏的生态。

　　传说毛虾原来身材适中，体重一两左右，全身长着红色的细毛，挺拔英俊。有一天遇到一条鲤鱼，见鲤鱼一副愁眉苦脸的样子，毛虾十分关切，问其原因，得知东海龙王规定五斤以上的鲤鱼才有资格跃龙门，升官加爵，鲤鱼苦于自己只有四斤九两而被拒之门外，失去机会。毛虾毫不犹豫钻进鲤鱼的鱼鳃里，鲤鱼重量达标，有了入场券，顺利跃过龙门。但被火眼金睛的龙王发现鳃上露出红毛，拔出来是毛虾，勃然大怒，一掌劈得毛虾骨折腰弯，还被拔掉全身红毛，规定毛虾从此身重不能超过一钱。

　　小毛虾大格局！豁达大度，天生一副热心肠，甘愿承受责罚。

　　毛虾的汛期伴着春风夏日而来，沿海居民把水嫩嫩的毛虾买来，剔除从海里带来的藻类植物、乌眼毛和小蟹等杂质，用密实的篓筐浸入大水盆里反复摇晃，清洗得纯净通透，用来晒虾皮。虾皮含钙量大，营养价值高，是厨房增味的法宝。自己晒的虾皮质量好，耐贮存，虽寻常之物却能为许多菜肴增色添鲜。

白石老人一生钟爱虾皮煮白菜，身板子硬朗，鲐背之年仍睡硬板床，毛虾可计功程劳。在我家乡玉环，毛虾常趸船、趸批、趸卖，价廉物美，普通百姓自然喜欢。选高品质虾皮与芥菜心相配，盛在石臼模样的器皿里，是我在杭城乔村二十八道吃不厌的美味。

旧时乡人打算晒虾皮，若遇到天公不作美，除非腌制虾酱，鲜炒做菜肴用不了多少毛虾。家乡玉环的主妇在烹饪上从来不缺少创意。传说早年家乡一位婆婆看着一脸盆鲜嫩的毛虾，自言自语："天要下雨，娘要嫁人，呒办法，可毛虾不能糟蹋。"她想，自己洗出来的地瓜粉还有浓浓薯香，家门口青蒜红椒长得正欢，与毛虾和在一起试试。于是搓粉剁料，倒料酒加盐加水，用筷子慢慢搅拌，搅成一脸盆稠浓的粉糊，一时灵光闪现，就做成毛虾丸子吧。

于是，烧一锅水，把毛虾粉糊轻搓成小圆形，并然有序地丢入沸水中，凝结成形时，用锅铲犁几下锅底，欢快的水花顶起圆团，在水浪中澎湃，最终全部浮出水面。淋上米醋，圆鼓鼓的毛虾丸子，被薯粉兜住了鲜味，比直接吃毛虾有滋味多了。尝一口清澈的汤，也很鲜甜。那婆婆

捕鱼虾

说日子要过得像锅里的热浪，一浪高过一浪，就叫它虾篙吧。风味与习俗交汇，收获了一方食物的自定义。

此后，虾篙可当正餐食用，毛虾也被称为虾饭。

以后的日子，我家乡的虾篙开启华美篇章。在我渔乡潮起潮落的日子，薯粉与毛虾抱团，五花肉、香菇、盘菜、茭白、豆腐干、青豆等相拥而来，如一夜春雨后草原上纷纷盛开的花朵，在绿色的风景线上各显风姿。虾篙在滚滚红尘中与时俱进，革故鼎新。毛虾与薯粉搭起喜气洋洋的舞台，张开怀抱，还把爽脆的荸荠、鲜翠的芹菜茎、香喷喷的花生米，连同凶悍的鳗鱼晒的鲞都揽入怀中，美美与共，相得益彰。仿佛四时八节，亲朋好友汇聚而来，演绎百年变迁的美味杂剧，成就一种有灵魂的乡土美味。

中秋回乡探亲，听说玉环广陵路上有一家餐厅，只做两种点心——姜汤面和虾篙，多年没吃到虾篙的我打车前往。看黑板上写着姜汤面加料系列，没见"虾篙"二字，问了收拾桌子的小妹妹，说今天没有虾仔（家乡口语毛虾），有点失落。正回头出店，厨房里传来热切的声音，"是叶老师呀。"我一时反应不过来，离开讲坛三十年了，竟在这家店遇到我当高中班主任时的女学生。得知我为虾篱而来，还是三十年前的快言快语，热情挽留。当机立断从冰柜里取出生晒虾皮，娴熟剁了一脸盆的料理后，一只手搅粉糊，一只手打电话，联系就近的同学过来与老师一起吃虾篱。记忆回甘，我的眼眶湿润了。

阳光照在餐厅墙上，一个渔人穿着油衣，他正用簸箕形的网具在浅海口捕毛虾，一只手操控着网杆，另一只手把水瓢里的毛虾舀进身上的鱼篓，远处的礁石上伫立翘望的身影，是家人正等待一锅虾篱？

虾篱真的是很有特色的美味，只要有食材，我真想"瞎搞"一回。

肚脐圆和尖嘴圆

"冬至进补，来年打虎"，冬至日吃冬至圆，是一种节气食补。

外婆在冬至前就浸泡好了糯米和粳米，预备用石磨磨成粉。我的任务是专注地把米舀到石磨的磨眼中，适时加点水，米和水穿入磨膛，流质米粉在磨盘转动下从凹槽里流出来，汇入深棕色的粗布袋子。外婆手拉磨柄或把碾绳套在肩上，用力拉碾架子转动磨盘。磨好后系紧袋子口，在糯米粉和粳米粉的两个袋子上，各压一块大石头。

冬至早晨吃的冬至圆是用纯糯米粉做的，将桂圆核大小，或鱼目珠般细小的冬至圆，倒入沸水中煮至粒粒漂浮在水面上，舀到碗里加入白糖、桂花，入口香甜细腻。有

冬至咸圆

时在汤里加板糖，板糖由甘蔗汁浓缩而成，没有经过精细加工，外婆说有补血功能。这仅仅是冬至日吃冬至圆的开始。

剩下的糯米粉团还暖在另一口锅里，外婆收拾停当，就开始用它们捏一些小动物，一般捏的都是家里人的生肖，如牛、羊、兔、马、猪、狗，很逼真，再捏几个金元宝，留作中午祭祖用。

外婆一边捏粉团一边教我念童谣："咱厝人，冬至时，碾米绞粞搓红丸。搓糖粿，呒稀奇，捏猪捏狗捏金鱼……敬祖先，望新年，保庇平安趁（赚）大钱……"

平安和兴旺是平民百姓对生活的盼望和祈求，以后读到彪炳千古的哲理名言无数，总没有民间俚语记得牢。

家乡冬至圆的特别之处在于它的形状和味道。有咸有甜，有尖嘴咸圆，还有带肚脐眼的扁平圆。家乡以前有种饼叫肚脐饼，扁扁圆圆中间凹陷，外婆就称小一号的冬至甜馅圆为肚脐圆。

吃罢早圆，父亲把一大箩筐的菜买回家，帮着洗洗切切。外婆配粉，糯米粉和粳米粉按比例搭配，加温水揉成粉团，好粉团靠的是经验和手感。

我的家乡有名闻遐迩的文旦柚，它们以前生长在楚门清港一带，也就是玉环的港北。在港南有一种与文旦柚很相像的香泡，香泡树比文旦树高，果实较文旦柚圆，但它们的叶子几乎没有差别，都有一股特别的清香。冬至节前，好多人家的院子里还挂着几个香泡，香泡树叶顽强地贴着梗枝。在做冬至圆的前一天，我们小孩举一支竹竿，或是扁担，左右打几下，上瘦下胖"8"字形香泡叶唰唰唰扑向大地。把它们收到竹篮里，倒入木桶浸泡去尘，叶子双面用软刷洗净备用，浓绿的香泡叶似冬天里的春色，每一片叶子都将托起一份温暖。

把鳗鲞去骨切丁，是海边人家冬至圆特有的料理，将肉丁、盘菜丁、冬笋丁、香菇丁、茭白丁、豆腐干丁、芹

菜、葱、虾粒等，依次倒入大锅，炒至七分熟，在关键时点把香气锁住，锁进我们用双手捏出来的一个个生坯窟窿里，似乎把一

冬至甜圆

年的祈盼、收获和美好都填进去、裹起来，做法与薯粉圆相似，让它们横卧在香泡叶上。

甜味冬至圆是用花生碎或芝麻拌红糖，加点猪油作馅料。花生米是自家炒的，用锅铲翻拨，炒至花生米红色包膜微微裂开，锅里发出啪啪的爆裂声，就可以盛出来。我们小孩最喜欢帮花生去衣，把冰冷的小指头穿进热乎乎的花生间，不停地搓捻，待露出泛黄的花生仁，深吸一口气，鼓起腮帮子，"呼"的一声吹起来，花生衣顿时"乱花渐欲迷人眼"。几次来回搓捻，几次吹气，碗里的花生真如"红帐子里睡着的小胖子"。把它们倒在砧板上，用擀面棍在上面反复碾压成花生碎，也可用刀剁碎，如果量大的话就在

171

石臼上杵，这样就可以拌料了。我最喜欢吃花生馅冬至圆，所以印象深刻。

甜圆子入甜馅后不收尖口，只在收口处按压一下，成为圆饼状，把收口那面朝向香泡叶，叶面上的甜圆坯光润饱满，十分美观。在大人的示范下，我们总是十分积极地掏出一根火柴棒，用火柴杆的末端在圆包的中心戳一个小孔。那时觉得这是做冬至圆的一个小游戏，像是给甜圆穿出个肚脐眼。长大了才知道生活无处不科学，这个小小的孔可避免馅料因高温产生过大的气压，导致圆皮爆破——原来还是物理学上的降压器孔，民间智慧，山高水长。

冬至圆是码在竹片编的井字形箅炊里蒸，蒸好了，甜圆一碗，咸圆一碟，连同各种不带馅的动物、元宝，铺开来祭祖，我们也开始"补冬"。冬至这一天一般都很冷，乡野宁静，树木骨感，全家围拢制作冬至圆，却是热气腾腾，熙熙融融。

第二天，我家二层楼房圆木横梁上钉着的铁钉钩上便挂了几个石浦篮子，篮子里装的就是冬至圆。石浦篮是外公北上捕鱼船泊在石浦时买的，浅褐色粗篾，纹理光滑，篮身饱满呈鼓状，可以放好多冬至圆。外婆隔三岔五蒸几个给我们吃，说是"少吃多滋味"。其实是想省着吃，吃到小年夜。

篮子挂得那么高，空气流通，食物可以保存久一些，大抵也可防止我们孩子随手吃。弟妹们会趁大人外出，搬来四方凳，让我站上去抓几个甜圆。我够不着，就在四方凳上叠上"轿椅"（一种竹椅子），他们再左右两边稳着"轿椅"，我战战兢兢地爬上去，挪开篮盖，抓几个赶紧下来。大家撕开香泡叶，开心地嚼起来。

在冬至即将到来的周末，北风呼啸，我用书隔出一间温暖的心房，与心灵交融，与时空沟通。门铃响起，父母快递来的冬至圆到了。它们卧在泡沫箱一层层塑料模子里，个个都沁出一层霜。我用箬叶和玉米苞叶垫上，把它们码在蒸笼里，打开煤气灶，团团热气升腾，冲出窗口。

炸肉圆

　　家乡的肉圆堪称美食一绝。每到年关，家家户户炸肉圆，村邻乡舍的剁肉声响彻云表，过年的气氛就像油锅里的菜籽油沸腾起来，从每一阵香气里都可以抓出一把年味来。

　　炸肉圆的食材与扬州的狮子头没多大区别，连大小都很相似，但味道完全不同。扬州狮子头以红烧、清炖为主，在淮扬菜系中享有盛誉；家乡的炸肉圆是用大锅油炸出来的，看似粗粝。它出锅时热情洋溢，褐黄色的外表如蜂窝凹凸不平，很有古早的气质。

　　五花肉很适合炸肉圆，肥瘦各半，讲究点的人家买一两斤梅花肉一起剁，肉质更加细嫩鲜美。在砧板上把肉切成肉丁，再从上到下、从下到上横刀剁，从左到右、从右到左立刀剁，剁着剁着，手下有肉，眼中无肉，剁肉声像规律的音乐节拍，是手控节奏，还是节奏控手，都分不清了，剁成均匀米粒样兼有少许的肉泥即可。现在人们喜欢用绞肉机，绞成一团肉泥，做出来的肉圆就少了嚼劲。可以在绞肉机里绞一次，再用刀剁，把肉的纤维都剁断了，筋膜不会纠结其间而影响口感，也可行。

接下来可是捧起一块老豆腐做文章，这是汉朝淮南王

炸肉圆

刘安给我们留下的名扬中外、用途广泛的好食材。做肉圆要打磨好豆腐，就像写文章要有润笔的功力。把豆腐揉碎，加上盐酒姜蒜等调料，不要加葱，否则油炸后颜色发黑，影响颜值。

要让豆腐的所有分子吸饱调料的滋味，才倒入肉泥。为了更松脆些，可糁入切碎的马蹄或盘菜，再加几个鸡蛋拌匀，最后用双手搓细灵魂食材"红薯粉"，顺着一个方向搅拌，和好的粉糊不薄不厚，手抓起可成形即可。下油锅炸前千万不要在手中揉捏，生坯在自然松弛状态下炸出来的肉圆才膨大松脆。熟练的主妇会五指抓出成圆形的粉坯，在油七分热时一个个沿油锅边滚进去。若你看不出油锅里的油是否七分热，拿根筷子试一下，会起泡泡就是合适的油温了。用中小火慢炸，让肉圆在油锅里起伏，一面炸出金黄色便可以用漏勺翻面，待肉圆表皮起了疙瘩，就可以捞上控油，炸熟了的肉圆会产生一个个缝隙，很快就会沥干油汁。

如果炸肉圆的技术不够老练，某个环节出现纰漏，如不小心油碰到水，或是用了粗盐又没让它完全溶解，就会成为"炸弹"引爆肉圆,突然从锅里蹦出来,冷不丁冲向你。见过很多长辈因炸肉圆,脸部脖颈手臂烫伤而留下疤,不过没大碍,过几天痂掉了,新肉长出来就没事了。

过年过节,因为种种琐事夫妻之间容易闹矛盾。邻居有一对夫妻平时甚是恩爱,一到过年女的就为人情世故、家长里短等鸡毛蒜皮之事与丈夫闹起来,譬如给娘家东西多少或在娘家住几天等。女人每次都喜欢抓男人的皮肉,抓出破口,第二天被人看出来,男的总是遮遮掩掩,说昨天炸肉圆受的伤。那伤口一看就是挖的,不是肉圆蹦起来烫伤的。但肉圆成了消除尴尬的说词,夫妻没有隔夜仇,这么遮掩过去是肉圆给了面子。

家乡的炸肉圆外酥里嫩,掰开来可以看到瘦红肥白的熟肉纵横交错,肉的香软、薯粉的张力、豆腐的嫩、马蹄的脆交融在一起。每年过年前家长炸肉圆,我们几个兄弟姐妹就像采花蜜蜂,围着灶头嗡嗡作响,"好了吗?""熟了吗?"一旦漏勺抓起肉圆沥油,我们就伸手去抓,那个炙手可热、香酥脆口,咬一口发出的嘎吱嘎嘣响,奏响了新年喜庆的序曲。我们常因迫不及待被烫了手或被烫了嘴唇,屡教不改，那大快朵颐的场景真让人难以忘怀。

现在除了酒店，很少有人愿意在装修精致的厨房大开油界，怕油烟熏了家什。那个年代，我们脚踩的是泥地，烧的是柴草煤炭，毫不顾忌什么油烟，肉圆炸得越多说明越有实力，是殷实人家，也表明对儿孙疼爱有加。肉圆炸好冷却后装入红漆松木桶，松木桶是祖辈的嫁妆，红桶一个个叠起来或一排排列起来，象征着家里的好光景。整个春节我们都惦记着木桶里的美味，一天把手伸进去好几次，兄弟姐妹间看谁吃得表情最得意，家长也喜上眉梢。

过了元宵节，我们要上学去了，天气也暖和起来，剩下来的炸肉圆从松木桶转移到篮子里。篮子是竹织的，很密，但通气性好，盖上圆弧形的竹篾盖子，挂在楼板下的大铁钩上，还可以保存一段时间。

炸肉圆放蒸笼里蒸几分钟，松软 Q 弹，码在盘里很有节日团团圆圆的喜气；切成四瓣炒年糕做米粉汤都是极好的料理；做咸饭切成对半，与众料理铺在米的最上层，饭熟时油脂渗入米粒，油香四溢；亲戚上门拜年，做一道肉圆汤，水开后倒入肉圆，待肉圆膨胀，抓一把芹菜铺上，像是大厨出的菜品。

我有一男同学，好炸肉圆这一口，母亲长年供应不断。后老母亲年过耄耋仙逝，这位人高马大、身担重任的男人号啕大哭，我们同学好言相劝，他突然冒出一句哭词："我再也吃不到我妈做的肉圆了。"大家面面相觑，瞬间心领神会。我们基本上都去过他家，吃过他家"妈妈牌"炸肉圆。

宋朝东京有个肉饼专家称曹婆婆，她的肉饼店闻名遐迩，能在东京城美食一条街脱颖而出，菜品味道一定不同凡响。有人演绎曹婆婆肉饼："明日我要去东京待几天，可有什么想要吃的，我给你带回来。""吃的？嗯……俺听说东京城里的曹婆婆肉饼，一口咬下去肥美香甜，那滋味赛神仙，能帮我带一个吗？"

此求似我求，快过年了，谁去老家，给我捎回几个炸肉圆。

墨贼饼

　　海鲜软氏三兄弟——章鱼、墨鱼、鱿鱼，各自拥有一个墨囊，会喷射墨汁，貌似柔弱妖娆，实则不可貌相。它们长有多条腕足，很有城府和手腕，身上吸盘有强大的战斗力。

　　三兄弟相貌相近又各异。章鱼短卵球形，有八条长腕足，喷射的墨汁就像机关枪连发的子弹，灵活的身体像变色龙迷惑猎物，但腹中货色少。墨鱼和鱿鱼一胖一瘦，讲相声是绝佳搭档，它们都有十只腕足，墨鱼喷墨的能力比鱿鱼强。墨鱼和鱿鱼小炒时用剖刀法，改刀成长方块，出锅呈麦穗形，非常漂亮。把墨鱼的腕拎起来，就像提起一个滑不溜丢袋子的手柄，腹中有沉甸甸的好货，少不了一囊墨汁。

梁实秋先生在北京东兴楼吃到一道名叫"乌鱼钱"的菜，后在青岛又吃到乌鱼钱做的羹，不知为何物，终于憋不住，问席上一位海洋水产专家。专家告诉他，这是用乌贼的子宫做的。这句话讲得形象，家乡人也称墨鱼为乌贼或墨贼，它是软氏三兄弟中的老二。

老三鱿鱼叫枪乌贼，规模有大有小，据说世界上最大的鱿鱼叫巨枪乌贼，栖息在南极周围海域，重可达几百斤。我国东南沿海的鱿鱼体长一两尺，也是常见的。一只鱿鱼胴体，取出的内脏就可装满一碗，有"腹中钻石""腹中玉"之称。老家人把枪乌贼和墨鱼取出来的内囊做的饼统称墨贼饼，这是闽南语的称呼，书面语应该叫墨鱼饼。

我表舅妈长得瘦瘦小小，却十分精干，吃苦耐劳。从菜市场租到一个摊位，一年四季卖两样水产品，一种是山东进来的海蜇，另一种就是她自己做的墨贼饼。她做的墨贼饼因为真材实料、品相出众，十分畅销。墨贼饼不同于入口即食的饼，直径近一尺，一两寸厚。我家与她家相距不到二十米，我经常在晚上闻到从她家传出的墨贼饼香气。

白居易曾写诗盛赞西域胡人的胡麻饼:"胡麻饼样学京都,面脆油香新出炉。"诗人一句

墨贼饼

诗就可以让民间小吃芝麻烧饼流传到今天,家乡的墨贼饼鱼髓蟹脂般鲜美,金相玉质,东南沿海也少有人知。

我经常到表舅妈家看她做墨贼饼,见她取出墨鱼内囊的卵巢和缠卵腺,揉捏搅拌成浓胶状,再把墨鱼汁加进去,将它们与蛋清、五香粉、盐、酒等调料混合拌匀,加一点点薯粉,形成一个披萨大小的圆饼坯,放在热油里用慢火煎至双面微黄定形,差不多五分熟的样子,再放置到蒸笼里蒸熟,出笼的墨贼饼显得厚实许多。再回到煎饼锅,不用加油,把锅烧烫,用热气把墨贼饼的水分烘干,这时会闻到焦香味。一个个结实的墨贼饼,像健身达人练成的腹肌,充满诱惑。

热乎乎的墨贼饼极度鲜美。仅看外表,墨鱼汁融入墨

贼饼，如镶黑金。现在酒店里很多菜都要用墨鱼汁装点，说实话，大多只能看到墨鱼汁的颜色，吃不到墨鱼汁的香气。家乡的墨贼饼香气浓郁，如满腹墨水的人写出来的文字，自带墨香，也有山水画的水墨香。把一个墨贼饼放在砧板上，极像玉石毛料原石，一刀切开，白玉层层，翡翠莹亮，玛瑙如丘，成色奇异，更有黑金点缀烘托。墨贼饼的切面很有美感。

有时候墨鱼比较少，也用鱿鱼的内囊来做墨贼饼。鱿鱼腹中物有一大堆，卵巢和缠卵腺的味道不如墨鱼香，做出来的墨贼饼没有那么紧实，但也是相当鲜美有韧度。

表舅妈在市场上卖了二三十年了，淡季做的饼少，一早就被酒店买走；旺季时，她的摊点上叠着的墨贼饼，不到中午就会卖光。

家乡墨贼饼，丁是丁卯是卯，纹理清晰，膏卵腺巢各居其位，可切片蒸食，原汁原味；也可加入时令豆角、茭白、青椒烩成小炒，泾渭分明，勾人食欲，是颜值和口味一等一的美味。墨贼饼与排骨煲汤，墨贼饼片会吸足汤汁自我膨胀，加一把芹菜或香菜，香润可口，很有层次和质感。

有一年北京朋友来家乡玉环美食游，吃遍鱼虾蟹贝，独独钟情于蒸墨贼卵。一只墨鱼只有两个卵和一调羹膏，整副内脏像极了鸡提灯，煮熟了蘸点米醋，宁波人叫"凝"，我们家乡叫"蛋"。一盘菜至少要十几副鸡提灯，须从十几个墨鱼中取出蒸制，在家里做起来不太方便。我想墨贼饼不是同样的食材吗？就从街上买来墨贼饼做给她吃，她惊叹从没吃过这种咸味又鲜甜的饼。朋友回北京时我让表舅妈做了三个大号墨贼饼，让她带走，这么多年了，她还经常提起墨贼饼难忘的味道。

父母早已搬家，表舅妈家也造了新楼房，三个儿子各有事业，她已不再卖海蜇了，但年过七十还坚持做墨贼饼，放在别人的摊位上代售。我回玉环都会去城关菜市场转一圈，运气好的话还可以带回两个墨贼饼回杭城慢慢享用。每逢过年，表舅妈总会想办法捎给我一两个。

我非常珍视充满乡土气息的家乡美食，它们如同这个世界濒临灭绝的动物，我们要努力去传承这些烹制技艺。

大水蟹和他的餐馆

　　20世纪90年代初，东海之滨坎门小镇上有一个外号叫"大水蟹"的男人，开了一间风生水起的餐馆。

　　我乡人从福建泉州一带沿海迁徙至玉环，带来祖先的韵律和词汇，口语俏皮诙谐，喜欢用水产品形容一个人的外貌、性格特点和行事做派，如皮肤黑得像花条（弹涂鱼），嘴巴小得像鲳鱼，眼睛小得像虾皮眼，老实巴交的被讥笑为憨鲨鱼一条，善钻营的说像泥鳅一样滑头，胆小的被贬为缩头乌龟，喜欢取笑别人的被讥讽为龟笑鳖无毛……甚至连海水也不放过，心血来潮的举动自嘲是"咸水泼"，种种嬉笑怒骂之语不胜枚举。

　　"大水蟹"本意说的是大潮水那几天捕的蟹很多，形体硕大，看上去张牙舞爪，实则蟹肉并不肥满，俗称空壳蟹。用作成人诨名，一般指这个人性格乐观豁达，无心计，碎言碎语多，喜欢天南海北地闲聊。

大水蟹餐馆两间门面，两层楼，坐落在坎门不到四米宽叫"前街"的一个犄角上。虽然不是街面厝，但酒香不怕巷子深，食客趋之若鹜，主要奔着店里不寻常的肴馔而来。特别是他把常规的一条鱼分解为鱼头、鱼肉、鱼骨、鱼皮和鱼内脏，再分门别类构思的创意菜，将食材的特色和精华发挥到极致，如剑走偏锋，奇招制胜。名气比较大的有水丸、鱼肚、鱼饼、鱼丸、鮸鱼骨、鳗鱼头、鲨鱼脑，等等，最受青睐的是鱼胶汤。

脱水干制的鮸鱼胶呈黄玉色，质感厚实，有细密的竖条花纹，拿在手中把玩，如轻抚一把玉如意。20世纪80年代以前，渔民家里常备黄鱼和鮸鱼鱼胶，也称花胶和金钱胶，用来给产妇补血滋养、家人食补，或待客馈赠。相传其可以消除疲劳，增强免疫力，有美容驻颜的效果，也被称为"海洋人参"，属"海洋八珍"之一。但随着黄鱼敲罟捕捞作业的禁止和海洋捕捞产量的减少，黄鱼胶和鮸鱼胶一度成了稀罕物，价格十分昂贵。大水蟹用核桃、猪腰条肉配鲍鱼胶，下酒水一起炖汤，加入生姜、冰糖、枸杞，香及七邻八舍，口口相传，身显名扬。

那个年代，我们当地流行一种俗称"兜伍吃"的聚餐方式，类似今天的 AA 制，又不完全一样，钱可多可少，大家凑足就行。

有一年春节，我和十来个女友相约赶到大水蟹餐馆"兜伍吃"。进店后大家站在一楼明档口点菜，先下手要了鲍鱼胶，迟了会没有。大水蟹从厨房间钻了出来，高声喊："哇，这么多'水查某'来了，你们吃了我的菜会更'水'。"我老家闽南语称漂亮女子为"水查某"，"水"就是长得漂亮，"查某"指的是女子。被大水蟹称为"水查某"，我们哈哈大笑。

大水蟹走到档口，把鲍鱼胶样品在手心敲两下，对着我们说："别看它又干又硬，经水泡发后沟满壕平，水灵灵、亮晶晶，吃了补气养血、滋阴养颜。

鲍鱼胶炖核桃

你们的鱼尾纹、法令纹、抬头纹都不会长出来，两个嘴边（脸颊）胶原蛋白满上来，白皙皙、幼蜜蜜。"说得我们个个心花怒放，继续点菜。他嬉笑着说："老古人说，要吃就吃鳗鱼肚，要娶就娶坎门查某。你们再点一盆鳗鱼肚、鱼肝、鱼杂拼吧，我不会骗你们的。"我们的菜点得差不多了，大水蟹就说够了够了，没点到的下次再来。

大水蟹餐馆的员工都是自己家里人，有些菜他亲自配方，秘不外传。鱼胶汤这道菜，可以公开演示，或许表明其货真价实。他把我们叫住，摆出上等的绍兴花雕酒与老冰糖，核桃肉先用开水浸泡后再用冷水冲凉，用他粗壮的大拇指和食指的指腹轻轻一搓，连罅隙里的核桃衣都提起来，核桃露出光洁的皮肤。他一边操作一边亮着嗓子："核桃山中宝，补肾又健脑，去它一层苦涩皮，口感就更好。"还强调这可不是小猫洗脸，马虎不得。说完，他变魔术般取出一条漂亮的猪腰条肉，边按摩边念叨："这条肉靠近猪腰，特别柔嫩，全是精肉，能补肾气，腰酸腰疼吃了就见效。"切好肉后又从水中捞出泡发好的鱼胶，"看看我的鱼胶，谁有门道弄来这么厚的？敢情是全玉环独一无二。"最后，洗一小碟枸杞，说是画龙点睛的用途。我们一行人窃笑，人高马大、虎背熊腰的大水蟹看上去粗枝大叶，在做菜上实为细针密缕。

鱼胶汤这道压轴菜，大水蟹总是要亲自端上来，在楼梯口就听到他大声地喊："好酒沉瓮底，好鱼居水底，好东西来了来了。"只见他双手用湿毛巾垫着，捧来分量很足的一大白瓷碗鱼胶汤，把它放到桌上，招呼大家，"趁热吃哦，只有我的店才有这样厚的鲍鱼胶，算你们运气好。"语气有一点傲骄。我们附和着："是呀，坎门镇上所有酒店就你家的鱼胶汤最好吃。"这下可好了，大水蟹嘴巴一咧，粗黑的眉毛往上扬了两下，笑眯眯地从边上拉出一张骨牌凳子坐下："当年漩门湾、披山洋上黄桂鱼（野生大黄鱼）谷雨起发、立夏转旺，从小满追捕到芒种，一季捕到上万吨，坎门渔港几分钱一斤收购，你们后生人（年轻人）没见过吧？那白花花的海蜇随海潮漂浮，搁在后沙岙被太阳晒成水，也没见过吧？灯塔大队红老大郑达法被评为全国劳模，见到了毛主席，他当年钓到一条鲨鱼多少重，你们猜猜看，猜对了送一碗鱼丸汤。"最后在他一步步解码和启发下，总算有人猜到六千五百公斤，他高高兴兴喊楼下端一碗鱼丸汤上来。

大水蟹还喜欢讲古，一般是压轴菜上完了，加菜的料理备齐了，他便偷空跑上来。记忆中听过唐伯虎点秋香、苏秦陪考、孟姜女哭长城，印象最深的一次从薛仁贵东征有劳无功讲起，到薛平贵西征，王宝钏苦守寒窑，最后红鬃烈马苦尽甘来。那多音多韵的闽南语让没有隔间的几桌人听得津津有味，直到楼下喊他，才讪笑着离开。

玉环在20世纪90年代成为全国综合实力百强县，随着这个海岛小县城快速崛起，来玉环的外地各界人士也多了，让客人吃到玉环特色菜，也可以加深他们对玉环的了解。大水蟹餐馆的菜品肯定是首选。但有时碍于店面太小，没有包厢，餐食环境说是脏兮兮也不为过，我们接待客人时也很踌躇。因为跟他熟悉了，当面叫他大水蟹他也乐呵呵，觉得挺好说话。在他又一次舌灿莲花后，就给他出主意："阿叔，你店生意这么好，这小店楼上楼下加起来也就五六桌，多少客人流失了，你可以扩大一下，租一个大点的场地，我们不用低着头爬楼梯，环境也可以清爽一些。"

他一听，似乎全身的热血都涌到脸上，脸红得像蒸熟的蟹盖："嫌我店不卫生啊简陋啊，那以后不用来了。我家就这么两间房，我就喜欢在自己家开店。"然后他悻悻地走了。我们没想到嘻嘻哈哈的大水蟹会发这么大的火，大家面面相觑，还是把汤匙伸进鮠鱼胶核桃腰肾肉里，各自大快朵颐。待我们吃完结账，他也没有好脸色。

后来，我离开家乡到外地工作，有好几年没去大水蟹的店。在一次返乡时惦念起大水蟹餐馆里的美味，朋友说店还开着呢。果然，旧貌变新颜，两层小楼修成四层了，"大水蟹餐馆"的横匾挂在门楣上，门面两侧墙上还有几个菜品获奖的铜牌，楼上有了包厢，环境舒适了许多，菜品一如既往。

今年春节，我回老家与家人一起到饭店用餐，点了鱼胶汤。一大砂锅鱼胶汤端上来，几段鳗鱼胶和几片西洋参漂浮在汤面上，轻飘飘的样子，核桃肉连着衣，汤带点苦涩味，哪有当年大水蟹餐馆压轴菜的气派和美味。但大水蟹位于坎门前街犄角的四层楼大木门关闭着，据说关了有几年了。

一个偶然的机会，我得知大水蟹原来是玉环水产公司的职工，读过不少书。正值壮年，因国有企业改制成为下岗工人。他痛苦一阵后，思忖起自己这么多年与水产品收购、储存和加工打交道，操刀剖鱼如庖丁解牛，得心应手；还分析了自己与船老大的关系，熟知供货门道，又比别人识货；再加上从小练就的一手好厨艺，还无用武之地，在自家开个馆子营生正好。

他赚钱的最大动力是培养孙女读书，我乡人"公嬷疼大孙，爸母疼细囝"已是历史沿袭。疼就是爱，大水蟹特爱长孙女，再加上隔代亲，大水蟹对孙女无微不至，溺爱不明。但不忘教育孙女："无知识，金包草，有知识，草包金。"书读好才有真本领，孙女果然争气，从玉环坎门林森火小学读到香港某大学。大水蟹逢人就夸："我这孙女让我做梦都在吃绿豆芽呀——真爽心！"孙女读书及生活的费用大多是大水蟹供给的。孙女学成从香港回到杭州，成为杭城一家百强企业的财务总监。大水蟹使命完成了，正准备颐养天年时，却生病了。孙女把他接到杭城治疗，尽全力报答爷爷。

　　如今，坎门镇有装潢考究的大酒店，各类小餐馆、大排档鳞次栉比，菜式琳琅满目，但提起大水蟹餐馆的那些菜，人们还是津津乐道。

热火朝天做鱼味

第三辑

厨事有趣味

我爱做菜

　　我往往在夜深人静的时候特别想做一顿美餐，胃已空空荡荡，饥饿感让大脑无比兴奋。此时若电视正播放美食节目，我会不由自主地与画面互动：对，这种梅花牛肉柔嫩多汁，涮锅好吃，片成薄片，配点香料，做顿牛肉火锅；哇，这只大澳龙是野生的，美食博主太幸福了，下辈子我要换这个职业；明天就去买一只波龙，波龙价格比澳龙便宜一半，味道各有特色，我要用柠檬汁和白葡萄酒给波龙去腥提鲜，做出精彩……随着电视机里的美味咕噜咕噜冒泡，我的口水也滔滔汩汩。

　　第二天起来，直奔菜市场。波龙算了，两个人吃有点奢侈。梅花牛肉呢，摊主说我来迟了，那牛肩上取下来的肉早被酒家买走了。无妨，春笋正鲜嫩，红绿头（中华凹管鞭虾）色泽鲜亮，荸荠清甜脆爽，蘑菇的花骨朵样最合心意，割两斤肥瘦相间的猪肉，饺子的馅料有了，再来一根猪筒骨吊高汤。卖面食的女店主很厉害，饺子皮张数一称一个准儿，买回家撒点面粉再擀一遍，很像手工面皮。且待我捏出一个个袅袅婷婷楚宫腰、一把把弯月、一大堆元宝，先美餐一顿，南方人已赋予饺子丰富的内容和形式，做菜的思路总是服从买菜的场景。

大自然馈赠的食材，能让我做菜的激情瞬间澎湃。就在昨天，春风轻拂，我在家乡的小溪边看见嫩绿的苎叶，还未春耕的田地上长满鼠曲草，鼠曲草朦胧绿的叶片托起一朵朵淡黄色小花，俊美清雅。我摘了一篮子苎叶、一袋子鼠曲草，见田垄还有一片艾蒿，青翠鲜绿，又掐了好几把，这些"草中燕窝"让我满心欢喜。苎叶煮熟捣碎与麦粉揉成

散发春天芳香的青团

海鲜

团,擀成饼坯,烙好的麦饼卷起山珍海味,谁不心动?鼠曲草、艾蒿与糯米粉合在一起做的芝麻花生甜青团、咸青团,哪一个不散发着春天的芳香?

我眼前时常浮现外婆摸出泡坛里的芥菜梗,从陶缸里取出大块的红糟鳗鱼的画面,馋涎从舌底漫到舌尖。我也爱做腌菜,生腌牡蛎、螃蟹、蛏子、烂芝麻壳(东海蚝蚬),熟醉大闸蟹、沼虾,生腌熟制墨贼枣、鲍鱼、剥皮鱼等。我也爱煲汤,外婆以前大多是把药材煎好再倒入砂锅里与鸡鸭一起炖,我则在秋冬时节将黄芪、沙参、甘草、肉苁蓉等包在纱布袋里,入砂锅与鸡一起炖,加冰糖乌枣,浓香袭人。日常煲排骨墨鱼鲞山药汤,排骨选子排,比较嫩,有时也选第五根或第六根肋骨,特别香。墨鱼鲞出了白霜才是佳品,两者是绝配。汤就用文火炖,两小时左右,其间加入山药。筷子戳肉,手感已软烂即可。食材很重要,用料多少,氽、煎、烩、炖的每个环节也有讲究。

在做生猛海鲜时,调料的配制不可轻慢。我向一个泰国朋友学调制泰国海鲜酱,把小米椒、白蒜瓣、青柠檬和芫荽根一起捣碎,差不多时加椰糖再匀一下,最后倒入鱼露。那海鲜蘸酱一入口，"舌尖舞动尽欢娱"，酸甜鲜辣的各种滋味，让五感全通，如听交响乐欣赏各种器乐的和声，十分美妙。我问他为什么用椰糖而不用白糖，他说其他的料理都很"凶"，需要温软的椰糖去圆融。蘸料配得好，可极大提升吃海鲜的快感。

我有一女友，喜欢做生煎包，一口直径两尺的平底铁锅从台州启程，与她一起随同先生工作地的变化辗转省内外二十多年，返回杭州时这口锅养得好好的，仍然用它做生煎包。这是一个懂养锅会做菜的人，她知道做菜的器具很重要。关于燃料，我们现在用燃气灶，固然是社会进步带来的便捷，但有时候还是会怀念烟熏火燎的味道，会想念松树叶、松木柴爿做出来的食物。我吃过四川烟熏腊肉，那个熏肉有独特的香味，把它一层一层铺在米上，用电饭煲焖出来的咸饭，被我视若珍馐。十几年前我在温岭长屿硐天吃过一回土灶家烧黄鱼，野生黄鱼的白肉闪耀着七彩的光泽，肉质糯黏香甜，汤汁浓稠隽永，有如胶似漆的温蕴，勾起我以往的回忆：外公劈柴外婆做饭，六块钱一担的松树叶松散柔和，是摊薯粉面和烙鱼面的好燃料，一张张面皮带有松花香气，挺括柔韧。

张大千先生在北平时成立过一个"转转会"，一班朋友每周日固定聚会，品尝美味佳肴，他还把自己做的菜单裱起来。我很喜欢与朋友相聚，给他们做菜，拿手菜做起来胸有成竹，不会手忙脚乱。最近在一档文学访谈节目中，读者问余华老师，为什么他的作品大多以故乡浙江海盐为蓝本。余华老师说："这个问题很简单，我回答不出复杂的内容，因为熟悉，熟悉就不会出错。"请容许我借鉴一下，烹饪也是如此，做熟悉的菜不容易出错。

我出生在海边，从小见识了不下一百种的滩涂小海鲜和海鱼，喜欢吃小鱼小虾，偏爱做与薯粉有关的菜。至于把黄瓜拍出裂缝吸入凉拌的料汁更入味爽口，将丝瓜用盐搓过才能炒出碧绿青翠色，茄子切开后放盐水浸泡几分钟，无论炖炒都能保持色泽，是不断学习获得的。朋友们把我做的菜全吃光，这种成就感堪比散文获奖。有一次，我将一块小牛胸腺肉做成牛肉粒，在盘中配上芥子酱，请邻居过来品尝。她问我是不是在烹饪班培训过，我大言不惭地说做美食我有天赋。

有一年与朋友去看木兰围场，上午十点到了赤峰，见一只肥美的鹅走到我们前面，大家便跟着鹅走，见到鹅主人，急忙询问能否把鹅卖给我们。主人说可以卖鸭，但不卖鹅。买到鸭也行，找到一家小餐馆，我与厨师一起炖鸭。下午两点，在村庄里兜兜转转的朋友们回来后，吃上赤峰家养鸭，没赶上看木兰围场，也没觉得遗憾。

有一年国庆长假，我去云南的舍得草场，想看与天接壤的十万亩草场的恢宏气势。适逢大雾笼罩，不见云天，只见几只鸡在散步。我和朋友下山寻来鸡的主人，带他们上山，买下一雄一雌两只鸡。回到普者黑民宿，我们动手炖鸡汤、炒鸡块，早餐也用鸡汤下米粉。大家说那油亮金黄的鸡汤，还有鸡肉的味道，一直记在心底，其美味无法言说，得于心，会于意，真想再去一次，但忘了我们去的是什么山。前不久朋友还问我用了什么调味品，我说很昂贵哦，那就是爱，爱你们，爱做菜。

美味治愈

三天假期翻翻《管锥编》。钱锺书先生对彭祖《养寿》"服药百裹，不如独卧"做了考证和梳理。《太平广记》也引葛洪《神仙传》记录彭祖"上士别床，中士异被。服药百裹，不如独卧"。意指服一百帖药或吞一百颗药，不如清静独处。我以为，这是古人的经验和智慧。

彭祖是尧帝时期的高人，无论超级长寿是不是历史真相，能在中华五千年文明史中流传下来，说明其一生的修为和见地是被认可和追捧的。他对别床、异被、独卧的见解值得我们深思，引导我们寻找各自安好的最佳方式。

疫病不时威胁人类的健康和幸福，世界共通忧患。1873 年，年仅二十五岁的美国医生特鲁多患上了肺结核，那时还没有药物能攻克结核病菌。尽管有妻子和两个孩子，特鲁多毅然与他们分开，一个人来到纽约的阿迪朗克山休养。他躺在大自然的怀抱中，以平和的心态和高浓度的负氧离子为药，三年时间治愈肺结核，从而深受启发，在阿迪朗克山边的撒拉纳克湖畔创建了美国第一所治疗肺结核的疗养院，帮助和治愈了无数患者。直至今日，人们怀念他，把他从医的座右铭"有时是治愈，常常是帮助，总是去安慰"，作为职业操守和对待患者的理性谦卑。

谁能眷顾芸芸众生？抵挡和打败"敌人"，首先要靠我们自身的免疫力。

面对各种药物、专家的各种建议、各类心灵鸡汤，我们的内心务必从容淡定。若今天囤"祖母绿"，明天抢"退烧神器"，为此狼奔豕突，消耗元气、精力，正是给病毒入侵的机会。

当我们需要以另一种方式面对疫情，我一如既往地做好日常防护，没有其他的准备。当朋友圈满屏都是刀片喉、水泥鼻、鸡毛嗓时，我发现自家药屉里居然没有一颗退烧药，当然此时也买不到退烧药了。

我下单买十斤生姜、一箱白萝卜，从小店拎回两斤青葱、一包蒜头，又在水果店选了橙子、梨和柠檬。它们是我的备战武器、作战粮草。有了它们心安稍许，这缘于我家乡民间方子的传承，也是以外婆常说的"心静自然凉"的心态面对疫病的挑战。

当年，治愈感冒发烧，端的是把生病的日子过成了美食犒赏日。

外婆让我先喝由带须葱头、陈年菜头丝与生姜丝熬的汤，热乎乎的汤味道鲜甜，常加一把米粉，吃得我满头大汗。用干毛巾拭擦后裹在被子里蒙头睡。第二天退烧了，一般还会咳嗽，接下来就是喝冰糖炖雪梨、鱼腥草胡萝卜瘦肉汤、枇杷叶冰糖水等，用过的偏方为数不少。发烧后没食欲，外婆从供销社的大玻璃瓶里买二两冬瓜糖，裹着薄霜似的好看的样子，一小截一小截，细润甘甜。

修复身体那几天只能喝粥或吃蔬菜面汤，蒸小半碗酱油瘦肉末，很开胃，还有鸡蛋羹，豆腐脑一般嫩。有时来两条梅童鱼，剔出细嫩的肉，很是享受。这期间不能碰冷水，只用温水擦身体。

萝卜丝面

翻开记忆的画册：更奇特的是，外婆将一道符烧成灰，兑在一碗清水中，治疗小孩突然发烧、惊吓。记得画符的先生叫"师公"，穿长袍。

这种方法当然有迷信的成分，但它是古代医术的一个流派，自元代列入太医院十三科，称祝由科。少年遗尿闽南话叫"渗尿儿"，糯米酒或鸡蛋酒，是立竿见影的良方，我乡人屡试不爽。母亲有一次下肢浮肿，摁下去一个坑，外婆找来一种食用碱，不知是否叫卤碱，用以蒸糯米饭，铝饭盒打开后一片橙黄，很香很诱人。吃了几次后，母亲的肌肉弹性便恢复了。还有吃血蛤补血，吃猪血清肺……种种偏方如食疗圣典所言，是一座魔法宝库，让日常生活的普通食物摇身一变成为可爱的健康大使。

还有一些出乎意料的治愈，真是风刮帽子扣麻雀——意外收获。有一年我干咳了两个多月，被折磨得灰头土脸。

因工作需要出差重庆，晚上和大家一起散步到磁器口，听说酸辣粉是磁器口必吃的美食，每人来一碗，我吃着吃着汗水像屋檐的雨水，从额头、鬓角，一颗颗滚下来。我想这可不得了，吃了重庆辣，岂不会咳得更厉害？事实截然相反，那一夜我睡得很香。在重庆的三天我入乡随俗，每天吃红红的辣椒，畅快地流汗，三天后神采飞扬地登机返程。后来，我读了《三国志·魏书·华佗传》，对应自己得的是湿邪，需发汗去体湿，辣椒是辛辣之物，辛能散结、行气血、化湿浊、祛风润养，辣椒劫病去也。

杭州举行马拉松比赛时，我请玉环来参赛的朋友吃饭，却突发胃脘疼痛。晚餐

血蛤（玉环市旅游事业发展中心供图）

209

时我强忍着疼痛，若无其事地坚持着，什么菜都不敢下箸。但当一大锅明炉猪肚鸡煲被端上来，飘出来的香气有海南白胡椒特殊的气味，汤色又十分诱人，我忍不住舀了一碗慢慢喝下，觉得胃底似乎有股暖流涌上来，再续上一碗喝了，胃肠宽了起来，似打通了任督二脉……大约过了半个小时，胃不再疼痛，我能正常吃饭了。是白胡椒在降逆下气，不经意间又长了知识。

王安石是宋朝有名的犟驴。北宋熙宁年间，他再次患哮喘，太医开出名贵药材——紫团山人参，有人送上门来，王安石坚辞不受。王丞相认为，这病得慢慢来，以前没那么多人出点子、出方子不也好起来了吗？王安石的犟是清醒的，也是对自我疗愈的自信。

元符三年（1100），苏东坡几经周折终于离开海南岛，于第二年六月抵达扬州，不幸得了痢疾，身体虚弱得难以进食。这位百科全书式的文化巨人给自己开了药方——黄芪汤。在身体极其虚弱的情况下，补药有时就成了毒药，此后他的病缠绵不愈。当行至常州时，他再一次强撑着从船上坐起，向长立江边的百姓作揖。七月，已患"热毒"

的东坡先生又一次"自戕"，他竟然喝人参浓汤，当月呼吸衰竭而亡。发热本身就易让人体缺津液，燥热难耐，喝人参浓汤是火上浇油，油尽灯枯，叫人如何不扼腕长叹！

在知识的汪洋大海中无所不知、神一般存在的东坡先生，为什么那么做，我至今百思不得其解。东坡先生需要的是薄粥、米汤，慢慢地滋养薄弱的肠胃；他更需要静养，躺在北上的船上，不闻船外事，然后顺利入京，执掌朝政。哪怕再任杭州太守，又会延续哪些义薄云天、永垂青史的事迹呢！

治愈我们的，很多时候不是药，不是补品，是民间的汤汤水水，是分泌快乐多巴胺的美食，是常识和经验，是传承和弘扬。有时治的是不安的心，请放松下来，静静地、专注地呼吸，在吐故纳新中修复身心。

青占鱼大丰收

一碗清粥最是温柔

我喜欢粥，期望每日有人与我立黄昏，问我粥可温。

一

痴情男子咏唱《采葛》："彼采葛兮，一日不见，如三月兮。彼采萧兮，一日不见，如三秋兮。彼采艾兮，一日不见，如三岁兮。"更有司马相如《凤求凰》："有一美人兮，见之不忘。一日不见兮，思之如狂。"诸多表达殷切思念之情的词句流传千古，这是人与人的情感深度。而我于粥，是人对物的款款深情，不可一日不见，否则，肠胃会生闷气，胃口不开，人也蔫头耷脑，精气神大打折扣。

我喜欢清粥是从小播下的种子，伴随我的成长，生根、发芽，早已在我心中根深蒂固。

那时，我家门口有一口水井，井深近五米，井底泉眼多，一年四季水量充沛，水面可以当镜子照。雨季拎着水桶躬身井沿，伸手就可以够到一桶水。井水带有碱性，煮出来的粥颜色看上去是淡淡的绿，又像淡淡的黄，接近鹅蛋青，总之很难描述，非常美。粥还有一股特别的清香，有点稻草灰汤粽的味道。后来都用了自来水，家也搬迁了，它成为我记忆深处的一帧画。直到我去台北"故宫博物院"，在馆藏精品中亲睹宋代汝窑天青无纹水仙盆的芳容，才发觉用我家门口井水煮的粥就是这种色韵，这种神采。雨过天青云破处，幽幽的仙，柔腻如脂，温雅如兰。

回想那粥，是每粒米都抓住天空的意蕴，汲取大地的精气，才有的幽远和深邃。如水陆草木之花香，影影绰绰，妙不可言。

人人都有自己的饮食情结，《水浒传》的好汉们对大块吃肉大碗喝酒十分痴迷，"成瓮吃酒，大块吃肉，如何不快活！"肉是他们快意恩仇的力量源泉。三秦源远流长的油泼面，曾是陕西人的大爱，油泼面上一颗大蒜是整碗面的灵魂，有人一日不吃油泼面，似丢了魂。重庆人对于重庆小面的执着，我感同身受。幸福就是灵魂发出的香味，食粥也是如此。

二

我乡人多喜欢食粥，配的菜肴基本上是渔获，海鲜旺产期就着鱼虾蟹贝食粥，蛋白质充足，不容易饿。苦夏休渔期，渔民不出海，家里的坛坛罐罐中有红糟鳗鱼、红糟带鱼、红糟鲻鱼、生腌贝类和甲壳类，等等。家长套上袖笼从坛缸里摸出糟鱼，裹满红糟，煞是好看，还有各种咸鱼鲞，把它们架在煮粥的锅上一起蒸，那紧实的蒜瓣肉、白嫩嫩的条块肉，咸香入味，十分适宜配粥。"咸鱼送粥，鼎锅抠穿"，意思是实在太好吃了，以致把锅底都挖穿了。粥和咸货相互成就，是三伏日绝妙之食。

困难年代，人们认为喝粥的人家，肯定穷困、缺粮。我们家虽然也不富足，但有粮票供给，温饱是没有问题的，但全家人都喜欢食粥。

食粥有三种境界，体现的动作也不一样。

一是吃粥。肚子饿得咕咕叫，想吃粥了，闽南语叫吃糜，吃的是稠粥。稠粥"水米融洽，柔腻如一"，既香又黏，炆得锅边蛋白吐出，结成一圈透明的糊膜，有寸把长。锅里又有一层米油，亮汪汪，黏碗挂勺，喝这种粥容易有饱腹感。用筷子沿碗边往嘴里送，闽南口语叫"背（谐音）糜"，越到碗底，筷子与碗壁碰撞发出的啪啪声越响，只有伸出舌头才能把碗舔干净。

二是啜粥。刚刚开出米花的粥最适合啜食，粥里的米粒如绽开的花蕊。蕊，寓意娇美出众，米蕊确实很娇美，最好用山泉水煮，掌握好火候才能达到米花已开未糊的效果。白白净净的米蕊，盛在碗里用调羹舀起，轻轻吹一口气，一勺一勺往嘴里送，特别清口。曾见年轻女子啜粥时那吟风弄月的姿态，端的是要把日子过成十四行诗。

三是饮粥。那是名副其实的喝粥，如渴了喝水。若是去亲戚家吃了排场，或是与朋友聚餐，吃了肥甘厚味，就会想喝薄粥，越薄越好，一大锅粥一眼见不到米粒的那种，铜勺掉入粥中，"咚"的一声直击锅底。这种粥又叫粥饮，古人称之为"鬻"，即呈流体状，多汁液，双手捧碗，边喝边卷起舌头左右移动吸溜米粒，酣畅淋漓，须臾告罄，有洗肠涤胃的轻松，十分惬意。近几年许多餐厅滤去米粒，把这样的粥汤作为免费饮料，舀在两大玻璃果汁瓶里，提供给客人解腻、去油、清口，很受欢迎。家乡吃食饼筒配一碗粥汤，那是绝配。

各种粥都有自己的时间计算器。我放学见自家屋顶炊烟袅袅，有时肚子饿了，外婆停了风箱，熄了火，我就嚷着要吃粥。外婆总是温和地说，慢慢来，锅里的粥还在骂人呢。我执意揭开锅盖，果然，一层层泡泡在不停扑腾，真的像在骂骂咧咧，那应该是在骂我不懂规矩，有失礼仪。

三

粥是最温柔体贴的餐食。袁枚有一天受商家之邀上门用餐，主人上了四十多道菜，必然十分丰盛，很有面子。袁枚散席还家，煮粥充饥，还在《随园食单》中批评人家"肴馔横陈，熏蒸腥秽，目亦无可悦也"，不如喝一碗粥舒服。我常听说某人胡吃海塞后回家，问家人有剩粥否，应属同理。

美食家苏东坡先生记录自己的生活："夜坐饥甚，吴子野劝食白粥，云能推陈致新，利膈益胃。……粥既快美，粥后一觉，尤不可说，尤不可说。"最逗的是他的"尤不可说，尤不可说"，说了你们也不明白喝粥之美妙，我能明白。

郑板桥在写给他弟弟的家书中说"暇日咽碎米饼，煮糊涂粥，双手捧碗，缩颈而啜之，霜晨雪早，得此周身俱暖"，三言两语写出他双手捧一碗热粥的虔诚和憨态。

但凡出差，我绝不会耽误早餐，因为早餐有粥有小菜，能把胃抚慰熨帖一番，一天工作就有了神气。特别讨厌酒店加了淀粉的粥，不爽口，没有粥气，弄巧成拙。

那一年，绕地球半圈，我踏上南美的土地，来到阿根廷布宜诺斯艾利斯，吹了大西洋的海风，吃了西式面包奶酪和巴西烤肉，刚体会到异域风情，我的胃就开始闹革命了。急性肠胃炎引发胃痉挛和发烧，吃了携带的药，靠做深呼吸减轻疼痛，一夜折腾到天亮，烧未退，胃还隐隐作痛。同行的考察团按既定行程履行公务，我躺在床上万般无奈。临近中午，有人敲门，是阿根廷的华侨沈女士。她如一道光闪进房间，拎着一大保温瓶的粥，两包榨菜，手脚麻利地帮我盛了一碗滚烫的粥，让我慢慢喝完。她天使般微笑着介绍自己毕业于杭大外语系，浙江温州人，因工作辗转定居阿根廷，是我们团在阿根廷的联系人。我十分激动，如绝渡逢舟。喝完她送来的粥，蒙头就睡，梦中闻到家乡的阵阵稻香，醒来一身汗，人从恍惚到清醒。晚上继续喝粥。两碗清粥喝了，精神恢复了，烧也退了，肠胃也理顺了，千里之外，粥与我相濡以沫，真是感慨万千。我与沈女士只是一面之缘，她很懂家乡人的胃，也懂得粥的疗愈作用。我至今十分想念这位优雅的女士，想必她也思念家乡，在天涯海角，不知她以粥抚慰过多少同胞。

木心先生在《少年朝食》中写道："没有比粥更温柔的了，东坡、剑南皆嗜粥，念予毕生流离红尘，就找不到一个似粥温柔的人。"他是真的懂粥，却少有人懂他，可惜可叹。

四

民以食为天，食以粥为先。谁煮第一锅米，谁尝第一口粥？传说是"人文初祖"黄帝，他担任部落联盟首领时，播百谷兴草木。正史《周书》载，"黄帝始烹谷为粥"，与《黄帝内经》这一医学圣典相传为黄帝所著同理。冠以黄帝之名，意在溯源崇本，也是一种美好的加持。不管是谁第一个熬粥，他（她）都如天上的一颗星星，清雅圣洁，辉耀人类。

两千多年前的《史记》记载了西汉名医淳于意用"火齐粥"治齐王病的故事，以粥下火气，清五脏六腑之气，一饮汗尽，二饮热去，三饮病已。可见粥是药食同源的先驱。陆游的《老学庵笔记》中有一段很有生活气息的句子："平旦粥后就枕，粥在腹中，暖而宜睡，天下第一乐也。"食粥宜睡，多么美好。他作《食粥》诗云："世人个个学长年，不悟长年在目前。我得宛丘平易法，只将食粥致神仙。"原来，食粥是他从住在宛丘的北宋诗人张耒那里学来的，是最平和简易的养生法，可延年益寿似神仙。清代养生家曹庭栋在《粥谱说》中说："老年有竟日食粥，不计顿，饥即食，亦能体强健，享大寿。"也许因得益此法，他享寿近九旬。

温软的粥，可用于治疗感冒初发，退热驱寒；可增津液，适宜大病初愈，肠胃薄弱者消化吸收。其养胃润肠之功效，立竿见影。粥能量密度低，若没有血糖问题，长年喝粥，瘦身功效显著。当你食欲不振时，何能解忧，唯有白粥，它健脾开胃，消食和中，因性味平和而固护胃气，呵护身心。特别是粥面上漂浮的米油，中医说它的滋补作用可与参汤相提并论，粥已是一帘人文风景。

盛夏酷暑，正是早稻收割时，砻谷碾米，脱壳抛光，白花花的新米从机器上翻涌而出，如伊瓜苏瀑布，层层叠叠，白练般整齐飘逸。这时的米我们叫新米（相对应的是隔年陈米），买回家用砂锅熬出的粥，芳香四溢，如食甘饴，如饮甘露。

望海潮生

　　望潮是充满诗情画意又古灵精怪的海洋软体生物，是章鱼科中的小众品种。望潮个头小，却以只售卖，类似冬虫夏草，常以条论价。我乡人请客，上了这道菜，是贵宾待遇，谁若说这是章鱼，就会被纠正——它叫望潮，价格比章鱼高出十倍不止。

　　赶海人说望潮能提前感应大海潮汛，潮水上涨，它就从软泥底和岩穴处钻出来，顶起布满吸盘的腕足，上下摆动。长在小蛮腰上的双眼巴望着小虾小蟹，面对滚滚潮水手舞足蹈、一头扎入海里，仿佛千万年前，与海有约。

　　望潮玲珑华美，头部如剥了壳的鸽子蛋那般光洁透亮，八条触手摇曳生姿，撑开来像个大裙摆。充盈膏汁的腹部

222

长在脑袋里，少了减肥的烦恼，嘴巴统领八爪，大长腿是家族遗传，让人心生羡慕。

足智多谋的望潮擅长以柔克刚，智商应该与大章鱼旗鼓相当。科学家说章鱼的大脑有独特的神经构造，思维能力超过一般动物，有好多本领，包括能改变体色和皮肤纹理以逃避掠食者。望潮平日以裹满全身的泥土作为天然保护色，深潜滩涂泥洞和岩穴里，不显山露水。但它也有忘乎所以的时候。据传，望潮在海水中酒足饭饱后，张开嘴巴，放松身心，惬意地享受着日光浴。低翔的鸟看到这等鲜货，煞是兴奋，直冲过来，准备啄它个淋漓尽致。且慢，我家乡《玉环古志》中有："每于潮退时张口向日，雀往啄之即合住，带缠雀羽不能飞动。"危急关头，望潮立刻合嘴迎战，甩出它的触须缠着鸟的羽翼：你不让我优哉游哉，我就捆住你不能动。望潮克敌制胜，这脑袋瓜真的好有智慧。

清代钱塘人、画家和生物学家聂璜在《清宫海错图》中以图文并茂的形式把章鱼和望潮区分开来。虽然在不同历史阶段和不同地域有不同称谓，但根据他的文字描述和栩栩如生的图画，书中的小号章鱼就是望潮，"产浙闽海涂中。干之，闽人称为章花，浙东称为望潮干。"

聂璜还描绘了望潮爪子上吸盘粘吸诸物的能力，与垂涎它的蟳蜅相遇时斗智斗勇的情景。望潮用触须穿入蟳蜅的脐口，如一箭穿心，直击心脏，使蟳蜅失去招架之力，再吸其真气，蚕食其肉。蟳蜅就是横行霸道、满身盔甲的青蟹。望潮此等无孔不入、以曲求伸、以弱制强的能力，简直登峰造极。那时的望潮应该比现在的威武。聂璜称它"以须为足，以头为腹。泛滥水面，雀不敢目"，鸟也是吃一堑长一智啊。

望潮是珍贵的食材。食材的特性需要用心去领悟，否则可能暴殄天物。比如毛肚涮火锅，一片片毛肚码在冰面上，你若懂得七上八下的方法——让它在水里沸腾七秒钟提起，在空中冷却一秒，再入汤七秒出锅，吃起来就鲜脆爽口。假如任它在火锅里随波逐流，半天才捞出来，必然味同嚼蜡。香港及潮汕一带火锅餐厅常见的沙漏，是美味的闹钟。

望潮的烹制也一样，貌似简单，实则各个环节和时

寻寻觅觅，滩涂海鲜

清炖望潮

明炉望潮（玉环市旅游事业发展中心供图）

间的把握都非常讲究。

"清汤望潮"要让汤底清澈，先把望潮放在光滑的器皿里（减弱它的附吸力），加入姜末、盐和柠檬汁，用手轻轻揉搓拍打，去除黏液杂质和腥气，直至软趴趴的望潮变得硬实起来，用清水冲洗干净，这是前期步骤。接下来切姜丝及葱白段，加水和黄酒煮开，把鲜活的望潮拽入水中，在沸水中打三个滚，连汤倒出。清汤中的望潮玉质紫斑，八条腕足卷出优美的曲线，像朵朵白紫相间的单头菊，妩媚妖娆，口感香、鲜、脆。

春夏的望潮，个头小，一口一个，鲜嫩的舍不得咽下去。中秋时节望潮个大怀卵，最为肥美，很有嚼劲。用调羹和筷子取到自己的餐盘上，双齿一嗑，轻轻松松断开头足，膏腴之香冲击味蕾。如果前期步骤不到位，或是火候过头，吃起来会韧如橡皮。

酒炖望潮美味又滋补。用清汤把它氽熟，再盛入枸杞黄酒配好的鸡汤里，一人一盅，喝汤吃望潮，鲜香绝伦。

家乡望潮还有一种吃法，叫明炉望潮。把望潮放在闭合器皿中，防止它爬出来，或让它吸附在一大片菜叶上，氽烫和捞出一般由服务员来操作，自动旋转的桌子只转一圈，每人都吃上活色生香，甜软弹牙的望潮。

浓油赤酱的望潮另有一番滋味，焯水后的望潮在葱姜蒜爆香的油锅中猛火快炒几下，加生抽、老抽、蚝油、老酒、颠锅、勾火、码盘，起锅的望潮有浓香，还有恰到好处的一丝焦香，这种做法我在三门高枧一家餐馆吃到，记忆十分深刻。

热食的望潮上桌一定要趁热吃，冷了会有腥气，鲜味也会随着热气跑掉。李渔在《闲情偶寄》中说："鱼之至味在鲜，而鲜之至味又在初熟离釜之片刻。"这句美食指南特别适合望潮。

创意是美食的生命力。有一次与朋友一起就餐，餐桌上有刺身望潮，每人配一碟芥末酱油。我平日会吃生呛海味，见之就跃跃欲试，拿起筷子往冰上夹一条切断了的触须。这一夹，望潮的触须像是睡醒了的水蛇打个跟头，绕在我的筷头上，顿时花容失色，惊慌不已。最后在朋友们的示范和鼓励下，往蘸料里浸一会儿，塞入口中，充分咀嚼，生猛鲜美，咽了下去，如澎湃的海潮在心中荡漾起来。

玉环召开共富共美新玉环、首届"天南地北世界玉环人"大会。宴会上有一道菜叫"望海潮生"，是"百县千碗·玉环东海之宴"菜品之一。盛在玻璃器皿中的望潮，似乎在张望着遍布五湖四海的玉环人是否正与潮共舞。

招潮蟹正招摇

　　浩瀚大海中的小不点沙蟹，是地球数千种蟹类中的一小科，生存在热带和亚热带的滩涂上、塘沽口、盐碱地和红树林，它们水陆两栖，行动疾速，营群集居。在我家乡玉环岛，招潮蟹是沙蟹的主要品种，它们似乎效仿人类"日出而作，日落而息"的作息，"潮退而出，潮涨而入"，极像有纪律的军团。它们的生命起源于白垩纪时期，躲过了大海中的帝鳄和各类凶猛的海生爬行动物，成全了人类餐桌上的美味。

　　当四月的春阳给大海披上一层又一层金光时，滩涂也一日日暖融起来，泥洞里的招潮蟹正上膏。经过一个冬天的蛰伏，蟹螯痒了，在潮水退去后便钻了出来，伸出大大小小的对螯，东驰西骋，那副招摇的样子也许就是"招潮"之名的由来。它们或尽情地透气，或捕捉滩涂上的碎鱼、小虾、蚬肉……有的一出洞就以大螯叩响泥滩，发出求爱的信号，招引雌蟹。站在海滩上可见百米外黑压压的招潮蟹排兵布阵般前行，那情景蔚为壮观。看到这架势，我乡人即背起竹篓，带上网具赶海去。

可招潮蟹耳聪目明，并非这么容易束手就擒，它有一对火柴棒头样突出的眼睛，十分敏锐，听觉也是非凡的灵敏，能听到十来米开外的脚步声，发现情况不妙就"哧溜"

沙蟹

一下钻入洞穴，爬行速度快得惊人。当然，我乡人有很多诱捕的办法，他们用一种叫"大划"的捕捞工具，套着网兜的木质三角框上带着一把长柄，往滩涂螺旋状蟹洞眼插插划划；或是把系着诱物的绳子塞入洞内，把沙蟹牵引出来；也有的退潮前在浅滩上布下网具，退潮时把网收起，兜一网招潮蟹；最爽的是在滩涂较干处眼疾手快地冲过去徒手捕捉。总之，捕一竹篓的招潮蟹很常见，但讨小海人陷入滩涂的脚底也常被各种蛎壳割破，止血后，继续向海讨生活。

招潮蟹长方形青褐色的背甲隆起，极像迷你瓦片，味道不同于梭子蟹的甜糯丝滑，招潮蟹清口有奇鲜。到底有多鲜？鲜味作为蛋白质的信号和核苷酸、鸟苷酸等特性应该还没有量度，是一种感知。我小学班长阿平比我大四岁，他家就住在海边，他懂沙蟹的奇鲜。阿平常在春夏的周一上午从军绿色书包里掏出一个搪瓷罐，"铿锵"一声置于课桌上，早到的同学便围过来，分享用火钳断了尾巴的乌螺（即织纹螺，现在禁止食用）。我一吮，便将螺肉螺膏带鲜汁吸入嘴里。吮吃乌螺会让牙根痒痒的，每次都不过瘾，我实在忍不住就问阿平，为什么他能捡到这么多乌螺。阿平说他先从滩涂里抓几只沙蟹，捣碎后在小水桶中稀释，赶海前到山边捆一束柳蒿，沾上沙蟹水，放在泥滩上。乌螺闻到沙蟹的鲜气，就会奋不顾身地爬过来，将蒿草从滩涂上提起来，沉甸甸的，上面全是乌螺，如蚂蚁黏在糖果上。把乌螺撸入竹篓中，再用柳蒿沾沙蟹水，转悠四五处，就得到满满一篓子乌螺了。招潮蟹的鲜气能让乌螺放松警惕，一往直前。阿平用他的实战证实了招潮蟹奇异的鲜。

少年时的美味记忆是最清晰的。我干妈有六个儿子，平常很少聚齐，说下海抓沙蟹，齐心协力，训练有素。根据潮汐，或下滩涂，或到塘沽口张网，每次都是满载而归。除咸腌外，他们也将蟹洗净做蟹胥。蟹胥即蟹酱，把蟹倒入石臼里，用木杵捣碎，加盐和蒜，再倒点黄酒搅拌。鲜香的气息飘荡在空中，左邻右舍端着一个小碟子拿着一把调羹笑盈盈地走过来，舀一调羹尝鲜。哥哥们把蟹酱装在玻璃瓶子里，少不了我的一份。这样的蟹酱吃起来新鲜透骨，我想我刁钻的味蕾就是被这一瓶瓶蟹酱给娇惯出来的。

成年后在酒店里吃到油爆沙蟹，揭去肚脐边上的三角

骑上泥马（海上自行车）讨小海

盖，整只带壳咀嚼，咬得咯嘣响，香香脆脆，好生香甜，原来熟吃也有一番滋味。我曾买来做沙蟹咸粥，也清甜鲜美。

江苏盐城有一道百岁菜，叫蟹豆腐。是将一种叫蟛蜞的小螃蟹捣成泥，细筛过滤除渣后，取汁液加蛋液等调料煮沸，再凝固成豆腐状，由此衍生出豉油蟹豆腐、宫保蟹豆腐、"海上生明月"等菜式。仔细看来，蟛蜞形状极像家乡的招潮蟹，斗胆揣测它是海洋里沙蟹在陆地或淡水中的演变。广东潮汕人直称招潮蟹为蟛蜞，他们会做一道菜，让蟹浆分解、凝固后下汤，有点像做鱼丸汤，汤面上漂浮着团扇形、云朵状或睡莲样的蟹浆片，我没有吃过，想想已是垂涎三尺，说不定哪一天买一张火车票赶过去体验一番。

现代人对食材和酱料是愈发讲究了，把招潮蟹用清水浸洗，让其吐去泥沙杂质，再用土烧白酒淋得它们从"招摇过市"到"醉生梦死"，这是消毒杀菌的环节；再用蒜蓉、生姜末、芫荽、紫苏等调香，加少许白糖，倒入黄酒、生抽、香醋，让蟹全部浸入汤汁；然后端起盆罐慢慢地摇晃，沙沙地震响，让汤料均匀渗入每一只蟹。这样的招潮蟹，一口咬将下去，吮红膏嚼白子，满嘴爆汁，辣鲜刺激，何其乐哉。

四月春风吹来大海的气息，但见成群结队的招潮蟹抬起大螯，一群又一群匍匐前行，我的舌尖，亟待慰藉，我的故乡，美味道不尽。

海礁小蛎黄

唐大历二年（767），诗圣杜甫到了夔州，即今日重庆奉节，吃到一种冷食叫冷淘，是将寒凉之性的槐叶捣碎磨汁和成面，煮熟后放在山泉水中浸凉，炎夏入口，如牙齿碰到冰雪。他十分激动，按捺不住在"朋友圈"分享如此这般的惊喜，写下《槐叶冷淘》一诗，其中"经齿冷于雪，劝人投此珠"一句尤为流传。

"经齿冷于雪，劝人投此珠"经过千年传诵，用在我家乡的褶牡蛎上甚是贴切，这也许就是经典的不朽魅力。人的一生以红尘做伴，百味相随，一直前行，若静下心仔细回忆一下，让你刻骨铭心的某一餐饭、某一美味，却是少之又少。家乡的褶牡蛎如冰雪清冽，如明珠炫目，食之没齿难忘，它似我心底的清泉，不时溅起美丽的浪花。

玉环多岛礁岸湾，其中明礁以海山乡最多。海山乡茅埏岛上的炮西礁、叠石礁、箸笠礁，横床岛上的竹丝礁，这些礁石上长满褶牡蛎。褶牡蛎因外壳多细小褶皱而得名，个头小，鳞片紧紧附在岩石上，成片生长。海底坚硬的区域是它的"产床"，优良的水质是它成长的"羊水"。一个褶牡蛎幼体在岩床上一刻钟能产卵十万粒到数千万粒，生命力惊人的旺盛，前人形容它们"附石而生，块垒相连如房"。

家乡人会使用一种极像螺丝刀、木柄尖口的工具去撬牡蛎，雪亮的尖头从褶牡蛎的尾部切入，凿出缝隙，撬出带肉的半爿牡蛎壳，用手将牡蛎肉划入木桶。若没有经验，从牡蛎顶部戳下，就可能碰到牡蛎膏，这样肉膏分散，品相和品质大打折扣。完整的牡蛎刚剥离下来时，每个细胞都充满活力，肉质饱满而富有弹性，嫩黄的色泽比梭子蟹的膏黄紧致艳丽，又有淡淡的黑丝般的裙边，如吸入晨曦的玉石，乡人称之为蛎黄。

我第一次去海山是 20 世纪 90 年代，上午在芦浦镇的

海礁上的野生牡蛎

分水山码头乘船。家乡很多小码头就地貌而建，分水山码头两侧是海礁组成的岩山，中间露出一块平坦的海滩。要赶在涨潮时上船，再次涨潮时赶回，若退潮了，船就靠不了岸。

下午返回，我看见一排人蹲在岸上，有的用一块鹅卵石当凳子垫坐着。在十米之外，就能闻到一股独特的鲜气，走近可见蛎肉和一些零散的海螺。蛎肉盛在木盆里挤挤挨挨，却个个自有神态，不是菜市场常见的乳白色牡蛎，也分不清是嫩黄、鹅黄，还是奶黄，总之是鲜黄鲜黄的小牡蛎。你的脸若贴近点，一阵凉飕飕的清新气息会扑面而来，有点像西瓜刚打开时闻到的那股清凉，又觉得有金庸笔下的冷兵器穿过的空灵和神秘。你不敢太靠近，怕扰了这般清凉气场，又禁不住再近看一眼。那丝丝缕缕的线条，鲜艳而有层次的色泽，耳郭般的形状，惹人喜爱，我买了一瓷盆从木桶里舀出来的蛎黄。

回家让矿泉水漫过蛎肉，轻轻晃两下，沥水后溜入锃亮的玻璃碗里，撒一点细盐和白胡椒粉，静置几分钟后加入半勺白糖、一勺白酒、两勺山西老陈醋，就这样边搅拌边往嘴里送。鲜、甜、嫩、滑、香，秀气的蛎黄在我口中激荡的是豪放、澎湃的音律，吃一口味蕾起舞，吃爽了全身充满活力，回味起来是直面相思。有别于我以往吃过的蛎肉和各种叫生蚝的牡蛎，口感柔软细腻，又丰腴饱满。

这种蛎肉有芥末和冰块加持，更是妙不可言。把它铺在刺身盘里，盘边置一小罐子，内盛几块干冰，服务员往干冰中加点水，雾气瞬间从刺身盘的底部弥漫开了，袅袅婷婷，视觉上有"忽闻海上有仙山，山在虚无缥缈间"的美妙。将冰镇的蛎黄往芥末酱油里一蘸，煞是脆爽鲜甜，甘之如饴，呷几口酒愈发意兴盎然。这冰镇蛎黄是新千年初始我在家乡一家饭店吃到的，叫"水晶蛎黄"，说是从分水码头直运过来的，想必就是海山蛎黄。

后来我几次去分水寻找这种蛎黄，均无功而返。原来海山蛎黄深受温州人的青睐，他们会赶到海山收购。海山人也会用渡船把褶牡蛎运到乐清出售，或赶集去附近卖个好价钱。

春天是牡蛎恋爱的季节，大寒至清明时节，牡蛎最为鲜甜肥美，蛎肉亮晶晶。都说牡蛎是催情剂，欧洲一些地方男女青年约会之前有吃牡蛎的习俗。近几年杭州深夜食堂用高压锅做出恰到好处的大生蚝，男男女女埋头吃生蚝，也是一道都市景观。我也去尝过，味道不同于小蛎黄的细腻鲜甜，但因为形体大，吃起来也很过瘾。

现在家乡人工养殖牡蛎，遵循野生牡蛎的时令，在芒种和大暑节气间附苗。养殖的牡蛎越来越多，个头也越来越大。养殖在乐清湾一带的牡蛎，因雁荡山水系在海湾与海水交汇成咸淡冲，滋养出的牡蛎味道也很鲜美。烹饪的

方法是各显神通，有烤的、炒的、蒜蓉蒸的，无论何种牡蛎、哪种吃法，包括春节返乡在西青街口尝到的蚵仔煎，

牡蛎

都无法与当年海山礁岩上野生的小蛎黄相媲美。

　　苏东坡被贬海南岛时，寻得牡蛎，欣喜之至。写信吩咐儿子苏过："无令中朝士大夫知，恐争谋南徙，以分此味。"他告诉儿子海南的牡蛎很美味，你不要让朝廷的士大夫知道，否则他们会争着来海南享受这种美味。东坡先生若穿越千年来到我家乡玉环，我家乡还有多处未被围垦的海礁，小蛎黄一如既往的鲜，他品尝后定会写出霸居文坛的诗句，让我家乡的褶牡蛎名扬天下。

有滋有味马头鱼

家乡有句俗语："穿要穿绸纶，吃要吃拿仑。"江南人赋予菜肴很多生动形象的类比，江南的海岛人在选材和烹制上更是别出心裁、独具匠心。把拿仑鱼与绫罗绸缎相提并论，可见他们深知拿仑鱼之味美。

小时候逢夏日，我家和左邻右舍一样，喜欢把桌子搬到门口道坦吃晚饭。玉环海岛人对"小暑大暑，上蒸下煮"少有体会，夕阳落山后，凉风赶来。屋前西南角用碎石垒起一圈两三平方米的地上，种着一棵木槿、几株茉莉和米兰，穿堂风送来淡雅的芬芳，与餐桌上拿仑鱼的香气交织，典雅之香与人间烟火汇合，一点也不违和。

看长辈烧拿仑鱼——拍蒜头切青蒜，刨姜皮，切姜丝，把它们倒入热油里爆香，再将开了刀花的马头鱼在锅里双面油煎一下，加盐和酱油，万变不离其宗，激一圈黄酒是烧鱼的常规动作，香气弥漫。再加水，将火调小些，任鱼在酱油水里慢炖，说这样能让鲜味彻底打开。收汁时加入葱段，有时切几圈辣椒开开胃，有时也不加。汁收得恰到好处，要有足够鱼肉蘸的汤汁。家烧拿仑鱼一大盆，端出来放在旧圆木桌中间，很是气派。鱼肉丰满，纹理明显，容易夹取，肉香汁稠，异常鲜美。一家人围拢，就粥或下饭，津津有味，无一点剩汤腊水。

　　其实我乡人口中的拿仑鱼又叫马头鱼，学名甘鲷，又叫方头鱼，分银方头鱼、白方头鱼和红方头鱼，市场里红方头鱼比较常见，冠马头为鱼名是因为它长得像马头。马

马头鱼

头鱼的眼睛圆溜溜、亮晶晶、水汪汪，鱼头部呈方形，鱼身侧扁，鱼背隆起，侧线蓬勃如马鬃，轮廓与马头确实很相像。

时光一晃几十年。前几天，在我工作的城市，高温酷暑日，天空像散出星火。这样的气温，海鲜难以保存，又逢禁渔期，上街寻鱼，来来回回转悠，也找不到新鲜铮亮的鲳鱼和梅童鱼，但马头鱼被码得整整齐齐，一片桃花似的鲜亮。密密匝匝的鱼鳞像金属铠甲，保护着鱼身，掀开鱼鳃是红彤彤的鲜艳，用指头按一下鱼身，弹性很好，鱼体硬实壮硕，可能得益于鳞片的庇护，比较适宜冰藏和冷冻。与边上其他渔获相比，它生动如"照日深红暖见鱼"。断断续续有人买它，但不是很抢手，摊主和买者都称它为斧头鱼。我站在海鲜摊位前踌躇片刻，家有来客，还是买了两条。

回家用猪油煎，配料齐全，加煸过的五花肉，加点生抽，在水中慢炖，让其受味，炖出浓白黏稠的汤汁，编一个葱结丢进去，码在景德镇骨瓷鱼盆里，鱼盆的边缘写着"河上春风动碧波，清浅畅游见鱼乐"，又添了风采。朋友也是资深吃货，说比梅童鱼还好吃，哪怕与大陈黄鱼比，口感也各有千秋，尾部完全入味，最是好吃，头部嚼起来很香，鱼肉蘸汤汁，滑嫩鲜香，顺喉而下。四个人吃得津津有味的情景，一扫我以价格便宜的鱼招待好友的忐忑。

也有人买来马头鱼用清水白灼，特别是较小的马头鱼，直接水烫后，加葱花淋热油，或清蒸后浇汁，口感更细腻，但没有家烧浓香。

这么好吃的马头鱼为什么不受青睐，我认为与怕麻烦有关。如我买水果不喜欢买火龙果、菠萝、芒果一样。切果肉麻烦，吃起来滴滴答答，没有苹果、橘子方便。马头鱼鱼鳞厚实，外行人刮起来鳞片四处飞溅，加上头大取鳃也费劲，又要拾掇一番，所以习惯买带鱼、鲳鱼之类。

其实，一食一味，百食百味，像汪曾祺老师所说，不要认旧怕生，口味要宽一点、杂一点，多去尝尝，会有不同的体会。更何况现在街市商贩服务周全，可以把鱼收拾干净交给你，何不体验一下吃马头鱼物超所值的欢喜呢？

为什么称马头鱼为斧头鱼，我不甚了解，不能妄下结论。真正的斧头鱼叫星光鱼，因形似斧头而得名，是一种确实可以飞出水面的鱼。它以闪烁的光芒装点海底世界，也被用来装饰水族馆，与马头鱼没有什么关联。乡人称马头鱼为拿仑鱼，据说是一种爱称，如称小狗为贝贝、小猫为安妮。

被颜值耽误的鲛鳒鱼

20世纪90年代，我去海南岛旅游，惊叹于菜市场琳琅满目的鲜活鱼贝。三十年前泛黄的日记本上记载着从海口排档到三亚富岛酒店吃到的五指山野菜、文昌鸡、芒果螺、沙虫、血螺、海胆等从未吃过的山珍海味。这之后，他乡的菜市场成了我旅游的重要景点。家乡的菜市场，更是我生活不可或缺的幸福源泉。

通勤的日子，我和大多数人一样，行色匆匆，下班路上就盘算好要买的蔬菜鱼肉，到店直奔主题，称好几斤几两，付款就走。逢双休日，那就不一样了，有时间就在菜市场好好逛一逛，把买菜的节奏慢下来。如去北京潘家园古玩旧货市场，慢悠悠来回转，与摊主沟通闲聊，熟络了

鮟鱇鱼

会教你识货，说不定有捡漏的机会。

我第一次买鮟鱇鱼，是在家乡的菜市场。它奇丑无比，身材臃肿，呈蛤蟆形，头大而扁平，嘴巴占据半个脸面，五官零乱，皮肤上紫斑点点，如强盗照相——贼难看。以前渔民捕获，会将它扔回海里，弃如敝屣；现在鱼摊主也很少把它摆上台面，怕其丑陋面貌有碍观瞻，总是把它搁在不起眼的角落，如一堆瘪了的气囊。你若不是上下左右逡巡，一般发现不了这种丑鱼。

尽管人们瞧不上眼，鮟鱇鱼可骄傲呢。我们平常讲一个人自高自大，会说这人眼睛长在脑门上，或双眼长在头顶上，看不起人。鮟鱇鱼两只眼睛就是长在软塌塌、黏糊糊的头顶上，它伏卧在海底，任波涛翻涌、悠然自在，睥眈来来往往忙碌的鱼群。被网上船后眼睛瞅着天空的云彩，似乎在念叨："天空飘来五个字，那都不是事。"一副过尽千帆、目空一切、任由宰割的神情，亦庄亦谐。

水底世界的鮟鱇鱼，会发出如患支气管炎的咳咳声，给人年老体衰的听觉感受，故又被叫作老头鱼。像是给自己奇懒无比、不爱运动找了一个借口。"懒人吃饼"寓言故事中，懒人的妻子回娘家，懒人嘴巴够不着挂在胸口的饼，连头都不愿转一下，活活饿死了。鮟鱇鱼也有这般德行，它的背鳍棘进化为一根长钓竿，钓竿上天然有一块肉瘤，是极好的鱼饵，这块肉瘤能分泌出光素，在光素酶的催化下会像小灯笼一样闪亮，鮟鱇鱼因此也被称为灯笼鱼。深海里的鱼有趋光性，这灯笼如鱼饵成为引诱小鱼小虾自投罗网的利器。

鮟鱇鱼尽可以懒散地躺在海底的泥沙中，依靠这支钓竿，让鱼虾源源不断地落入口中。但它比懒人聪明，知道也要活动活动身子，哪天想尝尝大鱼的滋味，就舒展筋骨，将发达的胸鳍贴着海底，尾鳍给它的爬行提供动力，冷不丁一跃而起，打开阔嘴，露出边缘的利齿，偷袭一条毫无防备的大鱼，连小鲨鱼也可收入腹中，非常凶猛，因此它也被称为吞天王、海鬼鱼。

鮟鱇鱼的爱情故事堪称传奇，雄鮟鱇打从出生，就开始寻找终身伴侣，一旦找到雌鮟鱇，就咬破雌鱼的皮肤把自己安插在它身上，咬合处会血脉相连。从此，雌鱼如母护犊子般让雄鱼附在其头部和鳃盖下，唇齿相依。雄鮟鱇一生一世完全依附雌鮟鱇维持生命的循环，雌雄一体。它们婚姻关系的稳固和亲密令人咋舌，甚是奇异。

内行人选鮟鱇鱼会往大里挑，要扒掉外皮，剪去布满尖刺的牙齿，剖开鱼腹，取出的鱼肝呈猪腰子形。鱼肝被推入白色的瓷盆里，覆被花相。十斤重的鮟鱇鱼，鱼肝可达半斤多，凭这片素有"深海鹅肝"之美誉的鱼肝，就物超所值。小心收拾，反复冲洗几遍，用厨房纸吸干水分，入油文火双面煎至金黄，用余温煨熟，盛于盆中。鱼头、鱼尾和富含胶原蛋白的鱼鳍过油热炒，码上卤水豆腐在砂锅里炖出乳白色的汤。鱼块切出来是椭圆形，加姜葱蒜红烧，连同那一条能消化鲨鱼的鱼肚一起入锅。一鱼三吃，美味极了。

　　我喜欢用陶瓷刀在肥美的鱼肝上划出十字形刀纹，再用青柠檬、椰糖、碎芫荽（必须连根）、生抽、香醋、小米椒配一碟蘸料蘸着吃，鱼肝入口即化。那扑朔迷离又层次分明的味道，让人十分陶醉，浓酽的香气久久盘桓于口中，如品纯醪。点缀在鲜嫩鱼肉上的几圈红辣椒和奶白色鱼汤上的一把香菜，与几碗白花花的大米饭相映成趣，鱼肉鱼汤的丰美之味，回味无穷。

　　明朝相国刘基在《卖柑者言》中以柑子果肉来嘲讽有金玉般外表、一堆破棉絮里子的文臣武将。鲅鳒鱼恰恰相反，用老子《道德经》中的"被褐怀玉"一词形容不为过，是地道的精品食材、餐桌上的珍馐美馔。它肉质鲜嫩无比，可与龙虾、牡蛎媲美，鱼肉鱼汤富含多种维生素，有调理肠胃、提高免疫力、抗氧化、吸脂消脂、降低胆固醇的作用；鲅鳒鱼的鱼肝含有多种微量元素、维生素、矿物质和蛋白质等营养物质，对眼睛、肝脏都有好处，还能治疗缺铁、缺钙的疾病；鲅鳒鱼头部和脊骨连接处的两块并列的呈圆柱形的肉筋被称为"丹桂肉"，晒干后有"赛干贝"之称，还有利尿消肿，降脂降压的作用；鲅鳒鱼的骨肉胶质补肾益精，美白抗皱，滋养筋脉，是日韩风靡的冬令进补佳品。曾被视为垃圾鱼的鮟鱇鱼原来是一个宝藏，现有吃鮟鱇鱼保健康之说。

鮟鱇鱼因外貌奇丑被列为世界四大最恶心的鱼之一。它是被长相给耽误了，请不要嫌弃它，得空不妨去盘一条鮟鱇鱼，你一定会体会到丑到极处却美到极致的奇妙。

蛏蚬的委屈

蛏蚬是生长在潮间带至浅海泥底的贝类海鲜。老家有这样的乡风：如果一户人家有不同性别的两个或几个孩子，女孩长得高挑健硕，而男孩矮小瘦弱，邻里就会窃窃私语："这家怎么'蛏子不大蛏蚬大'。"遇到尖酸刻薄的角色，还会加上一句："猪不肥，肥仁狗；稻仔不长，长仁草。"说的是该肥的不肥，该长的不长，搞错对象！蛏子理所应当肥大，蛏蚬就不应该养得那么肥大，抢占了蛏子的风头。

说来说去，蛏蚬不被待见。

实际上，蛏蚬是夏日最清口的佐餐菜肴之一，它有大大方方的学名——渤海鸭嘴蛤，但少有人知。蛏蚬生活在浅海泥滩中，喜欢往海泥肥沃处钻。蛤壳呈椭圆形，又薄

蛴蚬

又脆，半透明灰白底色，腹部边缘和壳顶部有淡黄色波纹，像是它生命的年轮。两片薄壳包夹着一团鲜肉，因形似蛏子，也被称为"小号蛏子"，却一个被抬举，一个被贬抑，地位有云泥之别。

其实，世间万物，自有平衡。我家乡有一句民谚："三年水流东，三年水流西。"意思是此一时彼一时，风水轮流转，就像人生有时起有时落。蛏子再肥，到了八九月也会像豆腐渣似的无味；蛏蚬再不堪，在溽热的六七月，却也肉质鲜嫩、甘甜肥美。因价格便宜，以前海边人家一麻袋一麻袋买来吃，旺发的时候还用板车拉去沤肥。

台州人称腌蛏蚬为烂芝麻壳。我先生上初中时，暑假常与几位同学一起在温岭市箬横镇的官河游泳。正是长身体的时候，回家时肚子饿得慌，就从大瓮小埕里摸出一小碗妈妈腌制的烂芝麻壳，一口气扒下三四碗番薯丝饭。我婆婆还把烂芝麻壳的卤水当盐和增鲜调味品用，烧丝瓜汤、炒冬瓜、蒲瓜时舀一小勺入锅，我先生喝得稀里哗啦，吃得胃口大开。现在我们都知道这不科学，咸卤亚硝酸盐含量高，但那个年代没这么讲究。他说烂芝麻壳打开后水灵灵的一腔肉，有点咸，可刺激味蕾，特别清口，是海洋的原味，一个夏季一缸子烂芝麻壳吃不够。

20世纪70年代末，东海就制定了严禁夏季拖网捕鱼的禁令，长达三四个月。虽然海洋禁渔区不可越雷池一寸，但在广袤的浅海滩涂、神秘礁岩潮池、海沟岩凹，遍布着各种海洋生物，有软体的、甲壳的、海藻的。它们在闷热的夏季随着潮涨潮落，躁动、集聚、分散，海边人家把讨

晨曦中的讨海人

小海收获的蛏子、泥螺、藤壶、螃蟹等大部分拿街市上卖，蚬蚚留着自己吃。

好厨师一把盐，渔家妇女性俭，又善厨事，腌起咸货就像鸭子进秧田——心中有数。腌好的蚬蚚，咸度适中，是夏季最早开启的咸腌菜肴。烂芝麻壳褪去淡褐色的腿裤，就像去掉蛏子的侧体线，整个儿肥美的白肉，一点一点地嚼。这朴素易得的食物，配上青菜豆类，和不时出现的小海鲜，成为我们成长岁月共同的记忆。

很长的一段时期，蚬蚚销声匿迹，也许是隐入了更深的泥洞，消化它的委屈。也许是人们生活有了改善后，不想买廉价的蚬蚚，讨小海的人因此也放弃了它。

就在近几年，家乡的菜市场档口又可见一盆盆蚬蚚浸在水中，伸出长长的腿滋水，手一碰就缩进去。还有以前咸腌在陶缸里的蚬蚚，装在玻璃瓶中一小瓶一小瓶地卖，相当畅销。人们在一众食物选择上有返璞归真的现象。

回老家时买几斤蚬蚚回家，像接老朋友归来，想着让它们以美好的姿态出场。

最本色的烹制是清水煮蚬蚚，那也是要有手艺的。要煮出肉质鲜甜、饱满弹牙的蛏蚧，就要懂得"蟹眼已过鱼眼生，飕飕欲作松风鸣"的要义。清水煮蛏蚧无须大料下锅，只在水中放点盐就起火，待锅底布满蟹眼大小的气泡，就像鱼群吐出的一串串泡泡，慢慢扩张为鱼眼大小的气泡，正准备翻滚还没滚出来时，锅里仿佛松风大作，这时刻不容缓，倒入蛏蚧，让即开未开的水把蛏蚧的两片薄壳打开，然后用笊篱一把捞上来。一旦水沸腾了，蛏蚧的鲜味会被滚开了的汤带走，肉质缩水变老，品相也不生动。

清煮蛏蚧水中加盐多少也有讲究。盐是用来提升鲜味的，有一种抽象的"存在的不存在感"，这才恰到好处。一大盆开口和半开口的蛏蚧放在桌面上，最好是一大脸盆。配好蘸料，与好友对坐，一人面前有一个大塑料盆可放蛏蚧壳，伸出兰花指，蘸酱、吮肉、弃壳，漫不经心闲聊，盆里闪着光泽的纤薄壳越堆越高，山水人文或家长里短的言语间，每一句都有悠然见南山的气韵。

爆炒蛏蚧，用姜丝、蒜末、鱼露、蚝油，让蛏蚧裹上一层薄薄的外衣，舔舔外壳的滋味就满口馋涎，再探出舌尖，卷走蛏蚧肉，一个又一个，此起彼落，手持一盅白酒慢慢呷，那是生活不徐不疾的样子。

清汤蛏蚬，撒一把葱花，与"天下第一鲜"的蛤蜊汤相比，各有千秋。

蔡澜到老字号潮州餐厅"斗记"吃饭，他说，每年当薄壳——一种潮州盛产的小贝是季节的时候，斗记会为你烧出乡愁来。如果你嫌它用大蒜太单调，要求用咸菜汁和金不换，伙计也乐意。蔡先生绝对分得清蚬仔、贻贝、海瓜子种种薄壳贝类，潮州盛产的无名小贝八九不离十就是蛏蚬。

现在，这夏日的鲜物经常出现在食堂、排档、宴席的餐桌上，人们喜欢尝一口自然的清味和鲜甜，蛏蚬不再委屈。

生腌蟹

我有一女友，平日少厨事，过年前获赠一箱红膏蟹，特想生腌即食，就打开手机，行动起来。照着短视频平台将蟹切小块，加盐、姜、蒜、芫荽、柠檬汁、白糖、醋等配料，最后一步淋白酒。见家里有一瓶茅台立于酒柜显著位置，倒了小半瓶。晚上，先生回家，见夫人捧出一碟醉蟹，尝一口，了不得，鲜气逼人，比平日自己做的醉蟹更有锐气，还有一股力量在胸口回荡。先生大赞夫人手艺，真人不露相，是家里潜伏着的厨娘，心里欣欣然、甜滋滋，于是准备喝一杯小酒助兴。一提起酒瓶，珍藏了好几年的茅台酒难道蒸发了？夫人坦然承认，让螃蟹给喝了，先生哭笑不得，这可是好几千银子一瓶呀。夫人说，都是往嘴巴里送，一样一样。我女友向我描述时说自己当然知道茅台的价格，但是她想试一下用茅台酒腌的梭子蟹的味道。说到底，太爱生腌蟹。

过去，秋天的梭子蟹要存放久一点，就将一只蟹卸开来腌，加重盐，腌出来后蟹肉从米白色逐渐变成藕色，有一点点发暗。咸鲜的滋味会盖过鲜甜的滋味，比较适合下饭，但味蕾的享受没那么痛快。

立冬过后，是最适合腌梭子蟹的时候。这时，梭子蟹已经上红膏了，天气又冷，不需要把蟹腌得很咸。家长把螃蟹整只放大陶缸里腌制。往缸里放螃蟹，要蟹盖朝下，蟹肚朝上，用的是粗盐，盐要最后放，在凉开水中自然融化，缸底缸面形成一个对流层，上下螃蟹咸度一致。腌好的螃蟹会出现少许盐花，这是咸度正好的标志。盐也起到杀菌消毒的作用，同时也能催发浓郁的鲜味。

这样的呛蟹，用时间酝酿出美味。尤其是红膏蟹，食用时，打开蟹盖，去小爪子，卸大钳，挖去蟹鳃蟹胃。蟹黄挂在蟹肉上，蟹盖上的膏，凝结又未凝固，果冻状，黏稠弹牙，是生腌蟹最美味的部分。蟹肉厚实饱满，呈晶莹

呛蟹

状。配一碟蒜末白糖芫荽香醋的调料，味道鲜猛霸道，口感柔软滑嫩，蟹膏蟹肉在口腔中默契融合，耐人寻味。

　　风雅人总是爱做风雅事、懂风雅物。东坡先生说："不到庐山辜负目，不食螃蟹辜负腹。"宋人最懂吃的风雅，当然更知生腌蟹的味美。根据文献记载，宋人生吃螃蟹主要有两种制作方法。一种叫酒泼蟹生，就是用酒对螃蟹进行杀菌、去腥处理，浸泡半天后才能吃。另外一种做法是拌上作料即食，即把蟹洗干净，剁碎，噼噼啪啪一阵子忙，加入调料就可以吃了。它有一个生动的名字叫洗手蟹，顾名思义，就是洗手的工夫，完成蟹的制作。

南宋周密《武林旧事》记载，清河郡王张俊敬奉高宗的酒宴中，有一道下酒菜叫盐酒蟹，其实就是制作比较严谨的洗手蟹。用盐、橙子、生姜、白酒腌上三五天，让香气渗入蟹肉的肌理，酒香、果香入味后，有复合的香气，用的是大闸蟹。现在杭城多家酒店有生醉和熟醉大闸蟹供你选，我喜欢选生醉。

浙江钱塘人宋朝官员钱昆在长安待久了，要求下基层工作，吏部问他想去哪里，钱昆回答："但得有蟹，无通判处，足慰素愿也。"这答案与魏晋名士张翰的莼鲈之思异曲同工。钱昆必定是个吃货，他把吃螃蟹放在第一位，并且要求没有人管，他要无拘无束吃螃蟹顺便做个官，这无拘束必定包含他治蟹的开放性。

北极圈阿拉斯加人融冰时出海，在船沿边的一条木板上把钓上来的鱼剖开，粉嫩的鱼肉还在呼吸，抹上盐，用小刀片下来直接吃起来，竖起大拇指赞美鱼肉的鲜美，真想尝一口。要是来一只帝王蟹现吃，那情景看看都会销魂。

没有螃蟹的日子，我常把鲜活的小白虾、虾蛄和礁岩上铲下来的小蛎黄生腌着吃。小白虾加白蒜、姜和白酒，让它们先醉了，再调入酱油和陈醋，下好料随即吃。去掉虾头，手指从虾尾一捏，一管子鲜虾肉投入口中，全身舒坦。虾蛄要剁碎，上盐加白酒，蘸芥末酱油，没上黄膏的更清口鲜甜。野生的蛎黄，真不需要什么调料，加一点盐和醋，在口中百般嫩滑。醉泥螺先要用食盐反复清洗出黏液，清洗干净后加适当的食盐拌匀，用白酒去腥，装在玻璃器皿中密封，放在冰箱里冷藏两三天后拿出来食用，根据个人的喜好加入陈醋、白糖等调料，筷子一夹，双唇一吸，"嗦"得停不下来。

但我最喜欢吃的还是生腌蟹，我们老家也叫蟹生。自己做的蟹生比较放心。不需要拿天平秤盐，去计算多少蟹需要多少盐，包括其他调料，靠眼睛、靠手感和经验。每个人都有独特的口味追求，若把生腌的料理变成指标，美味就会被格式化，失去独特的风味。

我做蟹生也是沿袭宋人拌上作料即食法，一般会把螃蟹剁成蟹糊。看上去像一堆糊，实际上大部分是成型的小块蟹肉，这样腌制的时间比较短。放少量的盐、白糖，加蒜末、生姜、白椒粉，倒白酒，可随时吃，也可腌制一两个小时后食用。吃时加点香醋，剩下的装入瓶中冷藏在冰箱里。你想多吃些时日基本不可能，实在是馋这一口，那种复合的鲜辛酸甜如枪林弹雨袭击你的口舌。蟹确实是生腌里的王者。

对美味的追求是没有止境的。浙江苍南县炎亭镇，被誉为"中国梭子蟹之乡"，位于鳌江口冷暖气流交汇处。炎亭海湾的地貌非常独特，像是大海在陆地上安插了大半个圆木桶，海水和江水在海湾回流，形成一个海洋小气候。梭子蟹中秋前开始肥美，人们开车从各地来到炎亭，就为了品尝炎亭蟹。作为蟹中上品，炎亭的梭子蟹在清代就成为贡品。去炎亭买梭子蟹生腌，最好的时间是在寒冬，冒着寒风，裹紧羽绒服。这时的炎亭梭子蟹个大体肥、肉厚膏腴，生腌后吃上一口，到炎亭海边买蟹时挨的冻一笔勾销。

美食家蔡澜说生腌咸蟹是他母亲的拿手菜，有一种做法是把糖花生条舂碎，撒上，再淋大量的白米醋。加芫荽，味道无法抗拒。不妨一试。

带着鳗鲞去旅行

鳗鲞之于我，犹如泡菜之于韩国人，生鱼片之于日本人，蜗牛之于法国人。古人说"宁可百日无肉，不可一日无豆"，百日无肉、一日无豆我都无所谓，一日无鳗鲞与"一日无书，百事荒废"一样让我怅然若失。

这样说可能会遭质疑，难道你上班吃食堂、在外吃饭都有鳗鲞？事实是在我的家乡，坎门鳗鲞是新风鳗鲞家族的名将，也是当地最有代表性的鱼鲞。一年到头我的冰箱里总有鳗鲞一席之地，白天没吃到，临睡前一碗加了鳗鲞的汤面落肚，我会心满意足酣睡到天亮。

"新风鳗鲞味胜鸡"，是老宁波人的记忆，也是浙江坊间的共识。每年入冬，西北风起，鳗鱼上岸，乡人刀势如

风干鱼鲞

风疾，从鳗鱼脊背中线切入，"嚓嚓"剖开，取出内脏和鱼鳃，擦干净鱼体后用一根筷子似的竹签将头部撑开，大的鳗鱼还要在鱼体的中下部多撑两根，在避阳通风处挂起来晾干。鳗鱼剖体被风带走水分，在恰到好处时收起最是味美。水分似尽未尽，油脂锁在鱼鲞里，这样的鳗鲞与鲜鳗比有另一种生动而饱满的风姿。修长挺拔的身材和健硕的骨骼使它成为鲞中大卫·米开朗琪罗、摄影家镜头下的猎物，不少以我家乡鳗鲞为题材，充满浓郁渔乡风情的摄影作品摘得国际大奖。

说它"味胜鸡"一点也不为过，鳗鲞炖煮出来的汤，浓白得似增稠了的牛奶。鳗鲞酱油肉、鳗鲞炒芹菜、鳗鲞寿面、鳗鲞炒年糕……各种烹制和配制点醒鳗鲞鲜美的灵魂，鳗鲞可吊鲜无数菜肴。台州有一家连锁餐厅，鳗鲞质量上乘，做的五花肉蒸鳗鲞庖凤烹龙般受拥捧。

新鲜鳗鲞毫无腥气，鲜香气息很好闻，百搭之鲞名副其实，百味之肴货真价实。鳗鲞还是对酒当歌，畅谈人生，"把酒言欢，共叙桑麻"的"咖啡伴侣"。我还带着鳗鲞漂洋过海去旅行。

2012年，我到美国学习二十一天，想起梁实秋先生的亲历：普通的美国人不大讲究吃。遇到像感恩节那样大的盛典，也不过是烤一只火鸡。如此想来，这二十一天唇舌寡淡无味咋办，能把鳗鲞带走吗？蒸熟后用真空包装能否过海关？心动不如行动，我上网查询，也问去过美国的友人，广泛征询，答案纷呈，莫衷一是。最后决定先带上，碰碰运气。

我把鳗鲞放在旅行箱的底层，上面码上干香菇、榨菜和袋装的方便面，把这几样食品的英文烂熟于心，过海关安检时好应付和解释，还盘算着如何用蹩脚的英文口语动之以情晓之以理，让我顺利把鳗鲞带到美国。通关时，他们只问了我箱子里是什么，我如实回答方便面、榨菜，还有鳗鱼晒的鱼干。没想到他们根本没打开我的箱子就通过了，我心中的一块石头落了地。

那年秋末，斑斓枫叶铺满道路。车子把我们一行人从科利奇帕克机场带到马里兰州的快捷酒店。房间非常宽敞，有电咖啡壶可以用来煮咖啡和泡茶叶，用来烧开水也绝对没有问题。之前听说美国没有开水，所以我自带了电水壶，还买了转换器，这开水壶在美国大有作为。

离家乡很远，但置放在异国冰箱里的鳗鲞，让我觉得离家乡的海、家乡的风、家乡的亲人很近。袋装的鳗鲞有切片的，也有切丝的。切片切得很薄，斜刀切，蒸熟真空包装；切丝切得很细，生品。一回住处，我就从冰箱里取出斜片往嘴里塞，就像小时候贪吃零食。熟悉环境后，我去旅店附近的超市闲逛。超市非常干净，食品码得井井有条，蔬菜基本上都是净菜。我席卷各式意大利面和中国黄酒、酱油、美国生菜。把切成丝的鳗鱼干和浸泡好的香菇放在电水壶里煮，煮得鲜味香味都释放出来后，再放进面条，面条煮熟了，再把生菜放进去，基本上就是这样三部曲。一碗鱼鲜酒浓的鳗鲞面盛在碗里，像是到朋友家吃浇头面。我对着鲜美的鳗鲞香菇生菜面大快朵颐，心中窃喜。

我有两个朋友在美国工作，周末时乘飞机从芝加哥到马里兰探望我，请我到这家酒店的地下餐厅点了几个菜，花了好几百美元，没什么吃头，第二天我请他们吃家乡的鳗鲞面。我从餐馆借了三个碗，咖啡壶也充分利用起来，烧一壶水配汤，分三次做了三碗鳗鲞面，加了三个蛋、几勺黄酒。他们啧啧连声，赞叹好吃，十分享受的样子把我看得都心疼。我把冰箱里的鳗鲞全打包让他们带走。朋友来美国工作多年，嗅着香喷喷的鳗鲞对我说，闻到的是家乡大海的味道。那是胃的记忆，更何况这是我亲手剖开风干的鳗鲞，还用绍兴花雕酒浸泡过的。

有了这次经验，我之后去异国异乡，只要季节适宜，总是想办法带上鳗鲞。

华山顶上，我与旅友分享一人一块三寸长的鳗鲞，被惊呼为天外飞来的美味。在泰山的一家民宿，我拎出一袋切成片的鳗鲞，让店家拿一个大盆来装。火红的夕阳缓缓沉入山谷，我们面对夕阳慢慢嚼出鳗鲞的甜，将啤酒一瓶瓶开启。从台北到台南的火车上，我和女友一人一杯黄酒，一人手持一个大鳗鲞头，一路从台北啃到台南，没有人侧目。窗外是大海，是鳗鱼遨游的世界。

徐霞客在旅行中吃了台州天台山寺庙僧人招待的笋，大叹其鲜味殊胜，从此与竹笋结缘。他一路向农家购买，到住处与仆人一起各啜两碗，剩下的笋干塞入竹筒带在路上吃，甚至背上竹篓沿路挖笋，带着笋箸，常与肉炖食。四百多年前，他就引领我们带着美食去旅行。

有的美味，可以伴你一生。岁月年轮，芳香伴随，未来我还会带着鳗鲞去远方、去分享。

春日追香椿

二月是江南蓄势待发的时节，立春向着大地吹了一声哨子，漫山遍野的春苗次第冒出，树上的各种芽头也不甘人后，伸出稚嫩的芽瓣。

香椿

俗话说"春吃芽，夏吃瓜，秋吃果，冬吃根"，要品春芽最鲜嫩的那一口，你必须听得懂莺啼燕啭，看得懂春风化雨，否则，那些嫩尖稍纵即逝。

让我心心念念的香椿芽，平日里我叫它"树上的茅台"，一方面它实实在在长在树上，另一方面它闻起来有类似茅台的辛香，价格也一样的昂贵。买香椿仅度量衡单位就有别于普通蔬菜，以两来计算，当摊主说出价格，你千万别以为这是一斤的要价。它还似水流年，如果你有几个星期没上街，可能就会与之失之交臂，错过就是一年。

春节期间，家里老人身体状况不稳定，加上自己一些工作事务，好不容易才去了一趟菜市场。转了一圈，几百平方米的菜市场只有一摊有香椿两把，问价钱，二十元一两，看颜色和光泽已是落令了的香椿。两百元一斤的春菜，且不是上品，我踌躇了一会儿，最终放弃了。

说起识得香椿，已是人到中年，真有点惭愧。我家乡玉环是东海一颗熠熠生辉的明珠，论起吃，天上飞的、地上长的、海里游的，无所不有，我在家乡生活了三十多年，就是没遇见过香椿。是不惑之年，在杭州文二路菜市场有幸识得春风面。当时我心想，这是什么春菜呀，怎么以两计价，端的和黄金一样金贵。看它一束束整齐地码在摊位上，不大不小，极像新娘手中的捧花。颜色、形状与家乡长在房前屋后，或种在山脚田边的红菜薹很相似。从红菜薹紫红色的叶柄上掐一把脆嫩的枝叶，可炒米粉、炒年糕，或猪油清炒热烹食用。红菜薹曾被封为"金殿玉菜"，湖北的红菜薹与武昌鱼齐名，在唐朝是贡品。这一千多年前就简在帝心的贡品，如今尚且唾手可得，而肖似红菜薹的香椿竟然要二十元一两，我惊讶地注视着香椿艳丽的花色，难不成是什么灵芝仙草？

一分钱一分货，这是寻常道理，姑且买一把试试。循着摊主的好心情，我请教怎么做来吃，吃货在这方面总是心有灵犀一点通。回家洗净焯水捞起冷却，一气呵成。石榴红的香椿叶出水变成草绿色，如贵妃出浴，绿袍加身，散发出阵阵芳香。把它切成碎末与鸡蛋拌炒，是怎样一种感觉呢？一箸入口，难以名状，细细回味，带有挑逗的刺激，又有深沉的抚慰，独特的香气醇厚而芳烈，与人的某种脾性和气质相似，我迅速恋上了这树上的椿芽。

我开始探究香椿的身世。怪自己孤陋寡闻，香椿树是《山海经》中成侯之山的櫄木，"又东五百里，曰成侯之山。其上多櫄木"，可见它繁盛于中原。又是庄子《逍遥游》中"八千岁为春，八千岁为秋"的长寿树。香椿芽是唐宋元明清文人墨客笔下与蔓青、荠菜、韭芽、水芹、青蒿、甘菊、茵陈等一起写进春色里的"树上的蔬菜"。也为晚清文人康有为所钟爱，留下"山珍梗肥身无花，叶娇枝嫩多权芽。长春不老汉王愿，食之竟月香齿颊"的诗句。那齿颊留芳，异香满口，吃过的都能感同身受。

据说在我国国宴上，曾有一道时令开胃菜叫香椿鱼片。将鳜鱼切成薄片，鸡蛋清和淀粉调浆，在鱼片表面挂一层薄浆后汆水，与切碎的熟香椿嫩叶同拌，是白绿相间，滑嫩清香，色、香、味俱全的一道佳肴。

每年冬春之交，迎春花露出黄色的星星花苞之时，我便想起香椿，只怕与它擦身而过。有一年，我在呼伦贝尔大草原看到成片的沙葱，席间蒙古包汉式餐桌上有一大盘沙葱料理，是用来配手抓羊肉的。当地人说，这是草原上的"菜中灵芝"。我一口羊肉一口沙葱，鲜汁满嘴，先是有一丝丝微辛，而后满口甘甜和芳香。

"你见，或者不见我，我就在那里，不悲不喜。"我是凡夫俗子，做不到这么超脱，沙葱是异域的美味，可遇不可求。香椿的头芽，是我对江南春天的相思，那一把如日方升的芽叶、短而肥壮的芽茎，如台州黄岩一百八十多岁东魁杨梅始祖树顶上最紫的果，如西湖狮峰山明前龙井香馥如兰的一芽一叶，如立冬后家乡的第一口糯米糕头，都是我心头的白月光。

农家人采摘香椿既要赶时令又要赶时点，抢在早晨日出前，带着露水的香椿最鲜嫩。记得"圆桌派"讲过某清朝大儒吃荔枝的逸事，讲究到令人咋舌。荔枝快熟了，全家总动员，静待成熟那一天。那一天也不是整天去摘，要在凌晨五点天没亮，露水刚落，露珠欲结未结时去摘，若露水结在荔枝上就会伤了皮，要掐在荔枝最完美的那一分或那一秒，那一瞬间的荔枝颜色最是艳丽生动，口感也最好。过去儒者，是诗词歌赋全才、治国理政高手，连享用美食也有极高的段位。香椿像极了荔枝，嫩芽始出，披春风沾露水，让味蕾如花绽放，嚼一口便知春色几分。

但香椿性格决绝，掐过三茬的香椿便开始木质化，梗叶老化，香椿芽也从石榴红到深红色再到褐红色，直至粗枝大叶，绝尘而去，一别便是一年。

我沮丧于今年没尝到香椿，错过半生又错过一年，朋友一言点拨，说香椿在不同地方、不同纬度和不同海拔发芽的时间都不同。是呀，齐白石先生不就喜欢吃"雨前椿芽雨后笋"吗？北方不也流传"雨前椿芽嫩如丝，雨后春芽生木质"的俗语吗？这么说来，谷雨前，我还可以一路向北，追着春天，掐它三茬嫩芽，一解相思之愁。

没想到的是，机缘巧合，清明返乡时，学生告诉我："老师，我们玉环的大坑村山头，就有一棵古老的香椿树。香椿芽还嫩着呢。"

早春草头

地鲜是节气的风物，随草木萌动，河开雁发，如跳动的音符破冰而来，洋溢着春天的热情，开启舌尖与时令的一场相逢。

台州人灵巧，会做生意，在超市和各个菜市场设立了一个春菜专属区，专售荠菜、草头、马兰头、豌豆苗、春笋等十几种地鲜。明码标价，一目了然，最抢手的是草头，立春前一斤要二十九元。

草头也叫草花、草籽、金花菜、花草，学名苜蓿。小时候，我家南面就是一垄垄稻田，田间有一方水塘，塘边常年架着一台水车。晚稻收割后，"冬雪雪冬小大寒"接踵而至。闲置的农田，从冒出那么一点绿意，到一大片草头贴地匍匐，似乎就是一眨眼的工夫。

那时，年前一个月左右家家做年糕，到了立春之日，要把大水缸里的年糕捞出来，用井水洗干净，再清洗缸底缸壁，把立春前就准备好的两大木桶冬水倒入缸中，加入明矾后再将剩下的年糕重新浸入水缸。这是一种约定俗成的民间储存年糕的方法，颇有仪式感。这一天，我乡人都要吃一顿草头汤年糕或炒年糕。

这时候，家门口的草头，放眼望去，葳蕤潋滟，一副野蛮生长的样子，春风化雨中，似绿波在无边地蔓延和起伏。平日不见农民播种，也不见他们把草头剜去卖，四邻八舍可以随便下田采摘。在勃发的草头上掐来前三四节叶茎，一个买菜用的竹篮子满了，就拎回来。在水井头，将针一样细的茎梗和分叉出密密麻麻的卵形花叶放入清水中捋一下，拿到灶台。当腊肉和年糕炒出浓郁的香味时，切成半寸长的草头一入锅，就有一股特别的清香扑鼻而来。大火快炒，就成草头炒年糕。若是汤年糕，滚水煮开，丢入两把蛤蜊，让地鲜与海鲜在早春相互问候，春天与大海的气息交汇在草头年糕里，汤头清香鲜美。

春节前后，我们经常吃汤年糕、炒年糕，有时放大白菜、九头菜等。只有草头年糕的香气，让我们感受到野菜的风味和节序的推移。噢，这一碗草头年糕好香，再吃几碗就可以上学去了，我们常这么说。可某一天放学回来，田里草头不见了。它是连根带藤喂了牛羊猪马，还是碾入地底肥田沃地，不得而知，只见田被牛犁过，新土一块块翻了出来。要等下一个时令才有草头了，心中还是怅然若失。

《史记·大宛列传》记载："俗嗜酒，马嗜苜蓿。汉使取其实来，于是天子始种苜蓿、蒲陶肥饶地。"文章记录草头为西汉李广利将军汗血宝马所喜食，成了马的饲料，也可与葡萄藤一起肥地，是汉使带来的种子。北魏杰出农学家贾思勰在《齐民要术》中进一步阐明草头的多种用途："春初既中生啖，为羹甚香。长宜饲马，马尤嗜。"

草花炒年糕（海建　摄）

意思是早春的草头可上餐桌，做羹很香，亦菜亦草，人食嫩头马食老藤。在我心中，草头是田野里冒出来的大地之物，应天时而动，就地利而生，无须问东西南北，只要物善其用。

在美食丛林的宋代，草头也有一席之地，南宋林洪的《山家清供》上卷第三篇便是《苜蓿盘》。他写自己从朋友处得到苜蓿的种子和烹饪方法，种植成功后采摘食用，热水焯去涩味，凉拌加醋和姜；或用油煸炒，根据自己的口味加姜和盐；也可做成羹，口感别有风味。把草头凉拌、热炒、做汤三种烹饪方法表述得很清楚，且以此判断唐朝官员薛令之"朝日上团团，照见先生盘。盘中何所有，苜蓿长阑干"之诗，感叹的不是吃草头的清苦，而是怀才不遇的无奈。张竞也在《餐桌上的中国史》中说宋代的草头羹是"清澈的汤"，可在"清澈的汤"里品味草头独特的香气。

为了这种独特的香气和儿时的迷恋，我多年追随时令节律，赶去菜市场蔬菜档口寻找第一茬草头，这种掐尖的草头越来越被人们所追捧，也因其能轻身健体、凉血排毒成为时尚地鲜。买来，焯水凉拌，赶紧尝一口，让春色荡漾在舌尖。也与切成丝的海蜇裙边一起拌，加蒜蓉、香油和生抽，入口细嚼，那唇齿间有丝丝缕缕的鲜甜香脆。若与千张丝相拌，用热油淋，一清二白，这是炝拌，也很清口。炒食的草头特别吃油，猪油煸熟肉丝，将草头拨入锅中，加少许酱油、白糖，用白酒激出浓香，均匀炒至草头柔嫩油亮，一盆酒香草头秀色可餐，活色生香。

有酒店大厨创新菜品，让草根与贵族相遇，酒香草头搭配椒盐龙虾，草头端庄地卧在米其林餐桌上，很抢镜头，也十分和谐。饕餮者应时令还做出刀鱼草头、河豚草头、蚌肉草头等菜肴。草头一步步走向美食盛宴。

草头炒牡蛎最春天，二月的牡蛎最是肥美，那是传说中东海宫女的乳汁喷洒而成的。在我家乡海边礁石崖上撬下来的牡蛎叫海蛎子，野生海蛎子颜色乳白中透出淡黄，也叫蛎黄。草头炒至断生后加入蛎黄，撒一点细盐翻炒出锅，不用任何辛辣料理，维护山海之香鲜，那可是神仙加持的美味，有空灵清雅的淡泊，又有繁华流动的绚丽，是真正的"白玉翠瑙"。

也就那么短暂的一个多月，是草头的高光时刻。再过半个月，家乡的春菜专属区就要撤了，我这周末赶去找草头，只要十五元一斤。看它的茎粗了，叶子有点打蔫，摊主说买一把切去一半也很嫩的，这也许是我今春最后一次买草头。

我知道，随着惊蛰春雷始鸣，春耕开始，草头或碾于地底，或风卷残云于牲畜之腹。它在春天消逝，了无踪迹，等待来年，再见一片青绿时，仍意气风发。

夏日清欢苦麻菜

都说一部《诗经》半部"吃经",在《诗经》流传下来的三百多首诗歌中,有野菜春蔬,有稻黍稷麦,有喜怒哀乐。"谁谓荼苦,其甘如荠。宴尔新昏,如兄如弟。"诗中女子回想新婚燕尔的美好时光,吃苦涩的"荼"菜也甘之如饴。荼菜与《诗经》一起流传下来,与时光同行,在岁月中繁衍生息。

荼菜即苦菜,在我国分布很广,形态各异,是菜也是药。作为菜,从北到南,它至少有二十个名字,苦麻菜、野苦菜、苦苣菜、苦荬菜、天香菜等,大多带有第一味觉苦的特征;还有重口味的"白马尿"、比较吓人的"蛇虫草"、霸气的"将军菜"等称呼。作为药,它被称为荼草、

苦麻菜

游冬、败酱草……民间称它为救命草、陷血丹、墓回头。

小满近时，春天的荠菜、马齿苋、马兰头、鼠曲草等春菜，如荼蘼花开花事尽，三春过后芳菲了。它们告别春天，也告别饕餮的味蕾。唐朝诗人元稹提出灵魂的拷问："小满气全时，如何靡草衰……向来看苦菜，独秀也何为？"为什么小满时节草都枯萎了，苦菜却独自临风摇曳生姿？他其实是在关注苦菜，赞美苦菜，感叹大自然的枯荣。想必他知道夏至青蛙呱呱，蚯蚓松开板结的泥土时，长在山沟、河边、山地、荒林的苦菜，会铆足劲地生长。到了立夏，更是一发不可收地蓬勃着生机。

南宋诗人叶适《后端午行》中有"日昏停棹各自归，黄瓜苦菜夸甘肥"一句，写出了宋人的饮食文化气氛。端午时节，朋友们一起吃黄瓜苦菜，论甘甜肥美。可见苦菜在宋代已是时令美味。

苦菜有文字记录已两千五百多年，但直到20世纪90年代才进入志书，在《中国植物志》第七十三卷，它以"败酱"的名字登堂入室。

苦菜在我家乡台州俗称苦麻菜，也叫萌菜，因为它长得胖嘟嘟，十分茂盛。在物质匮乏年代，苦菜是山区人民充饥的粮食，故有俗语"山区人二件宝，柴株当棉袄，萌菜当肚饱"。

初夏，台州仙居、临海一带山野，苦麻菜生机勃勃，与此同时，长在树上的黑炭杨梅、东魁杨梅也你方唱罢我登场，热闹非凡。

今年端午节前一天晚上，我正操心小长假这几天吃什么，有什么时蔬可做美味，朋友送来一大袋苦麻菜。说自家园子里摘的，杨梅吃多了容易上火，这菜能败火，焯水后想怎么做都可以。

杨梅是我喜欢的水果之一，时令性强，又不容易贮存。我限定自己每次只能吃五个"乒乓球"（东魁杨梅跟乒乓球一样大），但那酸甜香脆的滋味总让我欲罢不能，吃多了早晨起来眼睛干涩，苦菜正是及时雨。

苦麻菜乍看很像油麦菜，但菜叶颜色比油麦菜浅，叶脉清晰，背面是灰绿色的，茎梗挺拔，靠近根部茎叶带有暗紫色，叶片薄而柔软，圆弧状披针形，叶柄背面凸出，由叶尖到叶根逐渐变粗，大片的叶子像芭蕉扇，小片的像鸡毛笔，有一股雨后天晴旷野的芳香气息。我已多年没吃到家乡的苦麻菜，顺手"噗嚓"一声折一段茎梗，脆生生的嫩，掰下一小段抵在舌尖上试探着咀嚼，苦汁迅速占据我的味蕾，但苦度适中，带有清香，回味时有略有甘甜之水在口中盘桓。这么肥大的苦麻菜，必定是由朋友亲手播种和照料。

不负卿心不负君，在三天假期我做了三款苦麻菜，做出欢喜心情。我喜欢刀切苦麻菜毫无阻力的快感，也爱看它焯水后漂于冷水上丝绸般的轻柔，更有新菜烹制成功的成就感。端午节那天下了功夫，推出苦麻菜草鱼片滚豆腐汤，汤水清碧澄澈，味道鲜甜爽口，嚼菜梗发出吃甘蔗似的"咔哧咔哧"声，似在互祝端午安康，很是应景。第二天我烹热油下姜蒜，用布满"冰花"的皮蛋做了上汤苦麻菜，以菜叶为主，清香滑嫩。第三天，把苦麻菜切得细碎，把丁香鱼油爆，加香油、小米椒拌起来，码冷盘，色泽妍丽，又很下饭。那些天，我不时模仿《倚天屠龙记》中王难姑的语气，对家人说："尽可以多吃点杨梅，你们肚子里已有平抑肝阳、清除心火的解药。"

说起苦菜的药用，民间口口相传的"墓回头"最能见其功力。话说旧时一郎中行走江湖，遇见一众人抬着棺材去坟地。郎中见棺材里滴出鲜血，上前问询，得知是女子产后失血而死。郎中说还在滴血说不定有救，家属立即打开棺材。一番诊脉后，郎中告知家属女子是昏死，也就是假死，就试着用一种野草熬出浓汤，灌入女子口中，几番努力后女子起死回生。故事中的野草就是苦菜，能让"死者"从墓地回家，故叫它"墓回头"。

药书《神农本草经》《本草纲目》中均有关于苦菜的记载，苦菜全草入药，有清热解毒、活血凉血的功效，能治咯血、崩漏等凶险急症，针对虫咬、痈肿疮疖可外敷使用。现代医药进一步研究出苦菜的食疗功效，说它能清肝明目、降低血压、预防动脉硬化等。

　　苦菜在我国食物史上承担了救急、度荒的使命，在食疗和食用的加持下，成为餐桌上"旧瓶装新酒"的时蔬，也成为传递情感的馈赠。初夏吃苦麻菜，吃的是山野之风、田园新味；盛夏更要吃苦麻菜，吃出阴阳平衡、身心俱清。

　　乡人在苦麻菜结出薹时，刮下节杆上的皮炒来吃，说比鲜嫩的苦麻菜叶还好吃。结籽时留下种子，带到儿女生活的上海、杭州郊外播种，种子随风飘送，生根发芽，繁殖力强，生命力旺盛。杭州九溪十八涧附近的一条田埂上，就有一道苦麻菜的风景线。

回家做饭

第四辑

人间有风味

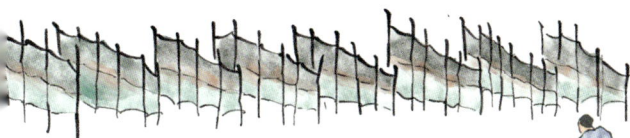

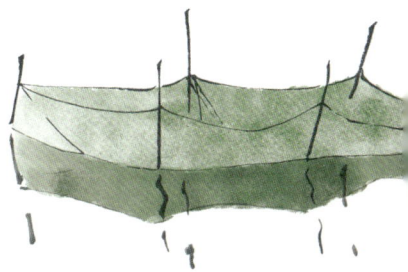

梭子蟹·敲门砖

玉环的梭子蟹如今是一张美食金名片，向亲朋好友们发出热情邀约：花香蟹肥，快来玉环吃梭子蟹呀！在某个历史时期，玉环坊间传说梭子蟹是芝麻开门的"敲门砖"。

一

玉环人口语中的蟹一般指梭子蟹，立秋前后开始捕捞。白露以后梭子蟹变得肥美，蟹肉丝丝缕缕，莹白生辉。到了冬月，母蟹开始长膏，黄膏金液，呼之欲出。天越冷，蟹肉蟹膏越发鲜甜。李渔说得好："蟹之鲜而肥，甘而腻，白似玉而黄似金，已造色香味三者之至极，更无一物可以上之。"梭子蟹也是玉环人心目中鲜甜的金字塔尖。

玉环人烹制梭子蟹很内行，要原汁原味就干蒸，而不是隔水蒸。以前土灶上的铁锅很大，在铁锅里倒小半碗水，放几片姜，把碗倒扣于锅底，盖住水，让一只只螃蟹腹部朝上，仰面躺在瓷碗的四周，再在蟹肚上撒点细盐，如月下轻霜，一次可以干蒸出十几只螃蟹；现在家庭燃气灶上的锅小，可以让蟹构成三角图，或四角图，相互支撑，锅底留有一个小空间，不加水，再层层上叠；若蟹不多，就让蟹四仰八叉直接躺在锅上。不管哪一种，都盖上锅盖起火，待蟹香喷涌而出，就转很小很小的火，直至闻到焦香味，立马关火。揭开锅盖，螃蟹没有一点水汽。把蟹一只只扶起来，翻转到正面，熟蟹比生蟹丰满些许，蟹盖如雕，眉目毕具。

家乡人喜欢把梭子蟹码在一个雕龙画凤油漆彩绘的木盘子上，或竹编筐子里，男人们相约持螯把酒，杯觥交错。

二

我乡人性格豪放、不拘小节，喝起酒来大有李白"人生得意须尽欢，莫使金樽空对月"的洒脱。几人在酒馆喝酒，喊每人来一箱啤酒，结果服务员给每人拿来一听啤酒。错了，量词是箱。吃起蟹来，却是从容自如，一副按辔徐行的样子，一只蟹可以吃上四个小时。

过去，玉环和温州之间往来的交通工具是轮船，从玉环坎门或大麦屿码头到温州港码头，都需四个小时。一只螃蟹让枯燥的旅途变得浪漫而悠然。掀开红亮的蟹盖，掏出蟹胃和蟹鳃，用双唇吮吸蟹胸凹槽中半流质膏，那一口鲜，如瑶池甘露，需闭目销魂片刻；再把蟹从腰身处折成两半，用手把蟹拆卸，扳脚、分腿、挑肉，循序渐进，从后腿肉，到小爪上棕色软壳内膜裹着的管肉，直至蟹钳藕鞭般白嫩的肉和蟹螯关节那块小菱形肉，一一剔出，细细咀嚼；最后用蟹钳收拾蟹盖，连蟹壳两个尖角上的膏都完好无损、很有型地挖出来。就这样，持蟹呷酒，四个小时吃完一只蟹，尽享其美，不知不觉中船靠到了温州码头。

三

玉环资源禀赋欠缺，地理位置偏远，交通相对落后。但玉环人头脑灵光，不畏辛劳，敢闯敢冒。改革开放拉开序幕，玉环的追梦人便跃跃欲试，背上行囊，走出玉环，如执着而坚毅的淘金者，奔向东西南北。

那时，出远门乘绿皮火车，远的要坐两三天，近的也要一天一夜。逢冷天，干蒸的螃蟹容易携带和保存，常有人带上几只食用，也聊解旅途的寂寞。

在火车上除了睡觉，基本上就是坐在下铺或车窗边的凳子上。玉环人基本能讲三种语言，又热情豪爽，遇到意气相合的，就在逼仄的车厢里天南地北地聊。到饭点时，拿出携带的螃蟹，打开红彤彤的蟹盖，展现黄澄澄的蟹膏，露出白嫩嫩的蟹肉。那时，内陆人大多没吃过梭子蟹，甚至没有看过，十分好奇。问这是啥东西，我乡人马上递过

梭子蟹

一只，一尝便觉是天外之物，连连感慨，就像《金瓶梅》中的吴大舅："我空痴长了五十二岁，并不知螃蟹这般造作，委的好吃。"于是取出糟烧，一起临窗剥啖，一来二往，逸兴遄飞，互留地址，成为朋友。

奇迹就是在情景反复出现时产生，类似于我们说的遇见贵人，到底是东北重工业基地还是西南国企的采购科长，还是黑龙江五联市某重型机械厂的领导，民间各有说法。总之，这就是鱼交鱼，虾结虾，蛤蟆找到蛙亲家。对方说你跑供销，我要业务，不是正好吗？

外出闯荡的玉环人有集体企业下岗职工，有个体工商户，还有村干部和曾经闯荡大海的渔民等。敢出来的都有两把刷子。据口口相传，有一渔民只要看到对方需要的机械配件，就能把它画下来，画得十分精准。返乡后靠手功架刀口，内齿外齿，分毫不差，做出来的样品令对方十分满意，最终结下"秦晋之好"，合同单子纷至沓来，抢占了市场先机，汽配企业从小螺丝到曲柄连杆、轮轴、离合器片、制动和减震配件，一步一步发展起来。老家人还会指名道姓，说某某汽配企业老板就是在火车上靠一只螃蟹捞到人生第一桶金的。这当然是榆枋之见，但梭子蟹在某个特定时空确是传递玉环人热情慷慨的分享精神和创业拼搏勇气的媒介。在 20 世纪 80 年代初期，玉环私营企业和股份制企业如雨后春笋般冒出。当今，玉环"汽配王国"进一步开疆拓土，"中国阀门之都"已载入玉环制造业史册，昔日偏僻的海岛县正成长为工业强市、活力之城。当年"淘金者"的背影，仍熠熠生辉，他们求变的精神，在时代的浪潮中接力……

我曾想，到底是谁带着梭子蟹坐绿皮火车与大企业结了"亲家"，答案并不重要。也许吃螃蟹的供销员从来就没有偶遇过"贵人"采购员，传说只是民间的美好愿望，凸显梭子蟹作为海鲜在老百姓心目中的位置。毋庸置疑的是，玉环人确实是敢吃"螃蟹"的人，有敢于抢抓机遇付诸行动的勇气。

休渔期后，玉环泊港之船，千帆竞发，第一网梭子蟹带着浓烈而深厚的海洋之味上岸。是人们盼望已久的海上来客，也一直伴随神话般的发家致富故事流传着玉环人的传奇。

鲥鱼速递

　　鲥鱼风姿绰约，鳞片银光闪烁，鱼肉甘肥鲜美，集颜值与美味于一体，被称为"鱼中之王"。它最珍惜自己的鳞片，如孔雀爱惜自己的羽毛、人守护自己的节操。清代饮馔巨著《调鼎集》描述鲥鱼："其性爱鳞，一与网值，帖然不动，护其鳞也。"它一旦落入渔网，绝不挣扎逃脱，以死来维护雍容华贵的形象，其倔强与决绝真算得上"鱼中贵族"。

　　鲥鱼与河豚、刀鱼并列为"长江三鲜"。每年初夏，鲥鱼洄游到长江口，经过上海、江苏、安徽和江西，由鄱阳湖进入赣江，抵达峡江江段产卵繁殖，夏末秋初回归大海，年年准时无误，因此被冠名鲥鱼。

　　长江上曾出现空前繁荣的鲥鱼捕捞盛况，后江河日下，由盛转衰。1994年，张姓渔民在安徽境内长江流域捕捞到两斤重的鲥鱼，从此野生鲥鱼绝迹江河。

　　东汉名士严子陵，浙江余姚人，在京城太学与刘秀少年同窗，关系密切。刘秀成为东汉开国皇帝后，念子陵才华横溢，可助自己一臂之力，急请至洛阳，要授以谏议大夫。严子陵坚辞返乡，说江南的鲥鱼太好吃了，实在不能舍弃。这个理由似乎很充分，光武帝刘秀恩准。严子陵一路南下，与富春江结缘，从此归隐在江边钓鱼。李白十分羡慕，写下"昭昭严子陵，垂钓沧波间。身将客星隐，心与浮云闲"的诗句。

　　北宋词人王琪对江南饱含深情，他写了《望江南》十首，吟咏江南的风物。在《望江南·其二》中有"青杏黄梅朱阁上，鲥鱼苦笋玉盘中。酩酊任愁攻"之句，他认为江南的鲥鱼要配浓酒，躲于深巷，大口喝酒，细品鲥鱼，乃人生之大乐。苏东坡称鲥鱼为"南国绝色之佳"。《金瓶梅》更是把酒糟鲥鱼写到极致，除馨香味美、入口即化、骨刺皆香外，说其吃到牙缝里，剔出来都是香的。北宋音乐家彭渊才与张爱玲相隔千年，只因同一个"恨"字达成一致，彭渊才恨鲥鱼多骨，张爱玲恨鲥鱼多刺，都是爱极生恨。

这样的珍馐，被皇帝爱上，那不是几句诗，或"一蓑一笠一扁舟"就可以解决的，而是要搞出惊世骇俗的大动静。今日之物流、快递、冷链，都师出有门。

明太祖朱元璋的青春年华有三年是在流浪乞讨中度过的，二十五岁参军抗元，四十岁建立大明王朝，开启了爱惜民力、奖励垦荒、抑豪强、惩贪官的洪武之治。贤内助马皇后更是有口皆碑，生日宴带头节俭，四菜一汤，主打豆腐青菜，成为后宫典范。但他们也有舌尖上的爱，为了吃上鲥鱼，经常差人去当涂至采石一带，取横江鲥鱼，而且鲥鱼时令期每天都吃，烹饪方法是清蒸，原汁原味。

南京与当涂相距七十多公里，无论走陆路还是走水路，几个小时就能抵达南京大明宫，点对点鲥鱼快递一步到位，不显山露水。

朱元璋去世后，儿子朱棣从侄儿手中夺取皇位，几年后迁都北京。一直在北方征战的朱棣对鲥鱼也是情有独钟。朱棣不仅要成为太祖治国精神的杰出传承者，还要好太祖所好、承太祖家风。朱棣年年以鲥鱼祭拜太祖，表达孝义，同时也关照了从南方迁到北京的皇室贵族官僚的胃，一石三鸟。

朱棣果断在南京成立了一家国有鲥鱼厂，负责鲥鱼揽收、储存、包装、分派。鲥鱼厂拥有完善的组织机构，由太监统一掌管。南京至北京，以现在高速公路计有一千多公里，明清时翻山越岭，算起来有两千五百公里左右。鲥鱼繁殖产卵的旺期在农历五月初。五月天气已转热，一路快马加鞭，每隔三十里有驿站可换冰保鲜，一个月才能抵达北京。如走水路，顺着京杭大运河日夜兼程，也需多日。

为了快速运输鲥鱼，明朝建立水陆物流专线，投入大量人力物力疏浚河道、布置驿站。七月初一要用鲥鱼贡奉列祖列宗，若有耽搁，兹事体大。

据《大明会典》记载，南京每年有一百六十二艘海鲜船前往北京进贡，其中冰船四十六艘，运输鲥鱼的有十四艘。

至明万历年间，鲥鱼配给也仅限于高级官员。万历文献记录，首辅张居正获赐鲥鱼六尾，次辅四尾，尚书以下不享有特供。

明朝几乎所有皇帝都无法抵抗鲥鱼的美味，祖传就好这一口。现在科学研究有惊人发现，说肠道菌群决定宿主想吃什么。这么说来，朱氏皇家世世代代的肠道菌群都急切需要鲥鱼，怪不得最后死于煤山的崇祯皇帝，在朝野将倾之际，宁愿用私房钱买鲥鱼也不愿用作军饷，多么诡异！

从永乐十九年（1421）朱棣迁都北京，到朱由检崇祯十七年（1644）自缢煤山，明代的鲥鱼速递至少延续了二百年。

如果说明朝皇帝对鲥鱼的执着是舌尖上的记忆、是乡愁，那么清朝的建立者，作为马背上民族，威武彪悍，草原上的野味才是他们的口腹之欲。但清兵入关定都北京后，仍然沿袭明朝的进贡制度，他们也很享受"鱼中贵族入骨鲜"的鲥鱼，康熙皇帝对鲥鱼的喜欢更是有过之而无不及。清朝在明朝的基础上，在南京建起更大的冰窖。五月初，鲥鱼一上岸，好马好骑手便日夜兼程、快马加鞭，驿卒马匹沿途更换。

清人在箱子外封上猪油，箱子里的冰块不易融化，比之现在泡沫箱上贴密封胶带，保鲜效果肯定更好。猪油裹箱子，真是不惜血本啊！

康熙年间，宏伟壮观的三千匹马一路更替，竟然能在三天之内把鲥鱼送到紫禁城，速度惊人！但民怨沸腾，有诗文记载鲥鱼陆运情景："江南四月桃花水，鲥鱼腥风满江起。朱书檄下如火催，郡县纷纷捉鱼子。大网小网满载船，官吏未饱民受鞭。"

康熙二十二年（1683），山东官员张能鳞进谏，请求朝廷免贡鲥鱼，以免民不聊生、劳民伤财。康熙遂下令取消鲥鱼进贡，鲥鱼快递偃旗息鼓。

乾隆皇帝是驴友加吃货，爷爷都享受了，孙子怎么办！有办法，自己到江南去，多待些日子。他一生六次下江南，出发前都会下道上谕，意思是我除巡视河工、阅兵祭陵外，还带着嫔妃，甚至还有皇太后，你们知道怎么办的。第一次从北京出发，从绍兴回銮，共一百一十二天。第二次带着母亲历时一百多天，最远到达嘉兴。《浙江通志》记载，嘉兴府，鲥鱼最称上品。这应该不是巧合，工作之余要好好品尝江南鲥鱼。李斗著《扬州画舫录》记录乾隆下江南时扬州大厨为随行百官置备满汉全席，不可能没有"鳞品第一"的鲥鱼。

明代有"白日风尘驰驿骑，炎天冰雪护江船"，清代有"驿亭灯火接重重。山头食藿杖藜叟，愁看燕吴一烛龙"，都只为速递鲥鱼。

现在在餐桌上吃到的鲥鱼，基本是人工养殖。酒酿鲥鱼、红曲鲥鱼、清蒸鲥鱼、明炉鲥鱼等都是带着鳞片烹制，同样肥腴甘醇、鲜美无比，连鱼鳞都被抬举为"一口鲥鱼鳞，胜过甲鱼裙"。

春暖花开蛏子肥

清朝经史学家、浙江嘉兴人朱彝尊"生有异秉,书经目不遗",一生著述等身,但饮食文献仅《食宪鸿秘》上下二卷。在十五篇《鱼之属》中,蛏鲊跃然纸上:"蛏一斤,盐一两,腌一伏时,再洗净控干,布包石压……"详细描述了腌蛏子的配料、工艺及可食用时间,可见蛏鲊为朱彝尊所爱。

曹雪芹的爷爷曹寅是朱彝尊几十年的挚友。曹寅也爱研究美食,编写了《居常饮馔录》。这本书我没看过,不知是否有蛏子制酢法,但曹雪芹在《红楼梦》第五十三回中写贾府田庄总管乌进孝年底来贾府进贡,走了一个月零两天的路,上交的年货单子里有蛏干二十斤。除蛏干外,海鲜干货只有虾干。

蛏子是海田里的荷花，虽浴泥而居，却也容易清洗，洗净后的蛏肉白嫩丰腴，被誉为"新妇臂""美人蛏"。因味道鲜美，营养丰富，又被称为"海里人参""小人仙"。

蛏子在闽南语中叫"滩"，与赚钱的"赚"字同发音。大年三十晚，我家乡人餐桌上要有蛏子，我外婆让我们每人都吃几个蛏子，寓意来年家里越来越景气，小孩长大了会赚钱，大人赚的钱一年比一年多。温州乐清方言，蛏与"清"同音，意谓家门清洁，大吉大利，在年夜饭中也不可缺席，全家人吃蛏，祈愿新的一年吉祥顺利。宁波宁海、奉化一带过年也常吃蛏子，吃出称（蛏）心如意的好光景。

蛏子确实好吃，不仅过年要吃，其他重要的日子也想尝一尝。咸卤浸泡的蛏子，曾是贫寒岁月的恩物，人们在欢庆时刻也惦念它。

蛏子在不同的季节有不同的味道，有香甜、鲜美、清口时，也有不时不食时。

清明到立夏，是蛏子的旺季，这时节的蛏子肉质饱满紧实，长得粗壮。老蛏壳厚，呈棕黄色和锈红色，纹路深

且清晰，洗净后用刀轻轻
开一下脊背上的筋，不要
让水溅出，再一排排竖立
在器皿里，整整齐齐，如
陈列的兵器，切入姜丝，
倒几两黄酒，开火清炖。

酒炖蛏子

酒炖蛏子肌肉结实，很有嚼劲，鲜甜中弥漫香气，加上黄
酒为引，口感愈发复合，是补身子的佳品。

立夏以后的蛏子偏小而瘦，小有小的味道。小蛏子是
新蛏，壳薄，水分足，十分鲜美。小蛏子咸腌更容易受味，
特别适合在出汗多的夏日吃。可以吮吮外壳，吸吸咸鲜的
卤汁，有的人不用动手剥壳就可以把蛏肉吸出来，几个咸
蛏美美地下一碗饭。

七八月份的蛏肉也肥美。因为气温高，鲜蛏子难以久
存，虽是时令，但价格便宜。读小学初中时，暑假由我负
责买菜，我买回来的蛏子都是两毛五分钱一斤，少泥，比
较清爽，又不胀水，两条晶杆缩进又伸出。一锅米粉汤放
几两蛏子，鲜味陡然升华。

最开心的是家长做麦条。将面团在八仙桌上擀出周圆的面饼，面饼有半厘米厚，用刀划成一片片，片宽二十厘米左右，撒一点麦粉，把它们叠在砧板上切成一厘米宽的长条，俗称面仔糕。这样的麦条既有面的滑嫩，又有糕的嚼劲，麦香浓郁。在汤料中加入绿豆芽和蛏子，一家人吃得可痛快。这曾是我来回走路一小时买菜的动力。

蛏子在白露前后抱卵，在寒露前后产卵，这时的蛏子

海水养殖

口感不好，吃到生殖腺器好像在嚼豆腐渣。繁殖以后，雌雄同体的蛏子瘦了身，虽然肉质不饱满，但水汪汪，像净过身，很清口。

冬至前后，蛏子又肥美起来。过年前，养蛏人家要把蛏田里的蛏收完。我年少时见有些讨小海人会去捡蛏子（收蛏时遗漏的），因为冬季寒冷，蛏子在泥田里钻得很深，收蛏子后泥土会松软，潜伏很深的老蛏爬出来，见之如获至宝，仔细寻找也会收获一些小蛏子，得之也十分欣喜，类似农民割完小麦后我们小孩去捡麦穗，这样的劳动也是对自然之物的珍惜。

蛏子可葱姜油爆、蒜蓉蒸、铁板烧、盐烤、水煮等，还有很多别出心裁的蛏肉创意菜，但我最喜欢吃的是蛏羹。把蛏子剥开，掏出蛏肉沥干，加薯粉和姜、葱、蒜等配料揉成粉团，蛏肉上只裹一层薄薄的薯粉；刚才沥出的蛏子水派上用场，和水一起放在锅里烧开，增加汤水的鲜度；

蛏子肉

把蛏粒划入滚水中，抓一把芹菜或几株香菜提味，蛏肉羹汤晶莹剔透、鲜甜清口。有些人怕麻烦，直接把蛏子放在沸水里煮，蛏子打开两扇大门，凉后取出蛏子白肉，再将蛏肉与薯粉交融。这样的蛏肉和薯粉互不买账，做出的蛏子羹，一方面缺了鲜味，另一方面汤也变得拎不清了，黏糊糊的。

现在蛏子大面积养殖，蛏子肉晒干很普遍，常用于包扁食、做咸馃、炖汤、炒咸饭。我想《红楼梦》中的二十斤蛏干大致也是这般用途。

锦衣夜行金线鱼

　　八仙中的何仙姑，喜欢缝缝补补做针线活，那年参加白云仙长召集的赏花盛会，从蓬莱仙岛返回时，针线包中的一卷金丝线不小心落入水中，正巧一条鱼经过把线给接住了，从此有了披红挂金的金线鱼。这个民间传说很仙，也很接地气。

　　金线鱼也称黄线、红衫、红杉鱼、金丝鱼、红哥鲤、钓鲤等，我觉得这一串名字都不足以体现金线鱼的美。金线鱼的眼睛楚楚动人，眼球饱满，眼膜清澈，如一汪碧潭。八条橙黄色或金色侧线贯穿鱼身，其中两条伸至尾部鳍棘，这是东海鱼类中从未见过的纹饰。背鳍的玫瑰红色衔接着背侧，逐步过渡到腹部的粉红。鳞片紧贴鱼身，栉鳞漂亮齐整、熠熠闪光，如婀娜的身材穿上感光面料的紧身服，健美的肌体像是海洋世界中的撸铁者，玲珑有致，十分性感。

仙人仙线装扮了金线鱼，它在海里非常低调，锦衣夜行。白天潜伏栖息在石块较多的海底，深度可达八十米。夜间出来寻觅甲壳类、头足类及小鱼小虾，以及水生植物的种子，喜欢生活在植物比较丰富的海域，荤素搭配，善于自我管理，应该是鱼类世界中"别人家的孩子"，颜值比你高，还比你努力。

家乡坎门小镇有句口头禅，"鳓鱼炘菜脯，好吃不分某"，闽南语念起来很是押韵，"某"就是闽南语中老婆的称呼。大地有三月桃花红千树，四月蔷薇爬满墙；海上有三月鲳鱼熬蒜心，四月鳓鱼勿刨鳞。在人间最美四月天，是银刀弓背的鳓鱼最肥美的时候，这时节的鳓鱼与腌制过的萝卜干一起煨，汤鲜肉美，以至于连最亲密的老婆也不分一杯羹，男人因此偷食。这般诙谐场景，叫人忍俊不禁。

渔家女子可伶牙俐齿了，比鳓鱼更好吃的鱼在此呢，马上怼过去一句："必香不分厷。""必香"是乡人对金线鱼

金线鱼

的称呼，应该缘于它烹饪后的浓郁香气。"尫"是古汉语"老公"的沿袭。这句乡人乡语与闽南名谚"肉油（猪油）煎巴浪，好吃不分尫"相呼应。女子说我要做必香吃了，但配什么、怎么烧都不告诉你，馋死你。但小女子敢说不与夫君分享金钱鱼，底气又从何而来？

这就是我家乡闽南语飞地的文化特色。中原汉人于西晋、唐朝和北宋末年三次大规模南迁至粤闽等地，明清时一部分人又陆续从闽南迁徙到玉环、温岭沿海，黄河、洛河的文化和海洋文化碰撞出"必香不分尫"这朵浪花，是中原的大气与大海的豪气汇聚而成的气魄。

汪洋大海，万千风味，必香鱼到底有多好吃？鲜嗒嗒的金线鱼做成闽南式酱油水菜式，无须很多佐料，只用最普通的葱姜蒜足矣。鱼整治干净后，下油锅稍煎，要用猪油，将调配好的酱油水往鱼身上浇，煮开入味后收汁，不能过久，以免肉质变老。揭开锅盖，鱼肉分解出来的各种蛋白质、氨基酸的鲜美之气，劈头盖脸地袭击而来。盛在鱼盘趁热吃，鱼肉蘸浓稠的汤汁，每一口都滑嫩鲜美，入口后就想咽下去，涎水川流不息，怎舍得与人分享。待到菜都烧好了大家一起坐下来慢慢吃，那"必香"浓香之味必定打了折扣。

加豆腐炖汤也是金线鱼的家常做法，起锅前加一把芫荽、一勺猪油，芫荽有辛香，适合配鱼汤，猪油锁着汤的热气，这样喝汤吃肉，全家其乐融融。

清蒸金线鱼最能保持其颜值，不刮鳞，不剖肚，八条金黄色侧线仍镶嵌着鱼的美丽身姿，只用一双筷子从嘴巴伸入，挖出鱼鳃并巧妙地卷出内脏，清洗干净后，控干水分，抚上一层细盐，把配料洗切干净放在油锅中炒香，再把香料均匀地铺在金线鱼的鱼身上，隔水清蒸。出锅后用筷子揭去成片的鱼鳞，白嫩嫩的鱼肉露了出来，再把头骨一提，鱼肉卸骨而落，原汁原味，芬芳无比，吃起来也十分雅致。

民间饮食教父张新民说潮汕是中国美食的孤岛，没有比鱼饭更美的食物。潮汕渔民的鱼饭，类似于岱山三鲍鳓鱼，一道鱼饭能显示出潮汕人的味蕾风味，最能代表潮汕渔乡的本质，也征服了无数老饕。

这种烹饪方法很适合金线鱼，更适合爱干净又贪恋美味的人，没有一点油烟，只需一瓢水一撮盐，便是"鱼趣横生"，是由繁到简的美食工艺。把金线鱼放入盐水浸泡后，在高浓度盐水里大火蒸熟。家庭烹饪可以直接把鱼没入盐水煮，高温盐水能让鱼肉紧致，并吸收盐分。根据季节放凉几小时，鱼肉丰富的胶原蛋白和油脂发生了化学反应，形成了一层特殊的胶质，有独一无二的风味，鱼肉紧致，咸香中带有甘甜。

话说回来，无论是"鳓鱼炆菜脯，好吃不分某"，还是"必香不分伫"，绝对不是夫妻间争吃打闹、相互夺食，而是我乡人对美味的演绎，更是对金线鱼又通俗又形象的抬举和赞誉。金线鱼让女人的味蕾沦陷，也引诱了男人的味觉，现在家乡有新的口头禅，叫"男人一生必吃金线鱼"。

近日，我在菜市场徜徉，鱼档上，几条金线鱼张着的嘴上还挂着钓钩，如落羽红杉，如霞光霓彩，这是海钓人从深海捎来的一抹靓丽，在火热的夏日，一场艳遇开始。

钟情蛤蜊

一

蛤蜊是双壳软体动物，历经地球无数物种的灭绝和新生，于沧海风潮中，繁衍的力量势不可当。它在不同海域韬光韫玉，显示不同的形状和色泽，在同一海域也千姿百态、斑驳陆离，令人着迷。它具有旺盛的生命力和强大的抗逆性，任海浪席卷、拍打，入泥涂进沙滩。它随潮流漂泊流浪，从北到南，从东到西，俗名"吹潮"，可见与潮水休戚相关。

蛤蜊古时称蜃，《本草纲目·鳞部》有文："（蜃）能呀气成楼台城郭之状，将雨即见，名蜃楼，亦曰海市。"古代人无法解释海市蜃楼的奇妙现象，就说是蛤蜊呵出的气变化而成的。还有许多远古传说给蛤蜊披上科幻般的神秘外衣。但蛤蜊确实身姿奇特，有小如指甲，有大重如牛，是地球上五大不死神兽之一。

尹烨说，假设地球只有一岁，一天就代表一千二百六十万年，地球历史可浓缩为三百六十五天。人类在最后一天的二十一时八分，第一次使用火。发现火可以照明、取暖、熟食、驱敌，随之人类摆脱了茹毛饮血的生活。这个时刻与蛤蜊又有什么关系呢？《韩非子·五蠹》记载，燧人氏时期，"民食果蓏蚌蛤……钻燧取火，以化腥臊"。推算起来，尹烨的基因研究与韩非子所述在时空上不谋而合，人类在学会用火时就开始熟食蛤蜊了。

二

炎黄子孙对蛤蜊喜好的一脉相承，是其他海洋生物少有的。从周代开始，历代帝王都留下了迷恋蛤蜊的痕迹。从《酉阳杂俎》说起，"隋帝嗜蛤，所食必兼蛤味，数逾数千万矣"，"君见其所欲，臣自将雕琢"。隋炀帝爱吃蛤蜊，御厨只管极尽厨艺。说不定大运河的开凿也在一定程度上满足了隋炀帝所好。

《杜阳杂编》载，唐朝第十五位皇帝唐文宗也是实实在在的蛤蜊粉，他嗜蛤如命，每日必食。有一天遇到一只打不开嘴的蛤蜊，若是现在，依我们的经验，知道是因为这只蛤蜊死了，所以遇热无感觉，开不了口，可唐文宗不知其中原理，要知究竟，上香礼拜，极尽恭谨。蛤蜊徐徐打开，呈现观世音菩萨梵像。文宗遂用金檀香匣盛装，覆以绫罗锦绣，后诏令天下寺院各立观音像敬奉。现佛道两家寺院中皆有观自在菩萨，道教观音的专用道号为慈航道人，说不定与当年文宗号令天下虔诚膜拜有关。

浙江萧山人贺知章的《回乡偶记》脍炙人口、千古传诵，他的《答朝士》也是诗之极品，"钑镂银盘盛蛤蜊，镜湖莼菜乱如丝"，言语间泄露了一个史实：蛤蜊码在饰有金银的盘上，那定是供王公贵族食用。寻根溯源，在唐代，蛤蜊是贡品，如同"一骑红尘妃子笑"的荔枝。浙江的明州和越州（宁波和绍兴），在唐代出产蛤蜊上品，从浙江进贡蛤蜊到长安，且要保鲜，这"钑镂银盘"可谓唐帝王嗜蛤的佐证。

"蛤蜊天下第一鲜"的美名据说来自明朝皇帝朱厚照。朱厚照微服私访，因为属下服务工作没做好，他在一个渔村饿

蛤蜊鱼胶汤

得肚子咕咕叫。正好遇上运蛤蜊的船靠岸，渔民以蛤蜊焯水招待，朱厚照边吃边夸："好鲜！真乃天下第一鲜也。"这比乾隆下江南吃到文蛤，御封"天下第一鲜"要早两百多年。《明宫史》记载朱厚照的孙子明神宗朱翊钧好蛤蜊，把炙蛤蜊列为自己常用的五菜之首；朱厚照孙子的孙子明熹宗喜欢把蛤蜊与鱼翅、燕窝、鲜虾一起烹食，可以给明熹宗冠以佛跳墙鼻祖的称号。

三

宋代是别有风花雪月的年代，却有无数文人墨客着迷于人间烟火蛤蜊，黄庭坚、杨万里、梅尧臣、吴芾、苏东坡、王安石、孔武仲、释了惠、释心月等均心系蛤蜊，一

再咏唱，留下无数诗词佳作。

欧阳修任扬州太守期间，修建了平山堂。平山堂地处高位，可遥望江南山川湖海。他与宾客坐在平山堂中，左手持酒杯，右手抢着吃蛤蜊，"共食唯恐后，争先屡成哗"，这场景似一群儿童抢食，得之欢欣雀跃。

沈括在《梦溪笔谈》中讲了一个笑话。庆历年间，翰林院众学士聚会，得一筐蛤蜊，兴高采烈，让厨师去做。厨师用麻油煎煮，煎了很久，色已焦黑，还未能烂熟，学士哄堂大笑。把蛤蜊当成羊肉呀，想必当时蛤蜊是送礼珍品。

黄庭坚送蛤蜊给李明叔，在雪屋里燃豆萁煮食蛤蜊，再来点小酒，多么痛快！李时珍从蛤蜊的营养价值角度出发，说其名源于"蛤类之利于人者，故名"，人们怎不趋之若鹜？

杭州钱塘人汪元量才华横溢，诗琴书画皆佳，历史上除了杜甫，第二个称得上诗史的就是他。汪元量在南宋末年元朝初始的颠沛流离岁月中，以诗的形式记下国之前后事，最后留下不问世事，且吃蛤蜊的《鹧鸪天》："花似锦，酒成池。对花对酒两相宜。水边莫话长安事，且请卿卿吃蛤蜊。"在他心中，蛤蜊是国破山河在的安慰剂、杜康酒，不知以"野水闲云一钓蓑"自称的他，纵情山水之时，吃了多少蛤蜊。

梁实秋同样以"神品"称蛤蜊，这种神品出现在1940年重庆的宴会上，连忧国忧民的正义先生陈寅恪也暂且放下心思，"食蛤哪知天下事，看花愁近最高楼"。国事沧桑，我还是先忘了吧，好好吃蛤蜊。

四

我也见识过今日嗜蛤如命的胶州湾人。2016年夏天，我在北京大学第三医院认识了邻床病友小纪。小纪明眸皓齿，肤色艳如桃花，丰腴雅致，光彩照人。这女子是病人？我主动与她攀谈起来，得知她是青岛人，大学毕业后与先生在北京创业，这次住院是做肾结石手术，问诊过几家医院，影像显示双肾长满了结石，最大的长在肾盏上，伸向肾盂，堵在输尿管连接处，发作起来疼得死去活来，只好来大医院手术。现在没有发作，怪不得毫无病容。出于职业敏感，我追问："你为什么会长这么多结石？""喜欢吃嘎啦（青岛人对蛤蜊的称呼）呗，文蛤、油蛤、花蛤，我都喜欢。"讲起蛤蜊，她一下打开话匣子，"红烧的、水煮的、炒的、烤的、辣爆的、油烩的，都好吃。青岛嘎啦甲天下，回一趟老家就拼命吃，在北京街头也找到一处是一处地吃。我知道嘎啦含有大量嘌呤，有些花蛤里还有细沙粒，容易导致肾结石，但我控制不住。在青岛与亲朋好友围坐在一起，就是喝酒聊天吃嘎啦。"

我想象不出这么优雅的女子在胶州湾的排档口，推杯换盏狂吃蛤蜊的场景。后来，她手术不顺利，留在医院再剐一刀。我出院前劝她少吃点蛤蜊，她点了点头。三年前，我来北京出差，电话联系她，她告知我自己又住院了，也是肾结石手术。她说自己一见嘎啦，伤疤没好就忘了痛，手术刀下已久经考验，就是挨千刀也改不了吃嘎啦的习惯。

蛤蜊，可以说是青岛的文化符号。科学考古发现，胶州湾人这种爱好已延续两千多年。在青岛的汉代墓群遗址发现了"积贝墓"，就是用各种蛤蜊贝壳筑墓。考古学家还原了一幅胶州湾汉代先民全家围坐，享用大海馈赠的图画。

五

　　我家乡玉环，在蛤蜊没有大面积养殖前，平常买来的野生青蛤，是二百多种蛤蜊中的名贵品种。一眼看去是青灰色的，在阳光下会散发紫色的光晕，壳上有一圈一圈弧形纹，从壳顶向两侧延伸，颜色由浅到深，又由深到浅，接近前端小月面，网纹逐渐清晰变白。这是它在大海中的生长线，如树的年轮。

　　蛤蜊洗净放入滚水，开口即捞上。用手彻底打开蛤蜊盖子，张口就把蛤蜊水汪汪肉吸入口。壳壁上还吸附着一小条长柱体的肉，如婴儿落地还与母体相连的脐带。这块肉柱是蛤蜊的枢纽，贯通前后闭壳肌。青蛤的肉柱似小型的江瑶柱，用手指把它挖出来，吮着指头一起吃，一丝丝，仿佛岁月清清浅浅的滋味。

　　青蛤蜊炖酒、做鸡蛋羹，是青少年时极为美好的味道。一碗青菜肉丝面，若扔进三五个青蛤，如妙笔生花，笔生龙蛇，面也鲜活起来。

　　现在家乡文蛤、花蛤养殖产量很大，以花蛤为盛，它虽是蛤蜊属种之一，但壳相对薄脆，个头偏小，菜市场上出售时都是泡在水里。花蛤无忧无虑躺在水里吐出两条白色晶杆，手轻轻一触，它立马警惕地缩回去，把双壳闭上，并通过水波发出警报，周围的花蛤便纷纷闭合。买者不知怎么下手，只好等一会儿，待花蛤们放松警惕了，把会吞吐的一个个拾捡来，如此反复。买花甲的小心是为了避免碰上死花蛤，或满腹是泥的空花蛤，爆炒或下汤时一不小心遇上一个，比一只苍蝇坏了一锅汤还严重。爆炒花蛤也是我家乡人喜欢的下酒菜，价廉物美。

青蛤过去还是家乡宴席上的压轴菜，当被厚食腻了口，一碗鱼胶蛤蜊汤上来——上面漂浮着碧绿青葱，已经放箸的宾客便纷纷举箸把勺，食蛤的食蛤，喝汤的喝汤，瞬间告罄。

从远古而来千万年不衰竭的蛤蜊，还会给人们创造惊喜。美国《纽约邮报》曾报道，新泽西州一对夫妇在吃生蛤蜊时吃出一粒圆白珍珠，价值不菲。若有这个机会，下一次应该留给小纪，她是如此钟情于蛤蜊。

网箱养殖

跳跳鱼：我从远古而来

一、潮起

三亿年前，地球属于石炭纪时期，恐龙还没有诞生，但两栖生物快速发展。青蛙作为典型的水生生物出现，它智商尚可，好奇心十足，向往能成功登上陆地，抢占地盘，为此努力发育出像"肺"的器官，适应陆地的生存环境，最终梦想成真，成为石炭纪时期可以生活在水源周边的两栖动物。

令人难以想象的是，很不起眼的跳跳鱼（弹涂鱼的俗称），石炭纪时期也已在地球上出现，成为两栖生物中的一员。它根据自身的生理结构，另辟蹊径，发挥皮肤和口腔黏膜的作用，摄取空气中的氧气。春去秋来，石火光阴。如今手指般大小的跳跳鱼三亿年前是什么模样，在巨型昆虫统治的年代它们是如何生存下来的，不得而知，但它们肯定是"适者生存、物竞天择"丛林法则的赢家。经过三亿年的奋斗、挣扎、博弈、蜕变，在全球近四万个物种濒临灭绝，平均每天有七十五个物种消亡的今日，它在世界上留存了二十五个品种，堪称神奇。

我国沿海弹涂鱼有三属六种。浙江沿海常见的有三种，分别是弹涂鱼、大青弹涂鱼和青弹涂鱼。它们跳来跳去，能跳出螺旋形的曲线，像滩涂上的舞者。为了分辨和表述清晰，就以跳跳鱼为这三种弹涂鱼的总称。感谢水产专家分门别类和饕口馋舌的分辨，否则很难区分它们。与其他海洋美味鱼类相比，文人墨客记录跳跳鱼的文字很少，也少有诗词吟诵流传。

唐代志怪小说家、宰相之子段成式，因其父亲官职的变迁，以及自己的官迁，读万卷书行万里路。从北方驰骋到江南，在浙江丽水、缙云，江西吉安、九江生活和工作过，他的志怪小说集《酉阳杂俎》有"弹涂如小鳅，头有

跳跳鱼

斑如星，潮退跳入涂中"之语，跳跳鱼难得一见登上文学大雅之堂。但以小泥鳅作为参照甄别，也说明它的知名度远不及泥鳅。浙闽沿海的史志中有寥寥数笔，冠以弹涂、泥猴、跳跳鱼等名。其名噪一时还得感谢《舌尖上的中国》

第二季，让更多的人认识和了解到这么低调的生物。三亿年来，这虾虎鱼科海陆两栖生物在地球上自娱自乐，逍遥自在，繁衍生息，堪称生物自我保护和与自然和谐共处的典范。我从小就喜欢它们快活的模样，也深得其舌尖上的享受。

二、弹涂鱼（弹涂郎）

弹涂鱼，浙江三门县人称之为弹涂郎。古代的官职有侍郎、员外郎，女子称丈夫为情郎、郎君，我们尊称别人家的儿子为令郎，还有新郎官、儿郎等。"郎"字用途广泛，以"郎"作为弹涂鱼的词缀，可见三门人对弹涂鱼的喜爱非同一般。

弹涂鱼有花斑，但头大身短，尾巴很小。双眼特别突出，像青蛙的眼睛。如果看到一个人眼球往外鼓，三门人就会说这眼睛长得像弹涂郎。弹涂鱼在我老家坎门叫花猴，因为我家乡人也统称跳跳鱼为跳猴。弹涂鱼虽然个子小，但肉嘟嘟的。潮水涨上来，它们喜欢趴在岩头上看世界，谁知道它看世界的同时有人在看它。我有一个同学，家住在海塘坝边上，白天上学，晚上会轻手轻脚，拿着手电筒，找这些在岩石上或滩涂水坑边悠然自在的观望者，弹涂鱼逃离瞬间，和风景一起收入蟹箨里。男同学会用灶火余烬把弹涂鱼烤熟，第二天把劳动果实带到班里，与同学分享，为此，他成了我们班的劳动委员。几十年了，我还记得他饭盒里散发出来的弹涂鱼焦香味。

弹涂鱼贪吃，一见鱼饵就上钩。钓弹涂鱼能手熟知它的德行，每每去滩涂甩杆子，总是准备充足的饵料，所以钓来的弹涂鱼肚子也特别肥大，因个头小，一斤也有三四十条。各地有各地的乡风民俗，三门人特别喜欢吃弹涂郎，肉质软嫩但油性不大。弹涂鱼的胆特别苦，做菜肴还必须去掉肚子里的肠胆，洗净后以红烧为主。用它做弹涂鱼干又另当别论了，一旦用稻草"燂"干，它的苦胆苦味便会消失，食用还有明目作用；讲究的还会用晒干的玉米壳"燂"弹涂鱼，味道更好。我们台州人喜欢把弹涂鱼干作为礼物，赠送给亲朋好友。

弹涂鱼还特别喜欢在港湾和咸淡水域游游逛逛，并有溯水的习性。利用这个特性，渔民将浅水区的水位排到低位，用吊网网住进水口，退潮时收网拉起网吊和网绳，将溯水集群于网中的弹涂鱼一网打尽。这种方式比较辛苦，但效益高。小时候跟着邻居去看张网，常分一袋子回家，让外婆烧煮起来下饭，味道相当不错。

三、大青弹涂鱼（花条）

顾名思义，大青弹涂鱼个头比其他两种弹涂鱼大，脂肪含量高，肉质口感肥嫩。它长得端庄周正，头尾宽度相近，身体修长。背侧深褐色，腹部浅灰色，背鳍上有两条青蓝色的纵带纹或黑灰色纵带纹，皮肤自带波点。最明显的特点是一眼看去，全身布满花斑，极像冰花，又让人想起小时候躺在竹床上纳凉，看到的夜幕上的满天星星。它竖起的背鳍，像帆，又像拉满了的弓。它跳起时，张开的鳍像京戏武将临战出场背上插着的"靠旗"，威风凛凛。

大青弹涂鱼双眼炯炯有神，还略带青色，侧面看去有蓝光闪烁，如混血儿的眼睛。仔细观察，大青弹涂鱼的颜值颇高，我乡人慧眼识珠，称它为花条，大致因鱼身的花斑像花一样好看。经三亿年的演变，大青弹涂鱼和其他弹涂鱼一样，胸肌十分发达，腹鳍合体为吸盘，可匍匐于滩涂、岩石、红树林，也可栖于河口、港湾。爬上树吃昆虫的跳跳鱼常被我家乡的渔人调侃为"飞上树的假鸟"。

大青弹涂鱼送礼很体面。产妇坐月子，亲朋好友抓鸡抓鸭来送礼，贴心的就会挽着小木桶，里面装上一两斤花条，慢慢吃能吃上几天。小孩胃口不开，买几两花条清炖，胃口就好起来；小孩尿黄尿或尿床，吃了也很有疗效。这是我乡人食疗的方子。一斤大青弹涂鱼一般有二十来条，它们在木桶里挤作一堆，动它一下就跳个不停，越动它，跳得越有劲。用粗盐洗去它们身上的黏液，皮肤变得十分光洁。用冰糖加姜片隔水蒸，会蒸出油汪汪的一层金黄，满屋飘香，很是诱人。玉环的跳鱼捞面，是"百县千碗·玉环东海之宴"中的特色美食。

随着沧海桑田的推进，野生大青弹涂鱼越来越少。水产养殖专家把大青弹涂鱼亲体取来，利用科学种苗技术，进行人工池养。嘴刁的我总是能吃出野生和养殖味道的细微差别，一个肉质软嫩，入口即化，一个肉质稍微硬实些。吃真是一门功夫。

四、青弹涂鱼（赤鲶）

青弹涂鱼被台州玉环、温岭、路桥及温州乐清一带人称为赤鲶，我听了几十年赤鲶，却不知道这两个字怎么写，花了好多功夫才寻问到这两个字。它是弹涂鱼中肉质最细嫩的品种，鲜中带甜，味道最好。青弹涂鱼苗条瘦细，宽嘴扁鳃，与大青弹涂鱼和弹涂鱼相比，如女子细嫩如笋尖的小指与男人粗大的拇指和中指的区别。并不是所有的生物都会随时光成长，青弹涂鱼与小白虾、黄梅童一样，不会长成大白虾、大黄鱼，它始终保持娇嫩灵活小巧样，我乡人称它为鲱仔，也叫扁嘴仔。

赤鲶也喜欢生活在滩涂或咸淡水交汇处，炎炎夏日，潮汐退后，辽阔的海涂成为它们撒欢的舞台，它们在这里健身、洗濯、求欢。青弹涂鱼背上没有耀眼的花斑，只布满比皮肤更黑的圆点，像无数排省略号。但它的背鳍比大青弹涂鱼色彩鲜艳，金黄条纹错落有序，双鳍对称，展开时划出优雅的弧形，极像漂亮的绸扇，又像孔雀开屏。

赤鲶眼睛圆，眼眶较小，但眼珠子不怒自威。夏日，我家乡的野生跳跳鱼以赤鲶最多。买赤鲶一般以两计算，因为小，买几两就有密密麻麻一堆。家乡的赤鲶可以连骨头都嚼碎咽下，不像大弹涂鱼还能吃出骨骼标本。

上一次我回老家，十几个同学相聚在一个酒家。从城市回到老家，在口福上颇受同情和照顾，他们都说我渴海鲜久矣，要给我补上。一大桌青蟹、水潺、梅童种种，最后上了一盆赤鲶烧咸菜。做东的同学以为我不识货，解释说这赤鲶是跳跳鱼中最鲜甜的，价格比大弹涂鱼贵一倍多。哪有吃货我不知道的呀！我有一次去海山乡临时菜市场找跳跳鱼，大的（大青弹涂鱼）卖四十五元一斤，小的（赤鲶）卖一百元一斤，问摊主为什么小的比大的贵，朴实的海山渔家人竟然集体讨论给我答案：小的叫赤鲶，是野生的，味道特别鲜甜，海对面的乐清人过端午节，一定要有一盆赤鲶炒咸菜上桌才够排场，也是包食饼筒时必买的，听说去年贵到卖三百五十元一斤……我把这些细节一一道来，一桌同学开心地说："那你就这盆菜写一篇文章吧！"吃人的嘴软，我笑着答应。

一方水土一方风俗，我认为咸菜是赤鲶的最佳搭档。

清明前后开吃食饼筒，有这道菜显得主人懂食材搭配，是家乡港南港北高度统一的食饼筒高级菜肴。近日在椒江一家菜市场购得几两赤鲦，舍不得当菜蔬，便用绍兴花雕加冰糖，配以党参、枸杞清炖起来，美美滋补养颜一回。

五、潮落

各种跳跳鱼的捕获方法十分相近，有根据其栖息 Y 形孔道的规律制作竹管诱捕的，有甩杆拉钩钓捕的，有张网捕的，还有一种用锄头挖。跳跳鱼一般在 4 月份交配，这时用锄头挖是最好时机。捕捉跳跳鱼能手马传贵告诉我，他一年中喜欢在两个时间段捉弹糊（这是他的习惯称呼）。4 月雌雄交配，用宽口的小板锄挖出一块泥土，一般都有两三根，雌体都已拖鱼子，特别肥，好吃得很。再就是七八月份，跳跳鱼很旺，天气又热，它们喜欢在洞里钻进钻出，最适宜钓捕，一次可钓三四十斤。我十分好奇问他怎么知道滩涂下有货的，他说有洞呀。有洞就有弹糊？不是的，这跟人家房子一样，家里有人住，会收拾，房子就干净；家里没人住，就结蜘蛛网。有弹糊鱼，泥洞孔口就十分光洁,特别是交配期,它们会把洞口磨得很光亮,下面做产卵室。产卵室不合雌性弹糊的心意,它就会另选交配对象。与现在男女朋友恋爱前,问对方有房否、在哪里,真有点相似。两栖动物还有这等讲究,真让人长知识。他还说钓来的弹糊可卖几十元一斤,锄头挖来的能多加二十元,主要是生命力不一样。

有一年,某摄制组听说三门有一个钓跳跳鱼的高手,丈八长的钓竿上系丈八长的渔线,渔线上挂五连钩,在滩涂上甩出钩杆抛开钓线,从发力到捕获仅用一秒。成排跳跳鱼在钓钩上活蹦乱跳。来回甩百来次,不停转换角度和方位,一天能收获四五十斤的跳跳鱼。摄制组想一睹钓跳跳鱼的绝技,为美食节目录制镜头。那一天,众食客、摄影爱好者及周围群众纷纷前来观看。钓者挽手甩臂,竹

弹涂鱼干

竿飞抛，甩了一个下午，一无所获，表演失败。

这是为什么？因为跳跳鱼很狡猾。别小看它，它的两只眼睛就是天然的雷达系统，双眼一直往外伸扩，感知周围的动静，视觉敏锐，对天空之物非常敏感。它除以海涂泥、矽藻类为食外，还快捕空中昆虫，不放过蚂蚱和蛾子。它尤其不喜欢热闹，那么多人过来，黑压压的庞然大物叽叽喳喳，动静不小，把我当猴耍呀！又不是虫子，那我宁可当泥猴潜入泥中享受泥油，才不上当呢。就这样，跳跳鱼灵敏的感官破坏了一场表演，留给自己生的机会。我想钓者也应该知道跳跳鱼的脾性，他可能没想到这么多人围观，长枪短炮和架起的机器让他骑虎难下。平时都是独自调息凝神，甩杆回线，没想到这泥猴子还真是屎壳郎爬玻璃——狡猾得很。

夏日晚上，用砖头和石块叠起一个野炊式的小灶，把一串串穿在竹签或铁丝上的跳跳鱼横铺在上面，燃起稻草烤，极像烤羊肉串。灰白的腹部和褐色的背脊都变成黑炭色，要用手不断地翻转跳跳鱼，使之受热均匀，又不能燂得太干。

跳跳鱼干用处很广，可炒米粉，可炖豆腐汤，可煮姜汤面。炒年糕时，放一把跳跳鱼干，有一种似乎从远古飘来的特殊香气。有一年我同学托人从海山买来一袋跳跳鱼干送我，一看是赤鲶燀出来的，窃喜。存在冰箱里从夏吃到秋，大多是在下半夜肚子饿时，来一把米面，加菜头丝、鳗鲞丝、跳跳鱼干，煮出汤鲜面香，吃得心满意足，一上床就睡，胖了七八斤，还站在电子秤上发微信，公布体重近一百一十斤，创本人体重最高纪录，以此感谢友人惦念和馈赠。

现在跳跳鱼干十分金贵，百元一斤也买不到真货。有不良商家用一种与跳跳鱼形状十分相似的泥鱼来充当跳跳鱼。表面上看黑不溜秋，难以分辨，买回来烧面炒糕，味道完全不同，知道受骗上当，以后买跳跳鱼干十分谨慎，一般托熟人买才放心。

汪洋大海，万千风味。跳跳鱼除了给我们口舌鲜美的享受外，还有非常高的药用价值。跳跳鱼含有十六碳烯酸，能抑制癌细胞生长和扩散，保护血管，增强血管弹性。跳跳鱼煲汤喝能吸收多种不饱和脂肪酸，加快人体内胆固醇的分解和代谢，降低血液中的甘油三酯的含量。它还有滋阴、养胃、补虚、润肤的食疗效果，在治疗肾虚腰痛、骨质疏松上更是见效显著。

我国的长江口、珠江口、福建和浙江沿海是盛产跳跳鱼的主要地方。长江口已规定十年禁捕跳跳鱼，据说日本九州岛早就把跳跳鱼纳入禁渔期禁止捕捉的鱼类。

家乡水产养殖专家徐先生曾漫步玉环湖，在朋友圈发了一段文字并配图："芦荷争艳，跳鱼蜻蜓同栖。狗藏树林，一片和谐共生。"看到湖里的跳跳鱼，他感慨玉环湖成湖已数十年，在远离海洋又缺乏涂泥藻类的淡水生态环境中，弹涂鱼竟能生存下来，生命力的顽强令人佩服。

再有三亿年，任潮起潮落，愿你仍跳来跳去。

诗品鳗鱼

　　年轻时读司空图的《二十四诗品》，捧着薄薄的书万般虔诚。二十四种诗的风格，朗朗上口、比拟形象、意境高远，虽为诗歌美学理论经典之作，却也是四言韵句之巅峰。

　　世界包容贯通，物入诗境，大俗大雅。两亿年前恐龙时代就出现在地球上的鳗鱼，是远古神秘来客，又是如今最常见的鱼类。它雄浑劲健、高古清奇、飘逸纤秾、悲慨旷达，几乎所有的诗品都可附身于鳗鱼的灵动之影、曼妙之形、奇幻之旅。

　　鳗鱼是海洋世界万种生灵中的一支异军，深海繁殖，幼体一出生就无母体庇护，独自搏击风浪，从南到北、从北到南洄游，从海到江溯流，行程千万里，春夏秋冬皆豪杰。

一、雄浑与劲健

海鳗背灰腹白，形象凶悍，以虾蟹鱼类及乌贼为食，甚至能吞食小鲨鱼，也与大鲨搏斗，是鱼类中的斗士。它昼伏夜出，练就一身强健的肌肉，身材修长，全身线条明朗而流畅。如"荒荒油云，寥寥长风"，超然物外。

一条海鳗能产百万粒以上的鳗苗，繁殖能力惊人。鳗粒脱离母体后，物竞天择，以三毫米厚的身体随着飓风和海浪漂流，开启波澜壮阔的汪洋大海之旅。从玻璃鳗逐渐变成不透明的幼鳗，再长成黄鳗、银鳗，直至体腴形肥，这是何等劲健的生命力！

我乡人见小孩子好动，整天上蹿下跳，刚在眼前眨眼间就不见了，忽而又浑身滑溜溜汗渍渍回来，精力旺盛，静不下来，就称其为鲈鳗。闽南语中的鲈鳗一般指最有活力的鳗鱼，这自然得来的称呼，比起现在把调皮捣蛋的孩子称作熊孩子要形象多了。"你家鲈鳗去哪儿了？""死去玩了。"这是邻里间有针对性的日常对话。

在躺平的世界里，是找不到鳗鱼的影子的。相传一渔夫为了让鳗鱼活着卖个好价钱，往船舱里丢进一条鲶鱼。面对鲶鱼的攻击和挑衅，鳗鱼一直极力反抗，处于亢奋的战斗状况，最后活着上岸，在街市上卖得好价钱。这个故事与鲶鱼效应同理。平淡的叙事中透出鳗鱼"期之以实，御之以终"的坚韧品格。

宋代志怪小说《稽神录》收录了这样一个故事，一女子患肺痨，奄奄一息，族人见无回天之力，担心被传染，就把女子放进木箱置于海边。木箱被金山潮水卷走，幸好被一渔人救起。渔夫每天给患病的女子喂鳗鱼，最后女子病愈体健，与渔夫生儿育女。虽说是寓言故事，但李时珍在《本草纲目》中肯定了鳗鱼对"骨蒸劳瘵"的治疗作用，认为它还有强筋壮肾的功能。真可谓"行神如空，行气如虹"，鳗鱼可拾得生命。

二、高古与清奇

十多年前，考古学家在加拿大一采石场发现页岩层中有形似史前鳗鱼的动物化石，身长五厘米，身体扁平，肌肉呈节状，中轴脊索贯穿全身，在海床上通过扭动身体蜿蜒蛇行，很像鳗的轨迹。科学研究其生存年代可以追溯到五亿年前，它可能是地球上很多动物的祖先，最古老的原始脊椎生命以鳗鱼的形态出现，真是神奇。人类的探索永无止境，如此古远的生命体，经历了怎样的"泛彼浩劫"，这一切，不得而知。

鳗鱼的籍贯也不同凡响，亚洲的鳗鱼出生于世界最深的海底——太平洋西北部一万多米深的马里亚纳海沟。在这个地质环境特殊的海沟里，鳗鱼是原住民。欧美的鳗鱼出生地是谜团重重的百慕大三角，它们随着洋流来到欧洲海岸，迁徙的路程达六千五百公里。

在我国沿海，每年秋天鳗鱼产卵繁殖后，鳗粒会离开它们生活的水域。从珠江三角洲到长江三角洲，直至北部的鸭绿江，都有它们的踪迹。鳗粒成为柳叶鱼，还只有七厘米长，三滴水的重量，是何等绮丽和清奇！它们"可人如玉"，高洁剔透。当柳芽似的鳗苗开始沉聚黑色素，被称为鳗线或黑子时，已游向河海交汇口。

潮汐带来鳗苗，北向洋流裹挟着鱼群，从冬至到次年立夏。我家乡玉环岛的漩门湾、楚门港、沙门湾、干江下礁门码头以及叫陡门（陡闸）的地方，是鳗苗的捕捞区，雨水和立夏时节为捕捞旺季。鳗苗似乎是自投罗网，实为自然不可抗拒的力量驱逐而来。渔民提着叉网，或下网兜，也有开捕鳗苗的小渔船，在河口海区，捕上来成千上万条鱼苗，放在保温桶里，呵护有加。

玉环从 20 世纪 70 年代开始，每年的鳗苗产量达几十公斤，常转运到日本。一条来自深海自然孵化的鳗苗不到 0.2 克，能卖十元到三十元，是名副其实的"软黄金"。如此幼小的鱼苗，娇嫩如刚从母体中出来的新生儿，不敢轻易去触碰，真是"如月之曙，如气之秋"，让人心生爱怜。

我乡人在 20 世纪 90 年代初开始规模养鳗，主要集中在玉环沙门。他们筑鱼塘，把几百万、几千万元的资金投入鱼塘，购买狭鳕鱼粉做成鳗鱼饲料，经过科学配置喂养鳗鱼。新鳗在半公斤时就可以出塘，化高古、清奇为自然、实境。

赶海

三、飘逸又纤秾

林斤澜写过一部短篇小说叫《溪鳗》，文中说海鳗大的有人长，蓝灰色；河鳗粗的有手腕粗，肉滚滚一身油；唯溪鳗不多，身体细小，是溪里难得的鲜货，言简意赅地道出鳗鱼三大类别的特征。小说虽以"溪鳗"为名，写的却是一个叫"溪鳗"女人的故事。她长着瓜子脸，有一口雪白牙齿，美丽善良又勤劳坚强，会做鱼丸鱼饼鱼面，经营一家"鱼非鱼小酒家"。这分明是温州、台州一带的饮食背景。作者还说，给一个女人家取名叫溪鳗，不免把人往水妖那边靠拢了。如此说来，真正的溪鳗如水妖。

溪鳗确实神秘而娇媚，平常极少见到，生活习性类似石鸡（石蛙），多数时间在溪河里活动。它们远离族群，在空寂和冷僻的环境中生活，如诗境之苍凉。《食疗本草》记载，与浙江临安毗邻的安徽歙州（今歙县）有一种背有五色的花鳗，喜隐于江河、山涧、溪谷，白潜夜出，夏天在卵石间串游，这就是溪鳗。

溪鳗从大江大河中误入陆地，经潮湿地移居到溪坑、水库；也可能是海水倒灌或发洪水时，被推向离江海更远处，有极少数游到江河的支流后进入溪坑、水库。在溪里成长的鳗鱼，练就更强大的生命力，可以用皮肤呼吸，水陆两栖，捕食青蛙、田螺和水生昆虫。在长江下游的冲积平原，有生活在芦苇荡中的鳗鱼，在夜晚登上河滩捕食，被叫作芦鳗。

近几年，不时看到有人在水库里钓到溪鳗的报道。溪鳗身材紧致，看似黄鳝，又如蛇形，惊为天物，也叫"山坑鳗"。溪鳗吸收自然之精华，经青山碧水的净化，纵使岁月蹉跎，身形更是纤秾合度，空灵飘逸，如"窈窕深谷，时见美人"。

四、悲慨而旷达

东海的鳗鱼肉质细嫩鲜美，含脂高。海鳗可家烧、清蒸、炙烤，可糟腌，可晒鲞。家烧海鳗最常见，切块后热油爆姜葱蒜后入锅，匀点料酒，舀半碗水下去文火炖武火收，汤汁黏稠鲜美，含有丰富的天然胶原蛋白。一盘家烧鳗鱼上桌，吃货的眼睛会盯着鳗鱼头，尤其是鳗鱼眼睛下的两块蒜瓣肉，蘸上汤汁，味道好极了。还有鳗鱼胶、鳗鱼肚、鳗鱼子、鳗鱼肝，都是上等美味。鳗鱼蓉做鱼丸，剩下的鱼皮、鱼骨红烧，是绝等下酒菜。鳗鲞，是我家乡老底子的佳肴，切片蒸肉，切丝入浇头，切丁做各种馃子。

小时候过年前家里必定会炸鳗块。把鳗鱼切成斜块，稍加腌制，将水和面粉按比例配成面糊，鳗鱼块下锅前在面粉糊里裹一层浆，在油锅里炸，炸出来的鳗鱼外脆内嫩，十分可口。我们海边人是吃着鳗鱼肉、啃着鳗鱼头、嚼着鳗鱼煎糕、喝着牛奶白的鳗鱼汤长大的，海鳗是我们口腹之欲、健体之食。

河鳗适宜煨炖，袁枚《随园食单》中记录了煨法："洗去滑涎，斩寸为段，入瓷罐中，用酒水煨烂……"滋润醇厚的脱骨白鳝（河鳗），因味美曾震动朝廷，引得后宫效仿。这道菜传承几百年，仍为经典。

鳗鱼深受蒋介石喜欢，新中国首届四大烹饪大师之一、"川菜圣手"罗国荣，当年在陪都重庆经常为蒋介石做鳗鱼烧肉和清蒸鳗鱼，当时鳗鱼还从江南空运而来。

日本首相出国访问有带上家乡的鳗鱼饭的习惯，说是吃了可以保持旺盛的精力。日料店的鳗鱼饭，基本采用的是蒲烧鳗鱼烹饪法，就是把鳗鱼剖开切段后用竹签烧烤，因样子像菖蒲而得名。鳗鱼饭饭粒香软可口，鳗鱼经酱油反复上色，鱼身部分炒糖色，部分琥珀色，油汁浓郁，渗入米粒，香甜得淋漓尽致，很是诱人。

最威猛的鳗鱼，终将为刀俎下的鱼肉，如"大风卷水，林木为摧"。但它的族种如"南山峨峨"，千年万载，往而复始。

草根带鱼

如果选一种鱼见证时代的沧桑变迁，记录生活在东海岸渔家人的努力、顽强和小确幸，非带鱼莫属。

一、叫号分鱼

带鱼是我国四大经济鱼类中产量最高的鱼，也是餐桌上普及率最高的海鲜。它不是沿海民众专属海味，内陆百姓半个世纪前就普遍能吃上带鱼，带鱼具有普惠性的慈悲情怀。明代随笔《五杂俎》记载："闽有带鱼，长丈余，无鳞而腥，诸鱼中最贱者，献客不以登俎。然中人之家用油沃煎，亦甚馨洁。"意思是带鱼在鱼中地位比较低，不能登大雅之堂，普通人家油煎着吃，味道还是不错的。在特定的历史时期这样的描述姑且不去较真。

福建崇武是我国东海、南海气象的分界线。不同海域同样的鱼种形状、味道皆不同，不能一言以蔽之。

在渔民海上捕捞机具发生变化，依靠架橹桨行驶的木质帆船和苎麻绳线被不同马力的机帆船和尼龙网替代后，带鱼捕获量大增，冷冻带鱼作为年终福利发给企事业单位职工，成为我儿时抹不去的记忆。

我母亲是小学老师，每年寒假临近年关，总务主任便会挨家挨户或带口信通知分带鱼。全校几十位老师到位，冻带鱼分成几十堆，每条带鱼约两尺长，条条冻得僵直梆硬，却也齐整划一，在阳光下闪着凌厉的银光。每堆带鱼都有编号，一位老师在办公室里，背对着鱼，按照老师的名单随机报号，很是公正。我有好几年都跟着母亲去取鱼。

十几斤带鱼拿回家，过年派上大用场。洗剖干净切块，用少许盐腌一会儿，再在番薯粉糊里裹上一层薄浆，用筷子夹起，一块块放入热油锅里炸。我乡人过年前几乎家家户户炸带鱼，炸得带鱼两面金黄酥脆时，用笊篱捞起沥油，倒在大锡盆里冷却。孩子们早已口舌生津，迫不及待地抓起滚烫的带鱼煎糕（炸带鱼的闽南语）。家长一边干活一边叫我们小心烫嘴，我们充耳不闻，趁热才好吃。带鱼的小刺都炸得香酥可口，和鱼肉一起嚼下去，只剩下如玉篦子的骨架，那饿虎扑食的情景至今难以忘怀。

二、第一时间的鲜

我国渤海、黄海、东海、南海四大海域都盛产带鱼，其中东海带鱼最佳。福建崇武布衣诗人黄克晦的《崇武乍山草庵得家字》中有"击楫日通彰化米，敲针冬钓坎门鱼"的诗句，他把坎门钓带鱼与名闻东南亚的彰化冠军稻米相提并论，一定是吃过从我家乡坎门近海钓来的带鱼。

带鱼每年 7 月至 9 月在北纬 30 度的东海洋面上分散索饵，形成钓船秋汛生产季，旧时称"钓秋白"。秋末冬初，冷空气南下，带鱼向南洄游，形成冬季带鱼汛。冬至前后，带鱼在我家乡披山洋海域旺发。披山渔场洋面开阔，延绳钓作业钓上来的带鱼，银鳞沃雪，寒光闪闪，肉肥脂厚，是东海带鱼佳品中的极品。

那时，家乡坎门渔港有十多个天然岙口，是浙南主要

码头上的带鱼

渔港和玉环县内海洋渔业中心，好几个岙口离我家只有半小时路程，当然，远的也需翻山越岭两三个小时。渔民靠天吃饭，当我们在家里听到天气预报播报有阵风七级时，就翘首以待外公的渔船早点入岙。一般来说，见有起风的天象，渔船傍晚收起最后一网就返港。渔民摇橹到岙口时，往往夜已深。有时风来得快，就近岙口停泊；若是船泊在花坪岙、里岙等离家远的岙口，大多数渔民会选择天亮时回家。但我的外公不一样，他会从鱼舱里选出刚刚从鱼钩上取下来的锃光瓦亮的带鱼，向公家买来，挑在扁担后头，天黑也赶路，从崎岖山路步行到家都要半夜了。若盈舟溢载，外公回家的脚步会越发地快。

深夜，敲门。我家共八口人，外公从来是喊我小名叫开门。几十年了，回想起来，他应该是最想让我吃到带着大海气息的带鱼，否则，我还是个孩子，肯定移不开大门两米多长的插栓。外公进屋后，总是急切地对我外婆说鱼很鲜，赶紧烧起来吃，接着就问我是否起床了。

外婆用两把米粉和两条银光闪烁的带鱼，在深更半夜做一家八口人的夜宵，一人一碗带鱼米粉，汤鲜鱼美，世上再没有比它更鲜的海鲜面了，鲜掉眉毛、食指大动均不足以形容它的美味。鲜到什么程度呢？只能说"鲜为人知"。可谓"鲜"到深处人孤独，淋漓尽致的鲜，半个世纪仍难忘鲜厉的锋芒。除了鲜，鱼肉还有猪肉的油润和板栗的粉糯，以及一种特殊的甜味。外公在半个世纪前就以他爱的行动诠释了"第一时间""点对点"这些词的内涵。冬夜热腾腾的镬气，从灶头到八仙桌不到两米的间距，也是成就美味的最近距离。正应了"鱼之至味在鲜，而鲜之至味又在初熟离釜之片刻"。就在今日，这样的带鱼也不是有钱就能买到的。以往，也很少人有这般口福。

第二天，带鱼切成两寸长再纵向改刀，清蒸起来当菜蔬，加酱油在饭锅的竹篾蒸架上蒸，点缀姜葱蒜。鱼端上桌，我们孩子把筷子伸过去，找又厚又宽的鱼块夹，一人可以吃上一两块，大人就吃点头尾。记忆在日子里浓缩，味道越加浓烈。

三、咸香有味

每年冬至带鱼鱼汛旺发后，到次年一月鱼汛结束，渔家人开始循序渐进地加工带鱼。我乡渔民出海一次叫一班海，渔获丰收叫海路好，海路好时留下一些鱼，船上每人按份额分配，就如现在级别职务与奖金系数挂钩。份额最大的是"头家"，指拥有船具的渔户，基本上都是船老大；其次是常年雇佣的"长年伙计"、季节雇佣的"短伙"和临时雇佣的"搭脚"；工分最少的是打杂和见习的"走台"，规则总是惊人一致。越到年边分到的带鱼越多，渔家人一般将剩下的带鱼干制、腌制或糟制。

　　带鱼很适合糟制，银白色遭遇酒糟红，似乎是旧时岁月的浪漫。红糟带鱼一般在寒冬制作，带鱼挑回家，先清洗、剖肚，去内脏去污，沥干后稍微晾一下，切块后扔进粗陶瓷瓮，加入糯米粥和红糟，让汤汁漫过鱼块，再压上几块鹅卵石，用泥巴和棕榈叶盖上陶缸口密封。夏季缺海鲜的日子，外婆套上尼龙手套从陶缸中捞出两三块糟鱼，蒸出来的红糟带鱼还有粮食的香气，肉质结实，夹一筷子蒜瓣肉，直接打开你的味蕾。红糟带鱼可以保存半年以上。那个年头红糟的还有鳓鱼、鳗鱼等。现在红糟鱼是稀罕物，在浙江、福建、广东一带的酒店偶尔能品尝到。

　　我家制咸带鱼干是把带鱼盐腌后，用细竹竿穿过鱼嘴，簇齐地一排排晾在三脚架上。一般来说，晒鱼鲞都是用刀从鱼的背部剖入，剖开一面到肚旁边止刀。黄鱼、马鲛鱼、鳗鱼都是如此，因为肉质厚，若不切开会外干内湿。带鱼苗条修长，厚点的带鱼在鱼身肥厚处十字花刀纵横几下，北风如犁庭扫穴，势不可当。过年过节、祭祖待客时，将带鱼放在碟子里蒸，加两三块七分肥三分瘦的腊肉，蒸至出油，鱼油与肉油交融，也是很有诱惑力的菜肴，夹一块入口生津，咸香柔润。

有一年，我和同事去黄岩区富山乡，看见路边小集市木板架子上有又丑又臭又小的咸带鱼条干，只有两指宽，完全没有鱼鳞，一副遍体鳞伤的样子。"称两斤来。"我同事双眼盯着这捆盐渍渍的带鱼干，如获至宝。我问："这么臭能吃吗？""哎呀，你不知道，蒸起来很香的。我们山里人认识鱼就是从它开始，以前下饭，现在下酒。"他拎着带鱼干再三向我描述吃起来如何如何香。同事是盛产橘子的涌泉山上人，那座山叫蓝田，是现在搭帐篷看星星的旅游打卡点，我去过一次，车在现代公路上盘旋了半个小时才转到山顶。我明白这是在山上长大和在海边长大的人的区别，这种烂带鱼干是同事儿时的荤腥，是山里人的海鲜记忆，相信他回去后蒸起来下酒一定十分陶醉。

四、盛宴佳肴

现在，海洋渔业生产方式快速发展，带鱼也构成海洋鱼类命运共同体，有东海流网带、钓带，南海带鱼、日本带鱼、韩国油带等。总之，带鱼的裙带关系比较复杂，需要有辨识能力。朋友常跟我说买了很贵很漂亮的带鱼，做起来吃不习惯，大概率是买了南海带鱼。南海带鱼眼睛大而圆，水灵灵，淡黄色，鱼体宽而不厚。如果你是外貌协会，很容易被它的外表所吸引，但你一定会吃到它背脊上的凸骨，这凸骨就是它的基因符号，肉质粗糙。以前还有人买了带鱼先刮鳞，这带鱼身上的银粉是特殊脂肪形成的表皮银脂，含有不饱和脂肪酸和卵磷脂等成分，是人体必需的营养物质。

韩国油带这两年比较被饕餮推崇，味道固然鲜美，但与冬至前后小头、小白眼、小嘴巴，体形修长又身材丰腴的东海带鱼比，少了几分粉糯和鲜甜。东海带鱼不管是钓带还是网带，我们统称为本地带鱼，以示与其他区域的区别。

本地带鱼做法多种多样。除了蒸煮炒煎炸外，带鱼咸饭是很多人家的日常主食，也被写入餐厅的菜单，带鱼年糕、鲜带鱼烧萝卜丝成为餐席佳肴。我家乡玉环的带鱼羹、带鱼敲馄饨、带鱼敲面、煎带鱼饼，是很有地方特色的美食，一般要钻入小巷的犄角旮旯才能找到正宗的。家乡还有一家特别有名的砂锅面店，就是以窄窄的本地带鱼加虾蛄为配料，鱼的味道很甜，汤的味道很鲜，每一次回乡我都要去吃一碗。如今，带鱼的地位越来越高，很多酒店推出招牌菜——黄金脆带鱼，还上了米其林餐桌，有平民嫁入豪门的感觉。

其实，带鱼两字本身就很有寓意。带鱼的带字有带领、引导和榜样的意思。带鱼的谐音可引申为代代相传、子孙绵延的美好意愿，带鱼的形状有腰缠万贯的气势，这一切象征幸福、繁荣和美好。关于它还有一个美好的传说，记录在明代杨慎的《异鱼图赞》中，西王母娘娘渡东海时，侍女飞琼的腰带落入大海，化成带鱼。

无论带鱼是草根还是贵族，它早已融入我的生活，我对东海带鱼情有独钟。

温柔乡里软壳蟹

　　台州的青蟹颇负盛名，这世间尤物身负青绿色盔甲，张牙舞爪，耀武扬威，一对粗壮而锋利的大螯极其凶猛。古人称青蟹为"蝤蛑"，唐代段成式在《酉阳杂俎》中说："蝤蛑，大者长尺余，两螯至强，八月能与虎斗，虎不如。"农历八九月确实是青蟹最肥壮的时候，但蟹竟然打得过老虎，应该有志怪传奇的成分。不过，温州民间也口口相传蝤蛑打败老虎的故事，足见其威猛无比。我亲眼看到过我乡人的手指被青蟹大钳咬住，轻则一片青紫，重则血肉模糊，所以市场上出售的青蟹总被五花大绑。

　　蟹中悍将，也有侠骨柔情时。它按周期蜕壳，一生蜕壳十三次，每一次蜕壳都是一次新生和成长，形体增大，露出色彩斑驳的柔嫩肌肤，双眼迷茫，肢体无力，被称作软壳蟹。

软壳蟹

软壳蟹胆怯柔弱，行动迟缓，双螯软绵绵，可用"手无缚鸡之力"来形容。脾气变得温顺，连小鱼小贝都能欺负它，真可谓百炼钢化为绕指柔。但青蟹完全柔软的状态只有半小时，数小时内，甲壳逐渐坚硬，软壳是它稍纵即逝的生命形态。

绵长海岸线和众多岛屿，造就了我家乡丰富而壮阔的山海风貌。漫无边际的滩涂、险峻嶙峋的岩礁群、海水和河流交汇的海湾，衍生出一个小产业，叫讨小海。潮水滚滚而来，卷裹着珠翠之珍，馈赠海边人家。夏秋时节，家乡男男女女赶在落潮时，纷纷奔向海边。有的深一脚浅一脚在滩涂上寻寻觅觅，有的把诱捕网笼锚好，起网又落网，还有匍匐在岩礁间把"潮池"里的海水用水瓢舀出去，竭泽而渔，常惊喜于眼下海洋生物组成的繁华。潮平前背回来的竹篓里有各种鱼虾蟹贝螺，若是抓到一两只软壳蟹，那是稀罕物。蹲在水井边清理分类时，大人小孩围过来，对着软壳蟹大呼小叫，年长者说这是程咬金拜大旗——碰上好运气！

我乡人认为软壳青蟹是滋补品，蜕壳时也脱去鳃、食囊和内脏，这时肉质最为细腻，全身可食用。家长会尽其所能买来给孩子补身体。把它投放在黄酒里，冰糖在黄酒中慢慢溶解，软壳蟹就沉醉于甜蜜而刺激的温柔乡里。

最惊喜的是买来一只硬壳青蟹，打开后发现里面还有一层软壳，乡人称它为双层壳蟹。买到这样的青蟹如中了奖，往往要在青蟹旺发期才能遇上，用酒炖起来，满屋是香气。我们充满期待，目不转睛地盯着锅灶。家长掀开盖子，把蟹分成四份，我们小孩各取一份。脂膏盈满，肉质有特有的鲜味，可能就是今日所说的微量元素含量特别高。肥嘟嘟的肉带软壳咀嚼起来沙沙响，每每意犹未尽，吮手咂嘴，这应该是那个年代少年成长的最好食补。

我而立之年时，因礼仪之需喝下了人生第一盅白酒，竟然神情自若，面不改色。我在心中暗自思忖，旁人说最怕三种人喝酒，我虽属三种人之一的女人，之前未曾直接饮过酒，难不成是我从小吃青蟹冰糖酒及其他冰糖炖鲜，日积月累，激发出了某种转化酒精的酶，对一两盅酒产生了免疫化解之功效？

讨小海的人捕到软壳蟹，除给孩子滋补外，也时常拿到菜市场门口或街路边卖，可卖好价钱。城镇里领工资的人家，现在称为工薪阶层，上街买菜遇上讨小海回来的人，有软壳蟹，必定捷足先登，如获至珍。买回来除炖酒外，也与丝瓜一起煮米线吃，蟹黄素、蟹红素、甲壳素充分融化在丝瓜汤里，青蟹丝瓜是被奉为圭臬的美食搭档。也有的人家把一只软壳蟹卧在家乡的卤水豆腐上，汤水自顾自欢畅，在"千滚豆腐万滚鱼"后，软壳蟹如霸王醉卧瑶池，再煮一锅番薯米饭，一家人吃得兴高采烈，陶醉于珍馐之鲜。

软壳蟹产生的大量可溶性蛋白质，很容易被人体吸收，不受少儿不宜进补的限制，还富含游离钙和多种氨基酸，是少年增高益智的上佳之物。讨小海，是家乡海边人的一种经济补充，也装点了我们成长的岁月，让一代代海边孩子茁壮成长。

秋深蟹肥，我怀想软壳蟹蜕去盔甲迷离的神情，也想念那一口透骨入髓的鲜。家乡老友说，在海涂围垦、沧海变迁后，更多的青蟹在内海网箱里生长，显微镜下的蟹苗如在母体羊水中的胚胎，晶莹剔透，每公斤有十几万只，只有千分之二的存活率。存活下来的，养殖户都会精心养护。为了避免未蜕壳的青蟹吃掉蜕壳后的软壳蟹，还为它们建立了单独公寓，一只一笼，科学掌握蜕壳规律，可在笼中收获地道的软壳蟹。我曾与中国水稻研究所的一位专家一起吃饭。专家得知我是玉环人，说自己二十几年前去过玉环，有一种软软的蟹真好吃，不是什么时候都能吃到的。我说这就是我家乡的软壳蟹，现在的养殖技术发展很快，一年四季都可以吃到。

宋代丁公默与苏轼同为嘉祐进士，两人情投意合。丁公默送苏轼一只蝤蛑，苏轼赋诗答谢。诗云："溪边石蟹小如钱，喜见轮囷赤玉盘。半壳含黄宜点酒，两螯斫雪劝加餐。"有学者考证，得出结论，丁公默送的就是台州的软壳蟹。

鱼鲞里的海与风浪

每当西北风发出呼啸，一片片梧桐叶开始飘落，银杏叶阳光般灿烂，乌桕叶红得娇艳，山河已秋色，我就知道，晒鱼鲞的时节到了。晒鱼鲞准确地说有两种方式，一种是风干，一种是晒干。风干的不见太阳，一般是一排排挂起来，在背阴的方向，北风劲吹，将鲜鱼的水分带回天空。晒干一般铺在竹簟、篾席或渔网上，也可以支一把竹楼梯爬上屋顶，在咬合的瓦片上铺开，在太阳底下晒。

清代纪晓岚说："不重山肴重海鲜，北商一到早相传。蟹黄虾汁银鱼鲞，行箧新开不计钱。"宋人方回更知"浙乡巨舰供鱼鲞"的盛况。

浙江沿海一带的鱼鲞，早就闻名遐迩。

晒鱼鲞

家乡玉环是东海的岛屿，山环海绕。有起伏的山丘，大地在这里蜿蜒，风也在这里盘旋，绕岛有近六百里的海岸线，环流海水带，是各种鱼类生活的乐园。已发掘的占地五百平方米的三合潭遗址，延续期长达一千八百多年，展现了东南沿海岛屿史前文化和古代文明。出土文物有钓刺钩等渔具，很多陶碗以网纹为主要纹饰。可以想象，对于商周时期生活于江南沿海古村落的居民来说，鱼是确保不断炊的重要食物，鱼的储存是生存的需要，而鱼干的制作是保存食物的智慧。

千万年的传承，鱼鲞是大海给海岛居民永不泯灭的馈赠。从前晒鱼干，晒的是日子。靠海吃海，要是大海发脾气了，卷起惊涛骇浪，渔民要摇橹觅岸，寻找锚锭的一湾海域，求得栖息和安全。若与鱼群相遇，为生计迟一时半刻收手，或是在海上恋战，可是九死一生的冒险。家人说我很小的时候每见风起云涌，就向出海回来的长者讨口信："公公，碰到我的外公了吗？"幼小心灵承载了早熟的担忧和期盼。

外公从福建崇武，宁波石浦，温岭石塘和家乡无名的、有名的港湾回家，带回的鲜鱼先让全家饱食一餐，再将剩下的晒鱼鲞或咸腌，以保障不能出海日子的供给。我常在梦中面对汪洋大海心惊肉跳，因为外公在茫茫海上讨生活，如虎口夺食，因此我对每条鱼鲞都心怀虔诚。

现代捕捞业以完善的设施和统一的气象指令让渔民的安危有了保障，鱼产品也极大丰富了。晒鱼鲞是渔家女的"女红"，也讲究手艺。最普遍的是晒鳗鱼鲞，可以说，鳗鲞是闽菜的灵魂，无论是炒面汤糕，还是做各种粉粿，缺了鳗鲞，主妇有六神无主的感觉，所以个个剖鳗鲞很在行。从鳗鱼背脊处下刀，从尾部直劈到头部，直至分离到鱼鳃边，掏出内脏和鱼鳃，用竹枝撑起最大的鳗头截面，把鳗身摊开，一条条挂起来，见好就收。冬至前后还晒带鱼、鱿鱼、鲅鱼、墨鱼等鱼干。流网鲳三四两一条，用蓑衣花刀切得似断非断，提起来像是一串银链子，晾干后正好配过年时做的年糕。鲳鱼鲞烫年糕，加大白菜，方便又美味。墨鱼干表面有一层白色粉末似的白霜，外行人见了说是发霉了，其实那是墨鱼晒干后分化出的一层甘露醇。甘露醇有很好的药用价值，消炎排毒治高热。让蒜入油温热后糖化，把墨鱼干切块与子排一起炖，把氨基酸熬出来，加白萝卜或山药，肉骨茶的料包（如黄芪玉竹肉苁蓉等），便可成就一道有品质的养生佳肴，日常餐食摇身一变成为滋养美食。晒鱼鲞就是晒幸福的生活。

现在，家乡以鸡山、大麦屿、坎门等为主要场所的鱼干晒场，晒的是诗和远方。那席地幕天的鱼鲞，各自优美，在大海边、天穹下，如集体彩排，各自展示身姿，又在日光和风云变幻中凹出身体的曲线。有的如西湖枯荷，仍有婀娜曼妙之姿，有的风吹日晒后如古罗马雕塑般刚毅。它们或闲散，或流畅，或深重，远远看去，有古早的气质，是怀旧的色彩。千万条鱼鲞，如万马齐喑，强大的气场让摄影师如痴如醉，年年在晒鱼鲞的时节东奔西突，守株待兔，抓住太阳喷薄而出的第一道金光，留下晨曦与鱼鲞初吻的美妙。他们还会爬到竹竿和渔网编起的架子底下，躺在水泥地或海滩上，镜头朝上，如透过 19 世纪贵妇的面纱，秀出透过鱼鲞的天之蓝、云之白，留下具有强烈视觉冲击的作品，是艺术的创作，满是味觉的想象。

盐像是魔法大师，让鱼鲞的味道千变万化。根据味蕾的需求，有不同的制鱼鲞的方法。直接剖开晾晒，或粗盐一撒，铺于网笼，让太阳海风和盐粒在两三天内成就天作之合，收时抖几下，就可下锅蒸起来。鱼干的咸香，唤起对米饭的欲望，好杀饭呀。若用细盐抹，让盐渗肉透骨，需腌上一整天。若是做三曝咸鳓鱼，要在盐卤蓥里浸泡一个月，三浸三曝。有一年去了天空之镜的茶卡盐湖，我想鳓鱼都搬到这里吧，埋在茶卡盐堆里岂不更爽！鳗鱼们过来打个滚，全粘上盐，茶卡盐湖又会呈现怎样的有趣景象？

我们家乡人的舌尖十分敏感，他们喜欢的一种鱼鲞吃法是将带鱼切段、米鱼切片、鲅鱼斜刀，抹上盐放置一两个小时，清水一漂，晾一天光景，就可以上锅蒸，无论哪种鱼，认为比鲜鱼还好吃。我更喜欢把多种鱼鲞拼盘，加点生姜红椒，铺上一层咸猪肉清蒸，猪肉的油渗进各种

蒸鳗鲞

鱼鲞，鱼鲞在蒸汽中复活。三五好友相聚，兑上几杯蜂蜜青梅酒，平日古董般珍藏着的乌狼鱼鲞与羊排一起在砂锅里扑腾，桌上已摆着青柠檬和紫苏叶，天上人间，喝几口后就分不清了。所有诗和远方的梦想，都可以在筷子戳开白蒜瓣肉时实现。

现在，家乡鱼鲞已形成产业链，一个礼包盒中有各种鱼鲞，鳓鱼、大鳗、油鳗、带鱼、鲅鱼、剥皮鱼、肉鲳、墨鱼、黄鱼等供人选择。袁枚说"台鲞好丑不一"，现在台鲞都是上好佳品，有一部分是回水鱼干（鲞），用海水把剖好的鱼冲洗干净，直接在海上上架晾晒，口味鲜甜鲜香，那是大海和风塑造的作品，吃一口都是力量。

躬逢其盛剥皮鱼

剥皮鱼相貌丑陋，一张马脸占全身三分之一以上比例，因此也叫马面鱼。这种鱼有彪悍之相，鲜活时两根倒刺嶙峋，不像别的鱼刺长得含蓄，真有点吓人。在海底世界万千鱼类中，它是比较另类的，绷着一层粗糙如砂纸的鱼皮，与鲨鱼皮有一拼。

与"金玉其外，败絮其中"恰好相反，剥皮鱼卸去皮囊，呈现水红色莹亮的肉身，绸缎一样柔滑，鱼肚壁洁白干净，没有黑膜，这在鱼类中极其少见。它全身一根主骨，支撑起健实的身板，眼睛滑溜溜，一副耳聪目明的样子，敢情是真正的美人"在骨不在皮"。

我对剥皮鱼有一种特殊的情感，源于20世纪70年代末，平日不常见的剥皮鱼铺天盖地而来。有资料记载，我国剥皮鱼最高年产量曾经达到 25 万吨，曾是仅次于带鱼的海洋经济类品种。鱼群在大陈、披山、北麂以东海域聚集，加上机帆船围网作业兴盛，剥皮鱼在各个渔港泛滥。从港口码头渔船的船舱、水产公司的仓库，通过拖拉机、板车和渔民扁担挑的箩筐，汇聚到大大小小的水井边，那盛况震撼了我的视觉。

我十分清晰地记得，剥皮鱼最旺的那年，一毛三分一斤，鱼肚里挖出来的两片油（肝）两毛五分一斤，在全鱼中重量占比不小。剥皮鱼的皮和肚肠三分钱一斤。也就是说，买一斤剥皮鱼，把剩下的内脏和鱼皮出售给收购的人，价格不到一毛钱，用来做菜肴十分划算。

还有一种情况前所未有，因剥皮鱼太多卖不完，需要加工制作成鱼制品。国营水产品加工企业人手不够，估计政府担心，类似 1957 年 6 月我家乡坎门敲罟黄鱼堆满了海滩，因购销能力有限，二百八十六吨黄鱼霉烂在海滩那样的情景再次出现，就雇用当地居民参与加工，约定没有人工费，以鱼皮、鱼内脏、鱼头代替。这样好的机会，既可以赚钱还可以获得鱼头，我的心蠢蠢欲动。

我家门口就有一口大水井，经软磨硬泡，家长同意了。刚读初中的我加入了波澜壮阔的剥皮鱼初加工大军，鱼汛是在春季，从清明后开始，延续两三个月。那个年代读书没有功课压力，鱼运过来就在我家门口，天时地利。我常选择水泥地面宽阔的一边，可以放更多的鱼，放学剥、周末剥、假期剥。

刚开始从撕去鱼胸鳍入手，撕出一个缝隙再往鱼身两边拉，到了头部，粘连得很紧，事实是越新鲜的剥皮鱼，皮和肉粘连得越紧，越需要用劲，有时一手撕去用力过猛，手指便被鱼颌下尖锐的倒刺划破，也顾不上疼痛，边上有人在洗带鱼，就刮一点带鱼鳞敷上，扎一圈布条系紧继续剥。经过实践，我琢磨出更快捷的方法，先劈断两根倒刺，用力撕去灰绿色背鳍，露出一条粉红色缝隙，以这条缝隙为分界线将皮向两边拉，用力点在头部，把马面皮先撕下来，鱼身去皮就得心应手。这样一天下来，可以赚到一块钱左右。那时我母亲的月工资只有二十五元，一块钱积攒起来，算是一笔不小的收入。

当年我很疑惑，这剥皮鱼太奇怪了，肝比鱼贵，连脏兮兮的肚肠和粗粝的皮都可以卖钱，有什么活可以给黄毛丫头这么好的机会攒钱买图书呢？还被邻里夸这孩子好乖，越夸我干得越起劲，有时把掏出来的鱼肚肠埋在家后面一小块丝瓜地里，丝瓜就像进了大补，枝繁叶茂。以前还没有钢丝球，很多人家用丝瓜络刷锅，剥皮鱼的鱼皮可以把锅底擦得锃亮，比丝瓜络还管用。尤其是鱼头可以归自己，吃着一盆盆的红烧剥皮鱼头，如同吃自己种的菜，悦享其滋味。很多人看不上鱼头，其实剥皮鱼的鱼唇和鱼上颌的两条薄薄鱼皮很有黏性，也很香，鱼骨也很有嚼头，与背鳍连接处有两块拱起的鱼肉实敦敦，煞是美味，这也许是我以后爱吃鱼头的渊源。

剥皮鱼丰收的盛况持续了两三年，后来逐年减少，很长一段时间难得见到剥皮鱼，直至销声匿迹。这是无节制拖网捕鱼惹的祸。拖网捕鱼一度把海底犁了个遍，剥皮鱼是恋礁型鱼类，喜欢生活在暖流海域，海洋如草原牧场，草木葱茏方能养肥牛羊，把它赖以生存的环境破坏了，海草、藻类和生物链底层的水生生物无法繁衍，就不能维护

马面鱼

好生物链的循环。

多年前，记得是"黑格比"台风过后，鸡山乡渔民驾驶四十多艘灯光围网船在禁渔期后捕到好几吨剥皮鱼，多年不见旺发的剥皮鱼如王者归来，我得知后十分欣喜。这肯定得益于长时间对海洋环境的整治和海洋资源的保护。近年，剥皮鱼开始多起来，个头也大了许多，价格不菲，登上宴席餐桌。

剥皮鱼东西南北的称呼都不一样，大多比较俏皮，面包鱼、皮匠鱼、橡皮鱼、烧烧角，闽南语叫迪脍仔、粗皮迪。它的学名是绿鳍马面鲀，只要选对烹饪方法，味道相当不错。它的肉质特别紧密，需要姜葱蒜茴香芫荽大料穿入，生抽老抽料酒啤酒皆可合而当水，但开始必须要用慢火。学食神苏东坡的微火焖熟法"慢着火，少着水，火候足时它自美"。待鱼肉受味了，再旺火收汁，最后下几圈红

鸡山渔乡

椒，甚美。这也是我家乡带有闽南风味的炯鱼法。汤汁烧到稠糊状最佳，沾了汤汁的剥皮鱼香鲜有嚼劲。吃完上层厚实的肉，露出一层淡紫色紧贴篦子骨的肉，浸在汤汁里饱满而软糯，吮吮嚼嚼再咬咬，满是吃鱼之乐。

小的剥皮鱼适合烤炙，先用香料卤，再放微波炉中烤，烤得香喷喷，软硬恰到好处。或在锅里慢火煎，剥皮鱼煎得两面金黄，下辣椒孜然炝香，再撒一点胡椒粉，香味十分诱人，口感香香酥酥。我那不爱吃饭的侄女有烤剥皮鱼才上桌好好吃饭，小时候她妈不知给她烤过多少种口味的剥皮鱼，触类旁通，做菜手艺也日益精进，现在成为杭城多年必吃榜餐厅的当家人，应该有剥皮鱼的一份功劳。

剥皮鱼肝制作的鱼肝油是保健品，促进生长发育，应用广泛，价格不菲，鱼肉富含神经细胞生长素，能保护视网膜。剥皮鱼还可以用来制作鱼排罐头。家乡人充分利用剥皮鱼的下脚料，出现了多家鱼粉厂，玉环里呇鱼粉厂当年名噪一时，后发展为甲壳素生产基地，至今兴旺发达。

回想当年，躬逢其盛，喜得其益，现常常去街上买上一两条，价格不菲，慨乎言之。

海洋幼体"乌眼毛"

一

清代饮食名著《随园食单》，是袁枚四十年的美食实践心得，用大量篇幅描摹和记述了中国南北 14 世纪至 18 世纪流行的三百二十六种菜肴饭点，不乏龙肝凤髓、珍馐美馔。在浩瀚的大海千万种海洋生物中，袁枚撷取的海鲜不到二十种，却给了默默无闻的海蝘（也称海蜓，学名七星鱼）一席之位，言"海蝘，宁波小鱼也，味同虾米，以之蒸蛋甚佳。作小菜亦可"。直至今日，宁波渔山岛海蜓，在市场上还相当走俏，尤其是"眯眼"海蜓，即最细嫩的头水海蜓，很是稀罕。

浙江玉环，也盛产海蜒。根据地方志记载，1979年玉环七星鱼的产量与带鱼比肩，均接近十万担。乐清湾和披山洋中，海水咸度、温度和水流速度适宜它们繁殖生存。玉环岛上岸的海蜒，也是细种海蜒，但不是米白色的"细桂"，而是灰黑色、细条儿，像眼睫毛，长度一二厘米到三四厘米不等，乡人称它们为"乌眼毛"。还有一个非常特别的称谓叫"海搭家"，"海搭家"顾名思义，就是海洋大家庭的一个搭子，生物链需要这样的组合。我剖洗带鱼时常见鱼嘴和鱼腹里有一簇簇来不及下咽和消化的海蜒。

海蜒是鳀鱼的幼体，种类五花八门，在各地称呼也不同，口感也大不一样。现在大鱼大虾充盈无比，念念不忘海蜒，那是根植于舌尖上的乡愁，随着生命年轮增长而逐渐苏醒，成为连接以往和追忆过去的纽带。

二

家乡洋面的披山渔场，处于台湾暖流、浙江沿岸流及大陆径流交汇处，水温适宜，水质肥沃，是鱼虾蟹等繁殖地，东海鱼仓有"北有舟山，南有披山"之说。乌眼毛是

渔乡海湾

带鱼的粉丝，每年随带鱼汛浮游在洋面上，乌压压一片。清明前后，机帆船用灯光捕鱼的作业方式，强光直射海面，海蜓趋光而来。渔民将海蜓网撒向大海，乌眼毛如飞蛾扑火，一网接一网，船舱篓筐里的海蜓活蹦乱跳，银光闪烁。

渔民把海蜓带回家，主妇随即抄进竹筐，置于清水桶中撩洗去杂秽，沥水加盐腌制，铺在大竹簟上晒干，在台风季节缺少海鲜和渔民休渔期时充当下饭菜，可在饭甑上蒸熟食用。那时没有冰箱，为了储存时间长点下了重盐，太咸了，我们就会皱起眉头，表示嫌弃。下次再蒸时，家长会在水里泡久点，就淡一点，再蘸蘸醋。这也是应急之需的菜蔬，并非经常食用。

据《玉环县志》记载，早在清代，坎门鹰捕岙的渔家就以七星鱼为原料，加盐腌制，罐封发酵一年多，再通过蒸煮和过滤等程序制成酱，作为自家常用的调料。陈晓卿老师说自己吃过腌了十六年的鱼，称之鲊。十六年的鱼应该完全腐败，迎风臭十里，但晓卿老师说它闻起来臭，吃起来有乳酸菌、青霉菌、酵母菌等齐聚的独特风味，那绵绵丝丝的质感像半融化的奶酪。20世纪70年代，我家乡地方国营水产食品厂已经开始规模酿制七星鱼鱼露，还出口马来西亚、新加坡等地。我去坎门鹰捕岙表姐家，她丈夫是渔民，她善制鱼露，家里好多瓶瓶罐罐，装满七星鱼发酵后过滤出来的鱼露，可以保存几年。她用鱼露炒菜给我吃，十分鲜美，做蘸料也香鲜，是佐餐美味，现在也是很珍贵的调味品。特别是头缸鱼露，就如头水海蜇，味道最好。

三

从营养价值来说，海蜒的热量是一般海鱼的十倍，一
调羹海蜒的钙、蛋白质、维生素含量不比一杯牛奶少。作
为全头全尾加内脏整体性食用的食物，被国际营养学会确
认为"长寿食品"。民间曾把它当成治疗慢性胃炎和肺结核
的食材。

刚上岸的乌眼毛色艳、体黑、眼亮，形小，却有肉感。
与其他海鲜相比，只要好的出水品种，精心烹制，口感亲
和力强，鲜嫩甘美，否则难登"随园食单"。

鲜亮的乌眼毛很有广土众民、人丁兴旺的感觉，架起
一个木梯，把箕簟铺在一层楼高屋顶的北向，斜对北风，
将在沸水中氽过的乌眼毛薄薄地摊在箕簟上，一两天后收
起，加辣椒和咸肥肉蒸起来，油润饱满。那翘头翘尾的样
子，像一窝雏鸟，跃跃欲试，随手抓一把当零食吃，把牙
龈撩得痒痒的，香甜、鲜美的滋味萦绕舌尖。现在海鲜市
场出售的海蜒大多体大骨粗，细小的乌眼毛难得一见。很
多过去不值铜钿的食物现在都成了时尚的怀旧美食，韭菜

花、花生、海苔、腊肉条等均可拌乌眼毛，在酱料的加持下，鲜甜脆嫩，很适宜下酒喝茶。

四

清代诗人全祖望一生只出了一本文集——《鲒埼亭集》，他在其中的《句余土音》中吟咏了二十七种海洋生物。有赫赫有名的东海黄鱼，还有江浙人熟悉的膏蟹、土蚨（泥螺）、东海夫人（淡菜），海蜇也列于其中，似与《随园食单》相应和，乌眼毛作为海蜇家族的一员，甚是光彩。

乌眼毛冬瓜汤是我家乡人盛夏解暑的汤品。三十多年前我在中央民族大学学习，结识了热爱美食的壮族姑娘阿兵。我们在暑期搭伙，她买来我们南方人少见的西葫芦、小品种圆冬瓜、圆茄子，我从家乡带来开洋（小虾米）和乌眼毛鲜，用乌眼毛鲜做鱼香茄子，试与《红楼梦》中的茄鲞媲美。做得最多的是下饭的开洋冬瓜汤和乌眼毛冬瓜汤，汤鲜美纯净，滴几滴花生油，加一调羹山西陈醋，大热天，那味道如阵阵清风，带来凉意。

浙江诗人曹伟皆写下赞美海蜇之诗："波平风静火光明，

海蜓齐来傍火行。若共冬瓜同煮食，清于坡老鳖裙羹。"诗中的鳖裙从来便得美食家青眼，诗僧谦光："但愿鹅生四掌，鳖留两裙"，意思是鹅两个掌不够，鳖要是有两个裙摆就更过瘾。曹伟竟将海蜓冬瓜汤与人人称颂、食神苏东坡尤其赞赏的鳖裙羹相提并论，还有尤胜一筹的一面，真是海洋幼体的荣耀。

盘菜不是圆萝卜

被誉为世界旅行者"圣经"的《孤独星球》杂志，在 2021 年 9 月号刊上，用四个版面，专访中国大陆第一位摘得米其林之星的女厨师谭绮文。彩页上的谭绮文，脸庞皎洁，轮廓优美，双眼注视着自己五指紧扣的盘菜，玄色的上衣衬着深黑色高领毛衣，光影交错，层次分明。毫无疑义，照片摄于冬季。从盘菜表面略有蒜瓣凹凸的形状、大小及皮色看，一定是俺家乡玉环干江镇盘菜。

干江镇出产的盘菜，其皮微黄，其形如盘，其味甘甜软糯，果肉细腻无筋，极耐贮存，是冬季蔬菜中的珍品。

叶素明是干江镇盘菜协会会长。五十年前，十二岁的叶素明蹲在干江甸山头村家门口菜地畦沟上，抬头看着母亲一把抓起绿缨，往上使劲一提，盘菜埋在泥土里盘虬交错的根须拔地而起，随后拿起菜刀，切缨去根，把盘菜装进箩筐，第二天挑到离家十几里的龙溪集市上卖。

那时，叶素明不知道家门口那一片田地有多少亩，他只知道上学必须经过的自家田埂有四百米跑道那么长，但每年就收几箩筐盘菜，很多盘菜苗早枯或成形后被雨水打烂在地里。初中毕业后，叶素明从母亲肩上接过粪桶，到各家各户收集有机肥。他在一亩地里浇灌八百斤粪肥，把牛挖子套在牛脖子上，两根牵引绳子套牢犁头，赶着耕牛拉犁。田被犁得土质松软、基肥均匀，收成好许多。把盘菜装到板车上拉到集市上去卖；有几年开着拖拉机运到县城，由县供销合作社统一收购。

2005年8月6日凌晨，强台风"麦莎"在浙江省玉环县干江镇登陆。十四级狂风掀起滔天巨浪，摧毁万亩良田，推倒无数屋舍。盘菜种子还没冒芽，盘菜地已是一片狼藉，田垄和田畦没了踪迹，基肥泡在暴雨带来的一片汪洋里。

因为这场台风破坏性极大，举世瞩目，人们纷纷在地图上寻找一个叫干江的地方。政府反应敏捷，把四面八方关注的目光引到干江特色农产品盘菜上来，美味的干江盘菜"藏在深闺无人识，一朝惊艳天下知"。

叶素明和家乡的种植户在这场自然灾害中损失巨大，但他们早已与这片土地休戚与共。被水淹过的农田是不能马上耕种的，因为适宜耕种的表层土壤被冲走，沉积的淤泥是冷土，需要一段时间进行改良。这倒让他有时间思考盘菜种植新技术。在农业专家的指导下，他先把种子埋在一个个小盆罐里，再重整田垄，清除杂物，消杀细菌，对土壤进行排水、晾晒、施肥、重耕。当他们在菜地上铺上基膜，盖起小拱棚，精心培育的盆栽优质苗种也可以扎入土中了。

那年 11 月，盘菜地绿缨青翠葱茏。叶素明每天都要翻开一侧拱棚看看长势。当看到长缨下冒出蚕豆般大小的盘菜时，他的眼神像看到自家刚出生的孩子一样热切。待盘菜长到荸荠样大小，就像是婴儿满月了，心里踏实了。再到苹果那么大时，他就可以估摸出单亩产量，比母亲种植时高出五六倍。当他用手按住长缨中间的梗心，就像触摸盘菜的心脏，不软不硬，正是盘菜成熟度最佳时，可以收成了；若梗心硬了，盘菜吃起来有筋，口感不好，只能留作结籽做种。

干江镇有一座丘陵小山叫垟岭山，与龙溪相连。垟岭山头的沙质土壤特别适宜种植盘菜，尤其是斜坡向阳一面。山岭的风从海上来，挟裹充足的水汽，山坡昼夜温差大，形成独特的小气候。尤其是霜降后冷空气袭来，盘菜会自发启动"防冻保护模式"，利用糖水冰点低的原理，让部分淀粉降解为糖分，增强自身的抗冻能力，盘菜变甜了。这

玉环市干江镇垟岭头

与"霜打的青菜分外甜"同一道理。从品相上看，垟岭头盘菜略逊于大棚盘菜，皮色偏黄，皮质不光亮，规模偏小，重一斤半左右，没有干江平原盘菜分量重，却好吃很多。

干江镇种植户去过很多省市试种盘菜，都未能成功，最后在贺兰山山坡找到适宜盘菜种植的土壤和气候，引黄河水灌溉。因为纬度高，要比家乡盘菜早三个月播种，早三个月收成，但味道还是有差别，没有家乡盘菜甜糯，但也还脆口。现在市场上鱼目混珠，买盘菜时问哪里产的，都说是玉环干江本地的。干江盘菜8月播种，白露前后移苗，生长期两到三个月，当年12月到次年1月才陆续上市。

温州也产盘菜，主要在瑞安、乐清、永嘉一带，味道与干江平原盘菜相近。温州人喜欢用盘菜做"盘菜生"。我到温州同学家做客，她去南大门市场熟食店买来"盘菜生"招待我。那刀工真是了得，应该是灯笼型花刀：片片盘菜似断非断，丝丝相扣，一拉开像条长龙，一收拢又像盏灯笼。同学取出麻油拌上，真是香嫩松脆，咬得嘣嘣响。

我家乡人最喜欢用盘菜烧咸饭，把一大块肥肉切细，慢悠悠熬出猪油，加入葱头蒜末爆香，五花肉入锅后炒至蜜色，再把切成寸把长的盘菜和浸泡好的粳米倒入锅中，兑上调料，反复翻炒至粳米软糯，浇少许水，盖上锅盖文火焖十几分钟，焖出一锅又香又鲜的猪肉盘菜饭。

盘菜带鱼饭更好吃，已经成为餐饮店的热门主食。盘菜切条状炒年糕，加点肉丝和鳗鲞，十分鲜美。家乡有一种餐食叫"芡薯粉搞"（闽南方言音），把盘菜切丁与肉丁、茭白丁、鳗鲞丁等一起炒至七分熟，倒入颗粒充分融化的生薯粉水，用擀面棍在铁锅里用力搅拌，待羹十分浓稠，筷子可以一团一团夹出来时，再加炒熟的花生米添香，是冬天舌尖上暖乎乎的美味。冬至前后带鱼烧盘菜，那可是强强联手，是我家乡特有的佳肴。乡人还用盘菜包番薯圆、做扁食……

垟岭头盘菜最适

盘菜虾虮酱

合隔水蒸，去蒂削皮，切成均匀的两三毫米薄片，一排排铺在笼屉上，水开后大火蒸三五分钟，取出来，码在瓷盘上。白色的盘菜片润化为藕色，一块块方方正正，凝脂般温软，蘸小碟子里的虾虮酱、鱼生卤，"不加醋盐而五味俱全"。这种做法，能吃出盘菜的甘美，吃出对土地的深情。

盘菜还有很好的食疗功效，熟食盘菜可以提神解乏，开胃消食，增强大脑含氧量，有助睡眠。盘菜所含的胡萝卜素能明目，所含食用纤维素可宽肠理气。

两千多年前，"东方的哥伦布"张骞出使西域，以联合大月氏共同对付强大的匈奴游牧民族。他途经以农业为主，兼营畜牧业的三十六国，留居十三年，历尽艰辛，成为名垂千古的文化使者。张骞从西域带来的十几种植物种子中，有一种叫芜菁，是东坡先生《忆江南》中的"春色属芜菁"，是民间流传的"诸葛菜"，也是张岱《夜航船》中的五美菜，在我国广有种植，色彩多样，块头很大，家乡人称之为"大头菜"。

盘菜和大头菜学名统称芜菁，但盘菜是芜菁中的小众品种，长期鲜为人知。它似千百年前从异域飞来的精灵，隐匿泥土，从北到南，从西到东，在徘徊、迁徙、蛰伏中，经过清风明月的润泽、调理、滋养、庇佑，最后在干江的大地上出彩。偏居一隅，却别有风味。真像汪曾祺先生在荒凉绝塞的沽源遇到的"紫土豆"，外皮乌紫，肉色黄如蒸熟的板栗，味道竟比板栗更甜糯。汪老先是诧异，后大赞其味，还扛一麻袋，千里跋涉与妻儿分享。民以食为天，谁不共情？

看望是惦念最真切的表达。前些日子，我驱车回玉环，走进干江盘菜大棚基地，见满眼绿色长缨昂仰在高大的拱顶下，葱绿秀逸，基膜上露出的盘菜已有苹果大小。我与叶素明蹲在田头，听他聊参加各地农博会时盘菜的风光，在上海农博会，一个九十岁的老人站在干江盘菜展台前，手抚盘菜，喃喃自语："我一直以为盘菜就是圆萝卜，尝过后才知道味道不一样，这么好吃的蔬菜到了这个年纪才知道。"他描绘时飞扬的笑容从嘴角伸延到额头，脸上表情相当丰富。他说，那一畦畦望不到尽头的盘菜被欧美商户大量订购，收成时节，温州、杭州、上海等地的客户也会纷至沓来。

太阳已经从东山那边爬上来很高了，我们也起身前往与盘菜基地毗邻的垟岭山顶。平缓的山坡上覆盖着一层层密实的盘菜青叶，从上往下看，如盛大的缀花裙摆。我深吸泥土的气息，触摸圆梗绿樱和盘菜光洁的皮肤，远眺几千亩的大棚基地如流云，舒卷在干江的蓝天下。

谭绮文在接受《孤独星球》采访时说，"吃是最能滋润身心的事情。"我十分好奇，她看着盘菜露出开心而神秘的笑容后，会用什么样的烹饪方法吸引八方来客，让干江盘菜体现肴馔之美。

玉环文旦

　　清光绪二十三年（1897），玉环厅楚门人韩姬宗从江西兴安知县位告老还乡。已近古稀之年，职业生涯中没有惊人业绩，史志中没有关于他的宏大篇章，只有十几个字："韩氏，玉环文旦引种人，同治十二年贡生。"但他的子孙翔实记录了他轻装回乡的过程：因故绕道长沙、南京，上九华山进香，巧遇福建漳州香客，被邀请共享漳州文旦柚果，得十三粒文旦种子，带回老家（今玉环龙溪镇），亲自选种、播种和培育，最终种活了三株文旦。从此，文旦种子认准了这片属于亚热带季风气候的温润土地，在楚门的庭前院后、山水之间开枝散叶，开花结果。

　　那时，玉环三百七十八平方公里的陆地被漩门海峡一水相隔，在一百多米宽的喇叭口，形成世界奇观的漩涡湍流，两岸往返需坐摆渡船过海。缘此，玉环本岛人很少能吃到果肉芳香、甜糯多汁的楚门文旦。

1977年国庆日，漩门湾堵港大坝工程完工并实现通车，漩门两岸陆路贯通。楚门文旦与本地玉橙、土栾等嫁接优选后，品种更佳，苗种向南繁衍到玉环本岛，在全县规模化种植。霜降之后，它得霜气而成熟饱满，开始在集市售卖。一般人家一年买几只，待全家人聚一起或亲朋好友来访时，以"杀文旦"这一听起来很威武的仪式来分享它的美味。

20世纪90年代初，我在玉环县委宣传部工作，接到一个任务，编写介绍玉环的宣传手册。那时，楚门文旦已连续多次在全国柚类水果品质品鉴中夺得冠军，颇有名气。为了介绍好家乡文旦，编入宣传手册，我和同事到清港镇垟根村实地调研，还请摄影师拍摄文旦果照片。

走进山清水秀、群山环抱的垟根村，漫山遍野的文旦让人觉得不太真实，茂密的文旦树间有的还穿插着柑橘树，它们不挤，但丰硕的果实已挤满我梦想和灵感的空间。什么叫"最秋天",什么叫硕果累累,这里有最透彻的诠释。走近一棵老树,一百多只文旦牵拽着老树的枝叶,在夕阳柔和的光辉里似与老祖母一起晒秋,那么温暖而其乐融融。果农把剪摘下的文旦在手中掂量着,选中一个让我们品尝,甘甜可口,清香软糯。果园内一阵又一阵香气拂过,嗅觉、味觉相互激荡。

因为山坳里交通不便,晚上我们就住在果农堆满文旦的屋里。那一夜,空气中有饱满的芳香,像是把各种果酒的盖子全部打开一般浓烈。我沉醉于文旦馥郁的芬芳中,

玉环文旦

仿佛躺在大地的怀抱，身上两百万个毛孔全然打开，贪婪地汲取一缕缕阳光、一阵阵春雨、一滴滴甘露，感受到风媒虫媒的忙碌和果农背上滚落的汗珠，触摸到一层薄霜的清冽和一朵冰花的羽片，听到叶与果的喁喁私语、山与风的高谈阔论。我分不清是梦境还是现实，恍恍惚惚中，浓郁的气息冲入我的鼻腔、颅腔，伸进血脉、丹田，一夜成瘾。

文旦特有的香气是它深受青睐的硬核。当它从树上被摘下，到了家里，另一种生命形式便开启了。它有一个自然消水的过程，果肉吸收果瓤和果皮的里层水分，甜度和水分得到提升，果皮颜色逐渐加深，果体放松，香气从丝丝缕缕到沁人心脾。每年深秋，天气寒凉起来，我把文旦买回家，从秋到冬，从冬到春，朝夕相伴，那摄入灵魂的香气也成了我精神的调节器，如"陌上花开，可缓缓归矣"的深情呼唤，充满柔情蜜意。

家乡人对文旦已实现了精神需求的升级，会在办公桌上、车的后座背顶上、家里的玄关、茶几和书房等处放上文旦，因为没有什么水果有这样恒久的香气，也很少有水果可以如此鲜活地从秋天抵达春天。果农采摘时若剪带一些葫芦形绿叶和苍翠茎枝，那丰满光润的文旦，就如绿伞下的萌宝，十分逗趣，购买文旦的人就喜欢带上这样的枝叶。种文旦人家也浪漫起来，在自家文旦树上挂几个果，就是不摘下来，出高价也不卖，看得人手痒痒，直到过小年把家里打扫干净了，才连叶剪摘下来，在腊月寒冬里装点出绿意葱葱的小气候，也装点了蓬勃向上的日子。

如今玉环文旦声名远扬，特色文旦大道、漩门湾湿地"世界名柚"园等观光旅游景点，勾画了一道道亮丽的风景线，已成为家乡的文化符号。玉环文旦被誉为"中华第一柚"，是全国农产品地理标志。它在短暂的历史进程中，展现了一方风土的气韵和一方文化的创造力。

十三粒种子种出的三棵文旦树，已在家乡几万亩土地上繁衍出千千万万棵，每年收果几万吨。聪慧的海岛乡人脑洞大开，自出机杼，从文旦敦实形态和优美弧形线面获得灵感，烧制出壶体、壶盖、壶嘴浑然一体的文旦茶壶，器身彰显古拙之美，精品套装美不胜收。文旦香熏更是巧夺天工、仪态万方，以体态最美的文旦为原型，等比缩小，经过十几道工序打磨而成。文旦精酿得文旦汁液之精髓，酿制出文旦啤酒、文旦柚茶，再塑文旦酸酸甜甜的风味，四季盈香。令人惊讶的文旦柚礼，看上去就是一个立体感比较强的盒子，打开后一层接一层，文旦饼干、文旦皮糖、文旦果脯等文旦系列产品盛放在这别有洞天的"魔方"里。文旦衍生品点缀我们的生活，成就玉环文旦嘉年华。

霜降后一个月左右，家乡一年一度的文旦节喜迎八方来客，自媒体赶来现场直播直销，大批摄影爱好者扛着长枪短炮纷至沓来，留下文旦挂果深秋的倩影和果农丰收的欢喜场景。有画匠画家被文旦自然形态之美所感染，他们拿出画笔，在端庄典雅的文旦上画脸谱和奇花异卉，让文旦大放光彩。因为在文旦上作画的颜料十分讲究，也很费功夫，仅作为纪念和增加节日氛围画上少许，若有幸获取一二，把它们摆放在玄关上，可悦目娱心。有一年深秋，一个潇洒俊朗的戏剧"纱帽生"光临我家，满脸的胶原蛋白，眉清目秀，唇红齿白。到了第二年春分，见它光泽殆尽，脸瘦得脱了骨相，我才依依不舍地把它剥开。

每年霜降时节，家乡人就盼着天气变冷，好储存文旦。

一年好时节若缺乏文旦装点，真不知日子会如何乏味。若缺乏文旦的香气，一定少了神骨俱清的精神伙伴。

我想，韩姬宗若是没有遇到香客，或是遇到了但没有品尝到香客的柚子，品尝了又没有带回种子的激情，今日"中华第一柚"又会花落谁家？事实是所有的假设都不存在，文旦已成为玉环的团圆之果、致富之果，香飘千秋万代。

百鸟朝阳

后记

回望故土

2019 年深秋，我在台湾彰化一家小餐馆遇见一大瓦罐罗勒叶老鸭汤，碧绿芬芳的罗勒叶漂浮在汤面上，我喝了一碗又续一碗，瞬间气血酣畅，疲惫顿消。店家用温厚的闽南乡音介绍煲汤放些罗勒叶很养生。我环视这家餐馆，穿斗式木构架的承重结构、形状各异的石材砌筑的墙体、优美的起翘屋脊，仿佛就是我小时候居住的老宅。

在台湾的行程，家乡美食如影随形，乡言乡韵如响应声。深切的震撼和一股强大的力量招引着我重新审视我的故乡。我开始钻研我国人口迁徙历史，涉猎乡人的族谱，在珍贵的雪泥鸿爪中我看见家乡的先人与中原大地血脉相通。这片土地是那么神奇和厚重。

2020 年春寒料峭的特殊日子，我开始以美食为切入点，回望故土。我像伏尔加河畔的一只山雀，小心地梳理着驼鹿温暖浓厚的毛发，叼出一粒粒富含蛋白质的营养物。整整三年，除了日常工作，我沉浸在热切的情感中，经常三更半夜还在键盘上敲击，敲出营养物的味道——有亲情的美味、有古早味、有食疗的四气五味、有绵延的人间风味。

故乡的美食在字里行间行走，故乡的人文风情在篇章中荟萃。有读者怪我深夜赚了他们的口水，还不时赚了他们的泪水。他们的共情令我欣慰。

三年以来，我在《浙江日报》《钱江晚报》《解放日报》《新民晚报》《散文选刊》《浙江散文》《台州日报》等报刊发表了十几万字的文章。编辑的每一次刊用，都是对我的鞭策和鼓励，我们已在文字中目知眼见。

文章汇集成书是在师友们的建议、敦促下付诸的行动，但成书过程如造房子一样细致周全、纷繁复杂，我常力困筋乏，这是我写作时没有体会过的。

文稿付梓之际，初冬的阳光非常温暖。我居住的西山脚下彩叶如花。每年看到这些风光，我总是心生欢喜，冬天快来了，冬天是我喜欢的季节。这个冬天，我的第一本书——《鲜为人知》即将出版。我渴望读者在温婉的时光里打开我的书页，我渴望良师益友的真知灼见，我渴望更多的朋友走进我的故乡。

本书照片除署名外均为中国摄影家协会会员黄建军拍摄，感谢他为本书配图所付出的辛劳。

感谢中国作协副主席李敬泽，著名作家、评论家梁文道，著名纪录片《舌尖上的中国》导演陈晓卿，对本书的联袂推荐。

感谢中国散文学会副会长、浙江省作协副主席、鲁迅文学奖得主陆春祥，为本书倾情作序。

感谢我的女友陈伟鹰，她是我文章的第一读者和批评者。

感谢浙江出版联合集团党委委员、副总编辑叶国斌，对本书出版的大力支持。

感谢浙江人民出版社编辑钱丛，她的敬业精神值得尊敬。

感谢所有支持和帮助我的亲朋和师友。

叶青

2023 年 10 月